Internet Literature
from
a Multidimensional
Perspective

蔡朝辉　著

维
视
域
下
的
网
络
文
学

WUHAN UNIVERSITY PRESS
武汉大学出版社

图书在版编目(CIP)数据

多维视域下的网络文学/蔡朝辉著.—武汉:武汉大学出版社,
2024.6
　ISBN 978-7-307-24385-9

　Ⅰ.多…　Ⅱ.蔡…　Ⅲ.网络文学—文学研究　Ⅳ.I059.99

中国国家版本馆 CIP 数据核字(2024)第 086358 号

责任编辑:朱凌云　　　责任校对:李孟潇　　　版式设计:马　佳

出版发行:**武汉大学出版社**　(430072　武昌　珞珈山)
　　　　(电子邮箱:cbs22@whu.edu.cn 网址:www.wdp.com.cn)
印刷:武汉邮科印务有限公司
开本:880×1230　1/32　印张:9.125　字数:182 千字　插页:1
版次:2024 年 6 月第 1 版　　　2024 年 6 月第 1 次印刷
ISBN 978-7-307-24385-9　　　定价:42.00 元

目　录

导　论

电脑网络表征着一种新的美学语言和表达媒介，它的运用已使得文学的存在方式和功能模式、文学的创作传播、欣赏方式及文学的价值取向和社会影响力等方面发生了诸多变化，在很大程度上颠覆了原有的文学审美理论，构建了一种新型的审美范式。詹姆逊认为"媒体"一词结合了意义相关但又有区别的三种含义：一是艺术模式或美学生产的特殊形式；二是以重要的装置或机器为中心组织起来的特殊技术手段，三是一种社会建制（即生产一种写作的话语体制）。从这个意义上讲网络文学也展现着自己独特的美学原则，这种文化的"自成本体现象"被一些学者称为由"硅谷"诞生出来的技术类型化的民间艺术形式，用以区别传统的纸质艺术形式。

网络文学经过三十余年的发展，已成为一种坚实的存在，形成了自身的审美场域。它的繁荣打破了传统文学的发展轨迹，作为一种新的艺术形态，它使统一的自主性的文学场走向分化与裂变。面对网络文学这种新兴的文艺现象，理论研究也提上了日程并得到了快速发展。

自 1991 年网络作家少君发表第一篇网络小说算起，中国的网络文学已经走过了纷纷扰扰的数十年，其间对于网络文学的发展和研究呈现出两个阶段性特征。第一阶段（1991—1998）是网络文学发展和研究的低潮酝酿期，一方面当时网络在中国还没有大量普及，网络的技术推广处于起步期，当时的网络写手较少，作品也相对少，相关的文艺评论也较少。最著名的有易维·Banly、元琛等几位，他们多以评点的批评方式介入批评活动，缺乏深刻性和系统性。这一时期出版的原创性著述中，胡泳、范海燕合著的《网络为王》（海南出版社 1997 年版）率先探讨了互联网的发展现状与未来趋势。第二阶段（1998 年至今）是网络文学的快速发展时期，因自 1997 年以来，中国互联网的普及有了质的飞跃，1997 年以后上网用户基本保持每半年翻一番的增长速度，截至 2023 年 6 月，我国网民规模达 10.79 亿人①，这就为网络文学的繁荣提供了一个坚实的基础。加之各种系统软件的开发更为个人的网上写作带来了便捷，从最初的 BBS 到流行的博客、微博再到今天的微信以及众多的文学网站等，都促进了网络文学的发展，网络文学的春天因此到来，从而为许多研究者提供了丰富的研究对象，研究者中的代表人物有黄鸣奋、欧阳友权、

---

① 中国互联网络信息中心：第 52 次《中国互联网络发展状况统计报告》。

白烨、于洋、王强、马季、南帆、陈定家、邵燕君、王祥、夏烈、单小曦、周志雄等人，他们都积极介入这种新的文学现象，从不同的视点予以探讨，深化了对网络文学这种新的艺术现象的认识。

在众多研究者中，黄鸣奋和欧阳友权在网络文学上的研究成果尤为突出。黄鸣奋著有《电脑艺术学》《电子艺术学》《比特挑战缪斯：网络与艺术》《超文本诗学》等。欧阳友权策划了系列网络文学丛书：《网络文学论纲》《网络文学本体论》《网络文学的民间视野》《网络叙事学》《网络文学禅意论》《网络文学批评论》等。其中黄鸣奋侧重探讨网络与艺术之间的关系，并介绍西方的一些理论信息，这为我们了解信息科技与文学变革的关系提供了丰富的跨学科知识材料和有益的理论见解。欧阳友权所策划的网络文学丛书较为关注网络文学本体，研究较为全面，尤其《网络文学论纲》一书集网络文学研究之大成，着重探讨了网络文学的人文内涵、意义模式、存在样态、主体视界、接受范式和价值取向等问题，为研究网络文学构筑了一个基础性的理论框架，为其后的网络文学研究打下了坚实的基础。

可以说，已有的研究成果加深了我们对网络文学的理解，也为本项目的开展奠定了坚实的研究基础，指明了清晰的研究方向。基于已有的研究成果，本书主要从两个方面开展网络文学的研究：第一，多维视角研究网络文学。本书主要从技术、文化、社会、传播、心理、经济等多个理论视角透视网络文学这一新兴现象，这有助于在宽广的视野中思考网络文学的本质特征和存在意义。第二，多个领域研究网络文学。本书分别探讨了网络文学的生成背景、文本范式、写作动机、心理表征、盈利模式、版权保护以及后现代的文化特征等，这有助于全面探寻网络文学兴起后的一些发展规律和特点。整体来看，本书的主要研究内容如下。

第一章，网络文学的生成背景考察。本章重点探讨了新的书写空间，即赛博空间的三个主要特征对于网络文学的生成的意义。我们看到虚拟实在作为赛博空间的一个技术特征改变了我们与世界的中介方式，它使文本的存在方式、写作主体的境遇以及阅读的体验都发生了变化。虚拟社区是赛博空间的集中体现，它带给人们的是新型的互动方式和生存空间，它是精神的、文化的，也是生产性的，网络文学在此基础上得以生成。赛博空间的信息化现实使网络文学在传播方面也呈现出新特质，既祛魅了传统文学艺术的价值呈现，又昭示了信息化现实下的文学新境遇。电脑网络无疑赋予了文学写作一个新型的空间，而当代社会现实的众多特征则直接推动了网络文学的梦想成真。技术与艺术的联姻成全了一种新的艺术形式并赋予其不同于传统的魅力和活力；虚拟文化的兴起则契合了当代人的审美生存需要，为人们的情绪表达提供了新的渠道；互动美学正是虚拟文化的集中体现，也全面展示了虚拟文化在现代社会的强大生命力。时代的生存特征让我们看到网络文学顺应了时代需要，而网络文学的兴起又促进了文学的新发展，并开创了文化发展的新纪元。当文学艺术走进赛博空间数字化载体后，文学艺术的存在方式、创作主体、艺术接受等方面都发生了新的历史性变化，带来了文艺美学的新话语。

第二章，网络文学的超文本及互文性。超文本是基于互联网技术而形成的一种新型文本形式，从根本意义上讲，互联网本身就是一个大的超文本存在。超文本技术的出现，改变了文学的存在方式和传播方式，而且给文学创作和阅读体验带来了根本性变化。网络文学在这种信息技术影响下，实现了作者与读者间的双向性沟通，冲击着传统文学的线性叙事模式。超文本也使网络写作呈现出最富新质的美学内涵：互文性。目前网络文学作品中的互文性写作手法多种多样，给文学创作注入活力。当然，网络文学的超文本化也存在局限性，即审美迷失和认知判断上碎片化，批判这种文本结构有益于我们更加全面地理解这种新的文本形态对审美带来的冲击和变革。

第三章，网络文学的语言与题材。语言是文本的存在条件，网络文学与传统文学相比，在语言上有不可忽略的新变化。网络空间的开放性以及写作的匿名性给网络作家们以充分的自由，他们追求个性的张扬、追求内心情感的释放，这使得网络文学语言率性自然，贴近日常生活，具有自然形象之美。网络文学往往是在线写作，为了提高更新速度，语言句式往往较短，同时使语言表达尽量具有图像转化与视听特性。就写作主体而言，网络文学作者和读者大多数为年轻人，深受网络文化的浸润，一些特殊的网络用语，特别是游戏用语的运用，鲜明地表达了他们共同的审美价值取向。再加上网络文学写作的娱乐化目的，网络文学的语言也往往诙谐有趣，充满活力，呈现出狂欢化的特征。关于网络文学的题材。网络文学的题材分类比较困难，一方面在于缺乏统一的分类标准，另一方面在于网络文学题材像流行文化那样，处于动态演变之中。通过对网络原创文学题材内容的实证分析，我们可以看出：网络文学题材广泛，呈现出类型化的写作趋势；网络文学的题材内容以本真化和奇幻化为特征，奇幻类文学为重点写作题材。总之，网络文学多样化的题材内容，改变了传统文学的格局，丰富了文学的内涵。

第四章，网络文学写作的精神向度。相比传统写作，网络写作更多呈现的是率性和即兴的表达和情绪宣泄，没有条条框框的限制，作者的创造想象力和自我意识得到前所未有的淋漓尽致的表现和抒写。可以说，网络写作更多的是一种纯粹的内心宣泄和自我娱乐，它是对"文以载道"传统写作目的的一种解构或逃离。同时网络写作也通过虚拟现实娱乐化地满足了读者的各种欲望，给他们带来了愉悦、轻松、舒适之感，从而获得生存压力的释放。当下，网络写手的这种着力于宣泄与放松的写作精神在创作上主要体现为三个特征：碎片化、身体化和游戏化。值得注意的是，互联网的便捷性和自由性也为网络写作者的自恋情结提供了一个可以展现完美自我的舞台，他们在作品里投注自我，欣赏自我，将创作看成是自我情感的宣泄，并从中获得极大的心理满足。当下网络文学的自恋情结主要表现为自我情感的无限夸大，虚拟恋情的极致铺陈，身体写作的不断膨胀等。网络文学自恋式书写，实现了写手对完美自我的幻想，满足了自我情感的认同，使得个体精神的压抑得以解放，缓解了本能压抑的焦虑。

第五章，网络文学的青年亚文化及犬儒主义。网络文学的活跃主体多为年轻人，导致网络文学与青年亚文化存在着内在的姻亲关系，网络写作特点所表达的一些文化要素也鲜明地体现了一种青年亚文化的意义。从语言形态、情感向度、叙事策略以及写作目的上，我们可以看到网络文学相对主流文化而言具有异质性，呈现出独特的青年亚文化风格，表达着青年人的自我认同。但我们也要看到网络文学青年亚文化的根仍是生于传统之中。网络文学背后隐含的是青年亚文化的表达，是青少年对传统的嘲讽和反抗。这一切从表面上来看，似乎宣示了网络文学与传统文学泾渭分明甚至势不两立，然而由于中国传统文学几千年的深厚影响，网络文学为了拓展受众程度和提高作品的艺术表达能力，其创作者都会主动吸收和借鉴传统文化。整体而言，当下网络中的"青年亚文化"特征趋向于柔和、无害、狂欢、游戏。这也说明网络文学青年亚文化对抗主流文化的无力和徒劳，呈现出一种犬儒主义的精神底蕴。网络文学的犬儒主义表达主要体现在以下几个方面：游戏动机代替审美动机，抽空道德，缺乏改变生活的勇气。从情感宣泄的角度看，网络文学的这种犬儒主义表达也有一定的积极意义，一定程度上对个人能起到抑制焦虑情绪、获得自我保护的作用。

第六章，网络文学的后现代表征及场域实现。依托互联网技术，网络文学以不同于传统文学的姿态登上了文学舞台，其生成与发展带有诸多后现代主义的烙印。后现代主义的向度是多维的，解构性的一面往往被重点关注，然而建设性的维度也是后现代主义的重要组成部分。网络文学的后现代性解构主要体现在以下几个方面：作者的大众化、文本的多元化、审美的动态化消解了传统上的中心权威；边缘意识的表达、拼贴与戏仿的文本策略解构了宏大叙事。这些属性都体现着以多元性为精神内核的后现代特质。网络文学的后现代建构体现于网络文学依托网络这个新型写作平台构建了自身的审美场域，形成了区别于传统文学的写作与消费模式，并在文学场的资本争夺中凭借自己日益强大的经济资本开始占据越来越多的文化资本。但在当下，相对于文化艺术的有限生产次场，网络文学在文化资本的争夺中处于弱势地位，属于文学生产的大规模生产次场。总之，通过后现代的解构与建构的两个维度，我们看到网络文学一方面解构了传统文学的一些文学观念，呈现出后现代的文化特征；另一方面，我们也看到网络文学建构了自己在文学场的位置，冲击着当下的文学场。

第七章，网络文学的盈利模式及版权保护。商业化促进了网络文学创作的繁荣，其多样化的盈利模式主要体现在付费阅读，纸质书出版，影视剧、动漫、话剧改编，游戏改编，有声读物，网络广告以及海外传播等。可以说，相较于传统，网络文学的盈利模式灵活多样，已经逐步构筑了多渠道运营的版权运营模式，使网络文学的商业价值得以最大化。但网络文学在快速发展的同时，网络文学版权运营也暴露诸多问题，抄袭和盗版问题尤为突出，影响着网络文学的健康有序发展。网络文学的抄袭手段复杂多样，隐蔽性强，主要体现为四种模式——洗稿、融梗、复制粘贴和使用写作软件等。网络文学的盗版主要体现在盗版链接，盗版平台主要通过搜索引擎、浏览器主页以及应用市场的盗版小说 APP 等渠道进行内容推介，从中获取灰色收益，而且日益产业化和规模化，破坏了网络文学行业的创造力发展以及市场秩序。在这样的背景下，只有健全立法体系、强化平台责任、提高版权意识、提供优质内容、加强技术保护，才能为网络文学的版权保护筑牢根基。

　　总之，网络文学作为一种新型的文学样式，扩展了人们的审美视域，为文学艺术的发展增添了力量。对网络文学的探讨和研究也将是很长一段时间学界研究的重要论题，从这方面的任务来说，本研究只是开启了非常小的一扇门，还需要从理论深度上加强，也希望会有更多的人关注网络文学的研究，为网络文学的健康和长远发展提供学理上的建议和意见。

第一章　网络文学的生成背景

　　"技术从来就不是一种中立力量：它用某种我们总不能预见的方式，规定我们的行为，重新定义我们的价值观，重塑了我们的生活方式。"① 电脑网络通过运用技术条件为人类打造的赛博空间，正以自己的方式极大地影响着我们的知觉和社会结构，它构建了一个新型的生存空间。在这里，作者、读者以及文本均以完全不同于传统的形态生成并存在着，写作与阅读观念开始悄然发生着变革。赛博空间的内在属性对于网络文学的存在有着至关重要的意义，它是网络文学的存在之寓。同时当代社会文化现实也正发生着不可抑止的变迁，人类生存状况的改变以及价值观念的更新也带来了审美观念的转型。技术全面侵占我们生存的现实，已成为不可逆转之趋势。技术对艺术的浸淫也无从幸免，网络文学就是技术与

---

　　① ［美］马克·斯劳卡：《大冲突：赛博空间和高科技对现实的威胁》，黄锫坚译，江西教育出版社1999年版，第12页。

文学的一次联姻实践。虚拟文化的兴起以及互动艺术的繁荣，也反映了我们这个时代信息技术对文学艺术影响的必然性。网络文学的产生正是这种时代下的产物，它顺应了时代审美的需求，是时代发展的一种必然。反之，它又将深深影响文学艺术的发展历程和审美观念的转型。

第一节 赛博空间是网络文学的存在之寓

从历史的进程来看，任何一个社会，任何一种生产模式都会生产出自身的空间，空间自身就是社会和历史的产物，是一定社会行为和社会关系的产物和体现。空间是社会的，就在于它是由整体社会结构的动态塑造并靠社会实践来界定的，它是社会关系的一种另向体现；空间是历史的，就在于它的产生和创造，源自历史的某个特定时刻，是历史发展到一定阶段的必然产物；空间还意味着一种知识和行为的生产模式，它生产着属于它的文本模式，且文本体现或又生产了该空间所特有的社会关系。可见，空间生产了文本，文本也必然投身于空间之中，成为空间经验或惯例表达的一个有机部分。这也正如列斐伏尔所说："低估、忽视或贬抑空间，也就等于是高估了文本、书写文字和书写系统（无论是可读的系统还是可视的系统），赋予它们以理解的垄断权。"① 所有文学行为的产生和呈现都是在一定的空间下展开的。而如

---

① Henri Lefebvre. The Production of Space. Blackwell, 1991: 62.

今赛博空间也正作为一个新型的书写空间而出现，美国佐治亚技术学院语言、通信和文化教授博尔特将赛博空间作为新型的"书写空间"来理解并认为："由写作的特定技术所规定的物理和视觉范围。一切形式的写作都是空间性的……读者和作者如何理解写作，受制于他们所使用的书籍的物理的、视觉的特性。"① 由此赛博空间所呈现出的新的空间特质对于文学的书写与呈现有着独特的不可替代的意义和作用。

　　"赛博空间"（cyberspace），又叫网络空间，这个词是由加拿大科幻小说家威廉·吉布森创造出来的，他在1984年出版的科幻小说《网络巫师》（或《精神漫游者》）中，用"cyberspace"来描述一个由计算机网络化把全球的人、机器、信息源都连接起来的新世界，昭示了一种社会生活和交往的新型空间。对此，美国的科技哲学家迈克尔·海姆认为："赛博空间暗示着一种由计算机生成的纬度，在这里我们把信息移来移去，我们围绕数据寻找出路。赛博空间表示着一种再现的或人工的世界，一个由我们的系统所产生的信息和我们反馈到系统中的信息所构成的世界。"② 就其本质而言，赛博空间是以综合运用计算机及现代网络通信技术为基础，而构筑起来的信息交流空间。它不同于现实中的物理空间，它的

---

①　J. David Bolter. Writing Space : The Computer, Hypertext, and the History of Writing. Lawrence Erlbaum Associates, 1991: 11.

②　[美] 迈克尔·海姆：《从界面到网络空间——虚拟实在的形而上学》，金吾伦、刘钢译，上海科技教育出版社2000年版，第79页。

出现，正在根本地改变着人们的空间概念，使人类生存与发展的时空构建进入到了一个新的历史阶段。赛博空间正成为后现代的主导空间，"一种具有后地理、后历史本质的超空间"①，它的存在为文学艺术的变革与发展带来了新的契机。赛博空间具有以下特征。

一、虚拟实在

赛博空间是由技术建构的人工虚拟的空间。虚拟实在性是赛博空间的重要特征。所有虚拟实在的总和构成了赛博空间，赛博空间就是虚拟世界中虚拟实在的"广延性"，而虚拟实在是通过赛博空间来显示其存在性的。赛博空间的这种虚拟实在性也改变了文学的生成与存在状况。

1. 虚拟实在的内涵

虚拟实在技术上的特征正如迈克尔·海姆所描述的，至少表现出三个"I"：第一，身临其境的沉浸感（immersive）。一种独立于主体感觉的特殊装置能够让一个人的感觉从一个地方转换到另一个地方。第二，人机界面的互动性（interactivity）。由于在虚拟实在系统中，计算机要能够及时地处理人的感觉器官的变化以及描述这些变化，因此人机界面之间需要有强烈的互动关系，以便人与电子象征物能够进行

---

① ［荷］纽斯·德·穆尔：《赛博空间的奥德赛——走向虚拟本体论与人类学》，麦永雄译，广西师范大学出版社 2007 年版，第 270 页。

交互作用。第三，实现远程显现的信息强度（information intersity）①。虚拟实在系统的价值在于能获得和控制数据，通过信息处理，创造一种虚拟环境来实况再现远距离的各种现象。由此在赛博空间里，人们能够运用数字仿真技术创造与现实世界极为相似甚至一模一样的虚拟景象，我们的符号——文字、数据模拟物均得到精确的控制，各种事物都表现出惊人的清晰。其所具有的感性丰富程度能让人产生全身沉浸的感觉，如果说沉浸意味着体验，那么体验的目的终将落脚于对对象的操作和改造。尼古拉·尼葛洛庞帝指出："虚拟实在能使人造事物像真事物一样逼真，甚至比真事物还要逼真"②，可见虚拟实在并不对立于真实性，它本身就包含着完整的现实，它所经历的过程是实存的过程。但较之具有物质属性的客观现实，它本身还不直接就是客观实在。所以"虚拟实在"是一种在效应上，而不是事实上的真实的事件或实体。

　　数字化是虚拟实在的本质特征。虚拟实在并不是在现实时空中所发生的实体性的物质活动，而是以信息形式在计算机所创造的虚拟空间中所发生的虚拟活动。这种虚拟活动中的事物并不是由原子所构成的，而是由"比特"所构成的数字化存在物，是对现实实在的数字化复制。所以，虚拟实在

---

　　①　Michael Heim. Virtual Realism, New York：Oxford University Press, 1998：10.

　　②　［美］尼古拉·尼葛洛庞帝：《数字化生存》，胡泳、范海燕译，海南出版社 1997 年版，第 140 页。

本质上是与数字技术相关的一种现象，我们可以称之为"数字实在"或"数字化实在"。这种数字化的存在，与被虚拟的对象有着本质上的不同，它是"通过启动数码关系而使实际关系按人的目的运转起来，从而使人具有一个普遍化的数字中介系统"而达到一种实在性效果。① 正是基于这一特性，有人将虚拟实在表述为一种实际上的感觉性存在。这种存在从纯技术角度看就是通过计算机系统来实现一种"presence"，即显现。事件或物体以"出席、显现"等方式出现，从而在一个给定的环境里给主体形成一种对事件或物体"存在在那里"的主观感觉。

虚拟实在技术最根本的意义不是制造工具的技术，而是制造整个经验世界的技术。虚拟实在技术改变的是我们自己构建世界的感觉框架。一旦我们进入虚拟实在的世界，虚拟实在技术将重新配置我们整个经验世界的框架，我们把技术当成一个独立物体或"工具"的感觉就消失了。当主体履行的任务导致把自己的注意力资源更多地分配到虚拟环境里时，那么就会产生更加强烈的关于显现的主观感觉。而界面成为主体感受虚拟世界的中介，成为主观心灵的表现，更确切地说成为人与虚拟实在相互作用的中介。坐在界面前，本身就是把自身的实践行为赋予界面，让它代替人与虚拟实在发生"感性的相互作用"。在远程显现中语言符号成为主体在虚拟

---

① 曾国屏等：《赛博空间的哲学探索》，清华大学出版社2002年版，第83页。

环境中的一种感觉性存在。"理性的人在一种新的物质形式中看出和再认自己的经验,这是生活的无本之利。转换成一种新的媒介的经验,就是以前的知觉令人愉快的回放。"① 虚拟实在"让我们看到具有物质性的技术在现代社会中渗透到人的心灵中的价值,它可以改变人的精神状态的方方面面,成为人的精神状态的一部分。而另一方面,艺术在表现世界的能力方面却日益凸显出它的物质性的内涵,虚拟使艺术成为一种实在,至少是一种结构的实在"②。

虚拟实在作为一种新形式的人类经验,促成了人们行动环境的符号性和虚拟性。虚拟空间所具有的不同于现实空间的特点,使人在其间的生存也具有不同于现实生存的虚拟性。利用网络中的数字存在,我们能够建立一种新型的交互关系而不必受到事物存在的时空约束,在这一世界中,我们能够体验他人的存在,同时也把我们的存在展现给他人。虚拟实践者可以隐匿自己在现实生活中的真实身份,而以一种完全不同的虚拟形象出现在虚拟空间,这就使人的身份、行为也虚拟化了。"人格面具化"成为一种普遍的现象。网络提供了想象的空间。人们通过这种虚拟的、想象的再创造,表达了一种探索新的身份特征的愿望,它同时也是一种逃避"真实生活"条件限制的愿望。尽管虚拟不等于虚幻,但人在这个空间里不可能不产生虚幻感,而且这种虚幻感与在现实生活

---

① [加]埃里克·麦克卢汉、弗兰克·秦格龙:《麦克卢汉精粹》,何道宽译,南京大学出版社2000年版,第411页。

② 张怡等:《虚拟认识论》,学林出版社2003年版,第79页。

中的虚幻感的不同，在于它已经从人的生存彼岸融入到人的生存本身之中。虚拟现实是人类间接经验外化的一种崭新的形式，它是一种全新的关系和一种全新的生存方式，它已改变了我们当前的生活方式和行为格局。正如迈克尔·海姆所说："我们正在谈论虚拟的'实在'，既不是稍纵即逝的幻觉，也不是低级趣味的刺激。我们正在谈论人类生命和思想层面上意义深远的转移。"①

　　虚拟通过人类间接经验外化的形式成为实在的过程中，还蕴含着一个创造性的过程。作为一种技术，虚拟实在具有其客观的实践意义。虚拟实在技术一方面可以对现实世界进行模仿，使人类对现实世界的体验更加丰富，认识更加深刻；同时也能让人们通过对数字模拟物的综合处理而进行创造，把人们惯常思维中不可能的、不存在的变成可以进行感性认识的对象，可以让人完成物理空间里无法完成的事情。这就超越了传统模仿论的"真实观"。可以这样认为，虚拟实在技术丰富了人类的实践空间或者说是开拓了新的实践空间，给予人类的社会实践更大的自主。正如陈志良先生在《虚拟：人类中介系统的革命》②《虚拟：哲学必须面对的课题》③ 中所认为的：虚拟实在作为一种中介方式不同于人类历

----

① ［美］迈克尔·海姆：《从界面到网络空间——虚拟实在的形而上学》，金吾伦、刘钢译，上海科技教育出版社 2000 年版，前言。
② 陈志良：《虚拟：人类中介系统的革命》，《中国人民大学学报》2000年第 4 期。
③ 陈志良：《虚拟：哲学必须面对的课题》，《光明日报》2000 年 1 月 18日。

史上的其他中介方式。它使人类第一次真正拥有了两个世界：一个是现实世界，一个是虚拟世界；拥有了两个生存平台：一个是现实的自然平台，一个是虚拟的数字平台。现实世界与虚拟世界，自然平台与数字平台，相互交叉，相互包含，从而使人的存在方式发生了革命性的变革。这场中介革命意义深远，它表明主体、客体和中介系统发生了跳跃式的发展。同时，它也是一个新时代、新方式的出发点，它包含着极其丰富的未来哲学的原则和方式。虚拟是我们从现在的一级文明跃入未来的二级文明的中介系统，是创造未来时代辉煌的工具。

　　所以，网络世界得以超越常态下的不存在和不可能，以新的艺术形式和特征，把人从感觉的直接性中解放出来，使人的感觉可以重复可以再现可以创造。正如迈克尔·海姆在《虚拟现实的实质》一文中所言："也许虚拟现实的实质完全不在于技术，而是体现在艺术，或许是最优秀的艺术中，非但不是用来控制、逃避、娱乐或交流的，虚拟现实的全部使命就是为了改变和重塑我们的现实意识——这些便是杰出的艺术作品所尝试表达的东西，也是隐藏在'虚拟现实'旗号背后的东西。"① 人们不必付出过多的代价，便可对各种可能情况进行经历和体验。故而，虚拟实在的出现与网络化趋势的扩张，给人类交往活动与生存状况带来了质的飞跃。

---

　　① ［美］迈克尔·海姆：《虚拟现实的实质》，熊澄宇编选《新媒介与创新思维》，清华大学出版社 2001 年版，第 323 页。

2. 虚拟实在对于网络文学的意义

首先，虚拟实在改变着文本的存在方式，当我们在屏幕上书写时，屏幕上呈现的是一种新型的文字媒介或者说是一种新型的屏幕媒介。虽然这种文字和纸面上的文字非常相似，但它却是一种数字化的虚拟存在物。传统的印刷文字是物质性的、稳定性的，以固定的形态存在，难以改变或抹去，而虚拟实在技术使网络上的文字具有随意性，可以被任意增删、复制、转帖，使书写痕迹失去物质性。而且虚拟实在技术还可以模拟出声音和图像，大大地增加了艺术表达手段的丰富性。从某种程度上说，电脑书写已经成为一种新的语言经验。在海德格尔看来，"语言是存在之家"，人以语言守护着存在。而现在电脑书写技术比任何其他工具都更加频繁地触及我们的语言，它也因此更容易触摸到我们的精神居所。文学的样态和精神气质都发生了变化。网络文学的文本存在形式是网页，它是网络文学赖以栖身之所。网页具有不同于书页的诸多特征，书页文字是具有物质意义的载体，它具有不可替代、不可修改的材质之美。而网页中的数码文字没有实体，由它排成的网页只是虚拟的文本，并非传统书页那样物质意义上的实体。它被随意删改、修补、续写的程度和范围被无限扩大了，到最后就有可能造成流传的文本同原始的文本大相径庭。所以"在计算机上书写的问题在于，它悬置了'仅仅是草稿'和定稿之间的区别：不再有'定稿'或者一个'确定的文本'，因为在任何一步，文本都可以被无限地加工再加工——每个版本都有着虚拟的特性（有条件的，临时的）。这个不确定性当然打开了对一个新主人的需求，他可以任意姿态宣称某些版本为最终版本：这样将虚拟无限得‘崩溃’转变为确定的现实”①。同时网络文本开机则能显现其存在，关机则失去其存在，也更让我们深深地体会到网络文本的虚拟性。所以网络文学是一种不折不扣的虚拟文本。

其次，虚拟实在改变着写作主体的境遇。对写作的主体来说，虚拟实在促使了人们写作环境的符号性和虚拟性。网络环境与现实环境相比，是虚拟的，这种交往环境在现实世界中并不存在。虚拟实践者可以隐匿自己在现实生活中的真实身份，暴露给对方的仅仅是一个角色符号和代码。这让自我有着足够的自由的空间，此时写作者面对网络时的情绪经验也发生了变化，放纵自我成为一种可能。同时虚拟实在也使得文本变得极具可操作性，文本复制、拼贴、组合变得极为容易，这样就在一定程度上弱化了传统上的作者的地位。"电脑化文字处理和作者身份之间的相互关系也改变了主体的其他方面。作者是一个个体，一个在书写中确认其独特性的独特存在，他/她通过其作者身份确立自己的个性，从这个程度上讲，电脑可能会搅乱他/她的整体化主体性的感觉。电脑监视器与手写的痕迹不一样，它使文本非个人化（depersonalizes），清除了书写中的一切个人痕迹，使

---

① ［斯洛文尼亚］斯拉沃热·齐泽克：《幻想的瘟疫》，胡雨谭、叶肖译，江苏人民出版社 2006 年版，第 189 页。

图形记号失去个人性（de-individualizes）。"①

　　最后，虚拟实在技术也改变着人的阅读体验。当我们逐页阅读网络文学文本时，网络界面便成为主体阅读的中介，此时"读屏"代替了阅读书页。而选择页面本身则意味着人机之间互动，只有人与电子象征物进行交互作用，才能够浏览更多的页面。这样——打开页面本身，似乎也在暗示当前屏幕背后似乎有某种空间动力过程在运作。这样虚拟实在技术也在悄然配置我们整个阅读空间的框架，我们把技术当成一个独立物体或"工具"的感觉就消失了，我们充分感受到了网络文本之间的具体可感和动态关联。可见网络空间下的文本阅读不同于现实空间下的印刷本的阅读，它不是经历的条件，它本身就是经历，可以随着人们的阅读视点而产生。这些文本似乎又是虚无缥缈的，当你点击或召唤它时它才存在，否则它就消失得无影无踪。"它既无处不在又处处不在，既永远存在又从未存在。它真可谓是物质/非物质。"② 虚拟实在使一切艺术创作都虚拟化了，而这正是网络文学得以存在的最基本的前提条件。

　　二、虚拟社区

　　虚拟社区的形成是虚拟实在最集中的体现。虚拟社区也

---

　　① ［美］马克·波斯特：《信息方式：后结构主义与社会语境》，范静哗译，商务印书馆2000年版，第153页。
　　② ［美］马克·波斯特：《信息方式：后结构主义与社会语境》，范静哗译，商务印书馆2000年版，第117页。

是网络人气的聚居地，这意味着赛博空间不仅是一种虚拟空间而且也是一种精神空间和文化空间。尼葛洛庞帝认为"网络真正的价值正越来越和信息无关而和社区相关"，虚拟社区的形成标志着人类另类空间的形成，一种新的生活方式已经开始。虚拟社区的主要表现形式是网上的电子公告板（BBS）或网络论坛（Forum）。对于何谓虚拟社区，埃瑟·戴森在《2.0版——数字化时代的生活设计》中认为："在网上的世界里，大体说来，一个社区意味着人们生活、工作和娱乐的一个单位。"① 自然，虚拟社区并非一种物理空间的组织形态，它是纯粹经由传播行为而构建的社区，但它造就了一个供人们围绕某种兴趣或需求集中进行交流的地方，其成员是一群具有共同兴趣及需求的人们，他们以志趣认同的形式在线聚合，形成网络网民共同体。虚拟社区形成的这个网络网民共同体以两种核心的活动方式来运作：同步互动与非同步互动。同步互动的方式包括在线聊天、多人游戏等；非同步互动的方式包括电子信箱、公告栏、群组讨论。

1. 虚拟社区的特征

（1）虚拟社区是一个群体互动的社区，它是流动的、跨时空的和自由共享的。互动是虚拟社区的主要特征并体现人际沟通的交互特性，也是促成虚拟社区形成的重要条件。美国《连线》杂志创办人之一路易斯·罗塞托认为："互动性让

---

① ［美］埃瑟·戴森：《2.0版——数字化时代的生活设计》，胡泳、范海燕译，海南出版社1998年版，第47页。

身为内容创作者的你，能够和其他内容建立起关联，把你的东西摆在别人的作品中，加深你的分析和情境与其他人的关联，也让你对发表的分析有联想性（因此也较深入）的了解。……网络的真正力量在于互动性，因为互动性创造了社区并且联合社区内的使用者。互动性让人们对作品主题、趋势和当中的想法产生兴趣，同时，让作品有生命，不断进化，维持使用者的参与程度。"① 网络作为一种全新的互动和沟通方式，它彻底改变了信息传播的传统方式与途径，以此为基础的虚拟社区呈现出以下特点。

首先是互动范围的扩大和交往成本的降低。人们通过网络可与世界各地的人进行交谈，打破了现实社区的互动对"场合"的要求；网络提供了便捷、快速的信息传播技术，使得远隔千里的人们可以在瞬间得以互动，这种互动速度的加快将拓展人们社会交往的范围，有助于人的社会化空间得到延伸和发展。正如埃瑟·戴森所言："Internet 的优势之一是，它使超越地理限制去营造社区成为可能。"② 现实社区通常强调地域环境的影响，其社区形态都存在于一定的地理空间中。现实社区是指居住在同一地区的人们依据共同的生存需要，共同的文化、共同的风俗、共同的利益以及共同关心的问题发生互动而形成的地域性的"共同体"，一个人很难与属于

---

① ［美］约翰·布洛克曼：《未来英雄》，汪仲、丘家成等译，海南出版社1998年版，第243页。

② ［美］埃瑟·戴森：《2.0版——数字化时代的生活设计》，胡泳、范海燕译，海南出版社1998年版，第48页。

几个不同区域的社区人们（这里仅指地域上的社区）面对面交流和沟通。虚拟社区则不然，其存在"空间"是无形的，它跨越了地理上的限制，使其成员可能散布于各地，即一个人也可以超越空间的障碍生活在好几个网上社区里。网络社会就这样使人既摆脱了"后勤障碍"，又"超越"了时空限制（地域）。人们第一次可以按照自己的意愿，建立并选择适合自己的生活空间。虚拟社区创造了许多与物质地点无关的接触形式和群体，其强大的整合作用在于：把庞大的工业社会打散，在世界范围内重塑人群，让人们按其兴趣、需要、价值观念、文化等"自发地"形成大大小小的虚拟社区，从而改变人们的现实交往方式和互动关系。在虚拟社区里，人们的虚拟活动不再受原有边界的限制，其流动性显著增强。任何人都可以过着流动性的虚拟生活。阿兰·伯努瓦非常形象地把在虚拟空间中的这种生活形容为"电子游牧生活"。

其次，虚拟社区使社会互动形式发生改变。虚拟社区中人际互动是以发帖的方式在社区的公告栏、论坛、邮件、聊天室上实现的，这就改变了传统上人们面对面的互动方式，同时人际互动匿名性特征超越了现实社会的个体身份和角色的规定，实现了个体的真实自我。你可以参与到你感兴趣的任何主题事件中，可以通过社区这个平台与其他使用者互动分享知识和信息。"在网络中，没有任何人居于最高或中心的地位。在网络中只有许多节点，在那里一堆个人和群体为了

正因如此，网络中的虚拟社区是具有其自身体系的，不同的社区有着不同的价值旨趣。一个群体的形成是由其所具有的特殊的东西联系在一起的，这个"特殊性"是由群体成员共同拥有的且不与其他群体成员分享的信息所构成。这也正如桑斯坦观察到的"真实世界的互动通常迫使我们处理不同的东西，虚拟世界却偏向同质性，地缘的社群将被取代，转变为依利益或兴趣而结合的社群"①。许多人连接成一个虚拟共同体，从而构建成自己独特的中心。在科学哲学家库恩看来，科学活动总有两个最重要的因素，一个是科学共同体，一个是范式。两者的关系是：一个范式即是一个科学共同体成员所共享的东西，反过来，一个科学共同体就是由那些共享一个范式的人组成。网络社区就是一个范式的共享文化丛亦称文化特质丛，因功能上相互联系而组合成一个精神文化的社区。

正如美国著名的未来学家托夫勒所言："未来的社会确实造就了许多的小环境——人们可以任意地选择，有更多的条件创造自己的小环境。在这一点上，即使拿以前所有的社会的总和来相比，也是望尘莫及的。"② 不同的媒介社群拥有不同的媒介社区。网络所提供的匿名沟通手段，使得虚拟社区中的人们"挣脱了现实生活的束缚"，获得了空前的意志自

---

① ［美］凯斯·桑斯坦：《网络共和国：网络社会中的民主问题》，黄维明译，上海人民出版社 2003 年版，第 37 页。

② ［美］阿尔文·托夫勒：《未来的冲击》，孟广均等译，新华出版社 1996年版，第 269 页。

由。网民们自由出入、自表立场，宣泄积愤，排遣苦闷，表达着生活中的喜怒哀乐。话语的放肆和行为的极端都得以彰显。这一方面使得私人空间与公共空间的界限模糊了，另一方面也为一种独特的文化生长提供了基础——亚文化。网络使亚文化群体找到了一种低成本扩张的捷径。虚拟社区先天具有的自由表达性，使在现实生活不被重视和认同的群体找到了表达和联系的途径。他们超越地域限制方便地交流，共享价值和意义，躲避主流文化的规训，获得某种由团体化所拥有的被社会正视的权利。另类的主要含义就是在主流文化以外的一种亚文化生存状态或方式，另类就是一种主流以外的选择。随着实践的发展和社会的变迁，起初处于边缘状态、亚文化状态的另类也可能成为主流。

（3）虚拟社区并非完全隔绝于现实社会之外，它既需要社会关系的支持，也将对社会关系产生影响。一方面虚拟社区并不隔离于现实的社区，而是影响着现实的社区。现实情绪可以发泄在网络世界里，对网络世界的其他人产生影响，这种情绪也可能反作用于现实世界中，并对现实世界中的人产生影响。另一方面现实生活中的一些因素也影响着虚拟社区的生存。商业利益与政治的意识形态都在网络的背后隐匿。网络本身就是技术精英的产物，其具体形式的变迁离不开技术的支持，其功能的升级和关闭也是在网络技术界的支配之下。加之社区或论坛的运作要靠一定的经费来运作，这也导致其不得不服从于商业逻辑的支配，以至许多社区不得不寄身于各大主流网站，或者本身开辟商业广告区域，增加经济收益以求生存。另外，社区本身也无法脱离政府的有力监管，如有违法行为，也将面临被国家取缔的风险。所以虚拟社区必然是过渡性的或者说具有非永久性存在的特征。这种存在的临时性或虚拟性特征正是它们的一种生存模式。同时虚拟社区的内部本身也为许多人提供了一个新的权力角逐的空间。版主有权力删帖，更改别人的帖子；级别不同的用户可以享受到不同的待遇；即使网上免费资源的发布之类的背后都潜藏着发布者对名誉和地位的追逐。一些发帖者的内在驱动力也是渴望通过在论坛内获得声名，改善他们在现实社会生活中的权力状况和社会地位。网络中他们一旦出名，名利也就可能转入到现实社会生活之中；而那些在现实社会中居于有利社会地位的人，特别是其中已是名声在外的人，纷纷以其名人效应向网络拓殖其文化资本，如名人开博或个人网页等。由此可见，网络并不是一个人人平等的天堂，某种程度上也是一个权力角逐的新战场。

2. 虚拟社区之于网络文学的意义

首先，虚拟社区在为人类构筑了一个全新的生存平台的同时，也为网络文学的生成提供新的空间。网络文学产生于虚拟社区之中。虚拟社区之所以被称为精神和文化的社区，就在于它为现实生活中的人们提供了思想、情感交流沟通的平台，社区内的创作也成为他们这种情感交流的不可或缺的一部分。事实上，大量的网络文学都是寄身于特定的网站社区内的，所以网络文学作品的发表和阅读都是在虚拟社区内完成的，这也是它区别于传统文学的重要特征。网络文学是

"小群体的文学"或"部落化的文学",因为社区限定了写作和阅读的对象,网络文学是为社区内有限的社员阅读而存在的。不同的社区限定了写作的话题和兴趣乃至主旨,如"玄幻迷"等写作社区就有自己固定的社区成员。同时社区成员的跟帖评价也直接推动了作者下一步对作品的构思。一个网络作家可能并不在意网络外的群体对他的作品的评价,他欣慰的是在写作过程中有社区成员的追捧。所以网络作品的认可机制也只有在网络社区内才能达成,它由社区的主导审美趣味来促成,靠作品的跟帖量和点击率来衡定,它所造就的风云写手和黄金作品也不见得被传统文学媒体所认同。这就使网络文学本身具有相对自足性和自己独特的认同体系,也注定了只有那些亲自参与其中的人才能对它做出贴切的评价。

网络语言生成是虚拟社区成员间沟通交流的必然结果。文字本来就是在人际交流中提炼而成的。借助于虚拟社区,网络上新兴的一些表意的心情符号以及数字表情直接进入文字表达范围,运用表情符号和数字来表情达意成为网络社会的普遍社会心理状态,这种语言形式和语言内容符合网络上民主参与的精神状态。作为一种沟通手段,社区内普遍地运用相同的话语模式具有加强社会团体成员之间凝聚力的功能,语言反映的是对事件的共识,因此语言可产生群体认同感,共同语言使团体成员之间易于沟通、协调、了解和同情。网络语言在一定程度上是网络族群的一种话语模式。

其次,虚拟社区聚集人气,加强了互动的范围,使得网络文学在相互交流和合作中生成。虚拟社区保证了参与的平等性和自由性，它让更多的人加入到文学的创作中。虚拟社区的写作过程就是在作者与读者的对话互动中完成的。网络文学即是多元互生性文学，互动是网络文本生长的唯一方式或者具体动力。一个发了原创帖（主帖）的作者在将自己的文章贴出去之后立刻变成了读者，并盼望回帖的出现。有了回帖式的建议，马上就会激起创作的新冲动。可见一个完整的网络文本是由原创帖和回帖组成的，它的诞生过程是作者与读者不断交换身份的过程。所以，互生性乃是网络文学的生产机制。如果说传统文学生成于隐性的对话，那么，网络文学直接就是对话本身。写作即对话，对话即写作，它是以文本符号的存在代替了写作者的存在。例如，阅文平台开发了文字弹幕"段评/章评"功能，让读者能够进行社交评论，"兴趣社交"功能形成了丰富的用户社区，"角色"功能让粉丝读者有机会直接参与到作品的完善和创作当中。同时主体间际的平等性则是这种互生性的保证。事实上，一部网络文学作品的真正完成也必须具有这种较强在线互动性，网络写手往往每日都会按时更新内容，少则几千字，多则万字，假如没有这种连续式的更新，就会遭到读者发帖抱怨，导致大量读者粉丝的流失，这既直接影响到网络写手创作热情，也会导致作品的点击率下降，使网络写手失去被签约出版的可能，其经济收益也会大受损失。有时候有些网站还对签约写手设置"全勤奖"，只要每天按时更新相当内容，都会给予500元~1000元不等的酬劳，以便保证写手与读者群的经常在线。所以网络文学就在这种读者与写作者的在线式下生成。

三、信息展现

赛博空间是一个信息化的空间。赛博空间使用的是以"比特"为"信息 DNA"的软载体语言,"比特没有颜色、尺寸和重量,能以光速传播。它好比人体内的 DNA 一样,是信息的最小单位"①。当这些信息储存于计算机的空间时,信息彼此处于相对独立的存在状态,然而计算机网络却是最便捷的复制技术工具和传播平台,每个信息并不具有特定性和唯一性,它可以被无穷复制,最终导致网络拥有海量的信息。信息也可以与其他信息形成不同的关系,可以在不同的结构中显示出不同的意义,因而同一信息有可能存在于不同的文本之中,构成不同的文本并形成多样的意义,以至整个空间没有封闭的疆域和固定的文本形式。也正如韦尔施所认为的:"电子世界的确可能完全是平面的,但是它是个无限广阔的世界。它具有一种无以与测定的横向连接和延伸的多元性,从同一单元的增殖,到复杂的网络工程。数字空间的展开是无穷无尽的。"② 所以赛博空间是无限绵延的信息化的空间。

信息化应包括两方面的意义:其一,从人们能认知的一切过程中抽取信息,并使之符号化;其二,信息一旦抽取来之后,就独立于原过程,可以按一定程序存储、组合、加工

---

① [美] 尼古拉·尼葛洛庞帝:《数字化生存》,胡泳、范海燕译,海南出版社 1997 年版,第 24 页。

② [德] 沃尔夫冈·韦尔施:《重构美学》,陆扬、张岩冰译,上海译文出版社 2002 年版,第 246 页。

和传播。当网络写作者依赖比特时，显然网络文学不得不接受信息化的现实。不经意间，文学已经作为一种电子信息产品而进入网络的传播之中，由此文学也步入信息时代。这意味着，我们的"言行"以数字的形式存在于其中，数字存在正在开创"在之中"的新的可能性。信息化的赛博空间也给网络文学带来了双重意义。其一，祛魅了传统艺术的存在方式。其二，以信息方式展现或生产文学。赛博空间对于文学艺术的存在，既是破坏的手段，又是建设的方式；既是毁灭的开始，又是生成的契机。

1. 信息化是一种祛魅

信息是权力的一种。在传统社会中，信息垄断在少数人手中，信息的掌握和发布是衡量权力大小的一个标志。写作和阅读往往也代表着一种信息的发布和分享，这就导致作家地位至高无上和文本的经典神圣性。于是便有了艺术作品的文献价值，有了真品与赝品之分，有了艺术创作的不可复制、不可替代、不可修改的唯一性和材质之美。文学艺术是一种符号，而"符号极具价值，因为它包含着世世代代的经验并使之永生不朽"①。文学艺术这种符号所形成的是膜拜价值，它造就了文学艺术的神圣性。同时在这种神圣性的背后存在着一种霸权：接受艺术，接受作家地位的不可动摇性。然而网络媒介所具有的信息化的特征可以使文本被存储、复制、

---

① ［英］安东尼·吉登斯：《现代性的后果》，田禾译，译林出版社2000年版，第32页。

粘贴和组合，以至在网络中，复制、拼贴、链接成为创作常态。作品的大规模复制完全成为可能。网络信息的瞬时传播性也使得艺术作品单位信息含量增加。这种信息模式，对作品的形式与传播过程产生重大的影响，一方面这种情况大幅度削弱了传统创作的象征权力，破除了文学权威和文学迷信以及艺术创作的神秘性和崇高感，消散了艺术家、诗人、作家头顶那道神圣光环，导致作家权力的流失。另一方面它也消解了经典文本的存在形态，造成了艺术"韵味的消失"。这就鲜明地体现了本雅明所提出的"机械复制"的概念。本雅明认为：机械复制必将造成艺术"韵味的消失"和"展示价值"的出现，因为"韵味"特指传统的艺术方式，它是唯一的、独一无二的显现，"韵味"受其此时此地的制约，不可能被摹仿。传统艺术中所呈现出来的一定本真性、膜拜感和距离感的成分正是文艺中的魅力之所在，它所形成的艺术接受的方式是"凝神观照"。而机械复制技术所侧重展示的价值与"消遣性"接受方式相联系，因为展示价值和欲望消费互为因果。故"韵味"的艺术魅力将是网络文学不可企及的，但我们也要看到，网络文学在消散韵味的同时，也将为文学带来新的内涵和意义。机械复制技术固然取消了韵味，但是它将艺术分散到芸芸众生中，让每个人都可以用自己的理解来感悟艺术，拿本雅明的话来说，"复制技术把所复制的东西从传统领域中解脱出来。由于它制作了许许多多的复制品，因而它就用众多的复制物取代了独一无二的存在；由于它使复制品能为接受者在其自身环境中加以欣赏，因而它就赋予了所复制的对象以现实的活力"①。这就是一种"星丛"化的艺术接受状态。网络文学也正是以这种大批量的可复制性进入到人们的日常消费中去,人们可以在网络中搜索到自己喜欢的作品。文学艺术的神圣性和韵味离网络的距离是遥远的,网络文学只和当下的具体的休闲消费联系在一起。艺术的权威性、总体性和同一性在网络中得到消解,这也许是后现代的艺术接受状态。

2. 信息化也是一种生产

当文学被置于网络界面时也就导致其存在属性的变化,文学开始具有了信息化的特点,马克·波斯特曾指出:"我之所以要引进'信息方式'这一概念,是为了用它来揭示电子媒介交流中的非同质性语族。特别是电视广告、数据库和计算机写作等符号范式都是这样,它们实际上是一种信息交流方式。"② 现实地看,文学的信息化已成为当今一种文化现实。它影响着我们的心理现实和审美感知,它既有可能是文学的福音,也有可能是文学的灾难。

(1)信息是知识的单元而知识本身仅有少许的意义。信息总是被以某种方式并置在一起,这些信息并没有赖以存在的社会环境和精神环境。虽然它假定一种有意义的境域但却不能完全传达或保证一种境域。它带给人们的是支离破碎的

① [德]瓦尔特·本雅明:《机械复制时代的艺术作品》,王才勇译,中国城市出版社 2002 年版,第 10 页。

② Mark Poster. The Second Media Age. Policy Press in Association with Blackwell Publishing Ltd, 1995: 136.

时间感和被割裂的注意力，正如波兹曼所认为的"信息：在它们的语言中；没有关联，没有语境，没有历史，没有任何意义，它们拥有的是用趣味代替复杂而连贯的思想"①。网络文本就这样虚化了历史，使读者失去了历史感。网络上的网络文本不再是我们熟悉的那些相对封闭自足的白纸黑字。文本和文本之间相互镶嵌、叠套和指涉，每个文本之间的界限变得越来越模糊，网络上的文学存在开始呈现"碎片化"的特征，形成一种信息之流，文字的阅读变成了信息的点击浏览。正如麦克卢汉所言"媒介是人的延伸"，媒介延伸的同时，信息成了相应的客观世界的替代物而和人直接发生联系。

在知识经济时代，信息匮乏将对人类生活带来致命地打击，但信息并不是越多越好，信息过量也可能是一种干扰，使人患上信息过剩综合征。戴维·申克忧虑地指出："信息过剩一旦发生，信息就不再对生活质量有所帮助，反而开始制造生活压力和混乱，甚至无知。如果信息超出人类的承受能力，它就会破坏我们自我学习的能力，使作为消费者的我们更容易受到侵害。"② 当日益增生的信息被大众传媒制造、传播扩散之后，表面上人们每天都在大量地吞噬着信息的盛餐，现代人仿佛变得越来越充实了，然而这只是一种经历的充实，他们更真实的处境则是生活经验开始趋向贫乏，"到处是信

---

① ［美］尼尔·波兹曼：《娱乐至死》，章艳译，广西师范大学出版社2004年版，第102页。

② ［美］戴维·申克：《信息烟尘：在信息爆炸中求生存》，黄锫坚等译，江西教育出版社2000年版，第9页。

息，惟独没有思考的头脑"，当网络以信息高速公路的数字方式把文学展现在我们眼前时，数以万计的读本早已使读者患上了信息过剩综合征。当文学以信息之流涌来时，读者根本没有足够时间进行思索与回味。在网络中，根本没有历史，有的只是空间事物的罗列。我们阅读到的是支离破碎的断简残篇，我们逐渐习惯于抱住知识的碎片而丧失了对知识后面蕴涵的智慧的感悟。

（2）文学的这种信息化的特点既代表着我们的一种美学现实，也代表着我们的社会现实。"事实上，人类文明的进程就是'轻'的力量不断战胜、控制'重'力量的过程，也就是对于原子世界的信息化能力不断提高的过程。而信息化能力提高的过程，是用于信息化的工具、语言（每一种工具的技术水平都要求相应的语言）对原子世界的依附性越来越淡化的过程。"① 从笨重的竹简到轻便的纸张，到最后的便捷的电脑书写，人们对信息符号的控制似乎变得相当容易。我们拥有更大的力量来控制现实，制造了一个轻逸的世界，让人类超越沉重的肉身，使周围沉重的压力变得无足轻重。卡尔维诺曾在其《千年文学备忘录》中认为，人为自己创造一个"轻"的世界，不是为了逃避我们眼前这个"重"的世界，而是为了使自己不至于被这个"重"的世界同化为寸步难移、没有感觉的石头之身。在科学中，一切沉重感都会消失，而

---

① 吴伯凡：《孤独的狂欢——数字时代的交往》，中国人民大学出版社1998年版，第305页。

文学似乎也走向了"轻逸"和"迅速"。

数字化是信息化的一种方式，比特是最没有原子性、最轻的信息符号。它同样是克服、消解世界或事物与原子相关的"重"的物性，使世界或事物变轻。人类可以自由地畅游于不同的信息世界，像天使一样在赛博空间里自由飞翔。当信息的轻灵外罩遮盖了人类道德的沉重和物质世界的具象时，人们内心压抑的欲望得以尽情地释放，生活中的沉重和无奈也随着那轻简、随意的文字在信息的空间消解并飘散。赛博空间里的信息化生存似乎拥抱了人类这种对轻逸世界的期许。

信息产业越来越成为整个社会经济结构的基础产业，信息活动在推动经济增长、社会进步、生活方式变革和价值观念转换中的贡献和作用越来越大。意大利艺术史家阿尔甘写道："正在形成的这个社会不再是一个建立在占有基础上的社会，也即不再是建立在各种固定价值基础上的社会，它是一个循环的社会，其中各种价值在急剧地和不断地更新。过去的艺术通过赋予对象一种审美价值从而认可这个对象象征占有的意义，而现代美学研究只可能赋予信息一种审美价值。可见，由于技术占据了实际文化系统的中心，因而我们对审美表现的研究必须从技术的观点出发，那么显然，研究对象将不再是用于生产对象的技术，而是信息循环的技术。"① 利奥塔深有同感地指出："我们有理由认为，信息机器的增多正

---

① 转引自［加］麦克卢汉：《人的延伸——媒介通论》，何道宽译，四川人民出版社1992年版，第2~3页。

在影响并将继续影响知识的传播。……在这种普遍的变化中，知识的性质不会依然如故。知识只有被转译为信息量，才能进入新的渠道，成为可操作的；因此我们可以预料，一切构成知识的东西如果不能这样转译，就会遭到遗弃，新的研究方向将服从潜在成果变为机器语言所需的可译性条件。无论现在还是将来，知识的'生产者'和使用者都必须具备把他们试图发明或试图学习的东西转译到机器语言中去的手段……信息学权霸带来某种必然的逻辑，由此生出一整套规定，他们指涉的是那些能被人当作'知识'而接受的陈述。"① 面对信息化的现实，我们也不得不深思文学的存在境遇，也许是对文学的消解，也许是一种新的文学的美学现实的生成。这一切或许意味着文学在新的空间中获得了机遇。

　　总之，作为超空间的赛博空间以自己的方式形成了一种新型写作空间，它剧烈地改变着传统的艺术生产形态。虚拟实在作为一种新形式的人类经验，造就了一个潜在的和可能的世界，它提供了一种新的知识、文化等的生产与消费的方式。虚拟社区是人类活动空间扩展到虚拟世界后的一个飞跃，它改变着人类的生存方式和交往方式，为人类构筑了一个全新的生存平台的同时，也为网络文学的生成提供了新的空间。信息展现使网络文学得以广泛传播，它使网络文学披上了信息化的外衣，也彻底改变了人们对网络文学的审美接受。正

---

　　① ［法］让-弗朗索瓦·利奥塔：《后现代状况：关于知识的报告》，车槿山译，生活·读书·新知三联书店1997年版，第2页。

是在此意义上，赛博空间引发了一场文学艺术生产范式的变迁。

第二节　技术与艺术的联姻是网络文学的发展趋势

随着现代技术日益强大地推进到文化领域、艺术领域和政治领域，技术理性精神不仅决定了人类与自然的交往程度，也深深影响了人类的文化创造，占领了人类的一切存在领域。人类社会已进入一个技术时代。在这样一个时代没有任何事物，包括人类自己能够以其本来的面貌出现，所有事物都受到了技术展现的影响，烙上了技术展现的特色，以至文学艺术存在的方式也发生了转型。"这表明，科学的发展不仅深刻改变了文化的内容（引入新的知识要素及新的实践），而且改变了文化的基础。……确定无疑的是，科学以及与之相联系的技术，逐步对构成文化的一切方面产生了决定性的影响，广义地说，即是影响到所有在一个历史共同体的生活中，打上自己特殊印记的诸方面。一个共同体的文化可以认为是它的表达系统、规范系统、表现系统和行为系统的总和。"① 这种技术的合理性与目的性，暗示着技术逻辑先于社会存在的必要性和合理性，这种必要性和合理性在不断变化和扩散的社会中日益凸显。"现代工具已经'内在地'改变了世界而不

---

① ［法］让·拉特利尔：《科学和技术对文化的挑战》，吕乃基等译，商务印书馆1996年版，第3~4页。

受它们所为之服务的目的所制约。我们的工具已经成了一种
生活环境，渐渐地我们被融合进我们所创造的器械之中，并
且服务于它的节律和要求。海德格尔把这叫做时代的'风
险'。"① 这也成为我们生活方式的一种新的法规。这种科
学—技术的合理性因而不仅仅是一种认识论的范畴，同时也
是一种文明的范畴。每一时代的艺术的形式与内容都无法剥
离这种科学—技术的先在性，艺术只能是在现实条件下的一
种创造。

一、融合与互补

科学技术和艺术互相融合和互补。艺术发展史表明，无
论是艺术的内容还是艺术的形式，都随着社会的发展而发展，
随着社会的变化而变化。科学技术的进步对艺术发展和变化
起到了重要作用。"科学技术的发展，一方面使美学作品能够
在更宽松的条件下选择艺术创作的原材料，也能够在对科学
理论完整理解的基础上，创造全新的原材料。"② 这就扩展或
丰富了人们的世界感知，为艺术的创造带来了新的内容和体
验。另一方面科学技术也为艺术的发展提供了广阔的平台，
促成了艺术的新的存在和展现方式，拓展出新的生存空间。
事实上，几乎每一种新的艺术形式的产生都以某种新技术的

---

① ［美］安德鲁·芬伯格：《可选择的现代性》，陆俊等译，中国社会科学
出版社 2003 年版，第 28 页。

② 高小康：《喧哗与萧条——当代城市中文艺的传播与教育》，山东文艺
出版社 2000 年版，第 86 页。

问世为基础。现代艺术向当代艺术的演变过程中，我们更能够清楚地看到这一点。科学技术不仅深刻地改变着我们与现实、时空、记忆、事实和可能之间的关系，同时也使得它们在人类社会中的地位和担当的角色发生了变化。德国学者彼得·科斯洛夫斯基写道："艺术与科学的分离是不自然的，对双方都有害。因为若是这样科学就成了僵化的、无想象力的纯粹方法论、学究知识或盲目的试验，艺术则成了随意性和随心所欲的主观想象力——这种想象力不再趋近普遍性——的游乐场。"①

技术的选择本身就包含了历史人文的选择因素，而且技术发展越快，人文选择性也就越强。现代科技使我们的生活加快了速度，也使我们包括艺术家们对现代科技的依赖日益加深，今天的艺术家似乎比以往任何时候都需要技术的支持。现代科技越来越具体、越来越直接地参与艺术活动，人类的艺术想象力、创造力、传播和接受过程与现代科技紧密联系。艺术家们也将不再对技术感到恐惧，技术日益与艺术融合，并对创作方向产生决定意义。技术开始为艺术贡献着自己的力量。

技术为人文艺术走向多样化和生活化提供了可能，使艺术作品更接近现代人快速多变的生活。技术的力量已经进入我们时代审美生产过程中的心脏地带，进入了审美流通的过

---

① ［德］彼得·科斯洛夫斯基：《后现代文化——技术发展的社会文化后果》，毛怡红译，中央编译出版社1999年版，第159页。

程。技术对文化的渗透一个重要的表现就是艺术的媒介化趋向，艺术的传播越来越受到媒介工业技术和体制的制约。媒介介入艺术的创作过程并成为艺术的一部分，改变着人们对艺术的认识，伯恩海姆就认为技术有着深刻的美学意义："计算机最深刻的美学意义在于，它迫使我们怀疑古典的艺术观和现实观。这种观念认为，为了认识现实，人必须站到现实之外，在艺术中则要求画框的存在和雕塑的垫座的存在。这种认为艺术可以从它的日常环境中分离出来的观念，如同科学中的客观性理想一样，是一种文化的积淀。计算机通过混淆认识者与认识对象，混淆内与外，否定了这种要求纯粹客观性的幻想。人们已经注意到，日常世界正日益显示出与艺术条件的同一性。"①雅斯贝尔斯更是指出技术作为艺术的根基对艺术的重要意义：日益崛起的电子文化势必以科学为根基，将所有的事物都吸引到自己的势力范围中，并不断地加以改进和变化，而成为一切生活的统治者，其结果是所有到目前为止的权威都走向灭亡。技术不仅改变着人类的存在方式、思维方式和价值传递方式而且"成为一种霸权，任何艺术、宗教、文化，不与技术联姻，不成为技术中心的附庸，就不具有价值"②。可以看到，科技对艺术生产产生影响的主

① ［英］汤因比、［美］马尔库塞等：《艺术的未来》，王治河译，北京大学出版社1991年版，第98页。
② 王岳川：《中国镜像：90年代文化研究》，中央编译出版社2001年版，第51页。

要原因是，科技作为意识形态已经悄悄地改变了人们的思维模式和审美习惯。

二、联姻——圣殿还是牢笼

技术全面侵占现实，与艺术联姻，是社会感情心理宣泄的一种必然，是人类生存的一种需要。随着人类文明的发展，我们日益沉沦于物化世界和工具理性的历史困境之中，人类迫切的任务就在于挽救人的爱欲、灵性、激情、想象等感性之维。在马尔库塞看来，这就需要一场感知方式的革命来打破一体化社会的意识形态。马尔库塞虽然对技术社会进行了批判，但他并非一概否定科学技术的重要意义。他认为，技术是当代发达工业社会的杠杆，技术即使不能保证人类是自由的，它至少也是实现人类自由的必要条件。感知的革命伴随着社会的物质和精神的改造，将产生新的环境。在当代生产社会的生产能力与生产艺术的创造性能力达到同一，创造艺术世界与创造现实世界相一致，解放的艺术与解放的技术结成联盟的时候，通过艺术去解放人的意识，解放了的意识会加速科学技术的发展，而科学技术的属人的发展就在于消除其破坏性毁灭性的功能，使它成为保护人的生命力及其享受的工具。"这样技术就趋于变为艺术了，而艺术也趋于现实的形式化：想象力与知性，高级的和低级的能力，诗意的思维与科学的思考之间的对立已不复存在了，一种新的现实原则出现了，在这个原则下，一种新的感性和非升华的科学智力统一成为一种审美伦理。"①马尔库塞的审美解放论的着眼点在于本能的解放，他意识到主体意识的解放是科技的属人的解放的前提，一种新的感性将体现出未来革命的新历史形式。马尔库塞提出的新感性作为普遍解放的起点，是有其历史根据的，根本变革的需要必须植根于个体的主体性，植根于个体的主体性的智力、激情、内驱力和目的之中。同时"也只是当文明在物质和思想方面达到了最大限度成熟的时候"②，我们将看到当代科技的发展结果为个体的表达或创造提供了更多的表达手段和空间，为自我生存压力的宣泄提供了畅通的渠道，这既为自我的解放提供了舞台，也为社会稳定提供了安全阀。

这是技术对人类有益的一面，但与此同时，我们也将看到，技术一旦成为精神及思想的主宰，将对人类思想的发展、智力的健全，以及艺术真正的成熟产生不良影响。这也为今天艺术逐步走向平民化和庸俗化提供了解读：当代艺术正日益成为当代人复杂扭曲欲望的跑马场和思想狂欢的精神胜地。无疑这是一种虚假和危险的解放，当我们沉浸于精神狂欢的同时，也日益成为技术文明的奴隶，给自己重新套上新的枷锁，表面的解放将沦为一种虚假的仪式，技术也因此可能成为人类新的牢笼。

---

①　[美] 赫伯特·马尔库塞：《论解放》，引于刘小枫：《诗化哲学——德国浪漫美学传统》，山东文艺出版社 1986 年版，第 263 页。

②　[美] 赫伯特·马尔库塞：《爱欲与文明：对弗洛伊德思想的哲学探讨》，黄勇译，上海译文出版社 1987 年版，第 138 页。

三、赛博空间——一场新的联姻实践

人类的实践活动方式决定着人类感性的存在形态，而人类实践活动的深化和扩展，也将促进人类感性的深化和扩展。赛博艺术是技术与艺术联姻的最高形态。赛博空间作为现代文明的一个高科技的产物，它的形成为人类提供了一种新的生存方式，形塑了一种全新的社会环境和生活空间。这也在某种程度上为一种新感性的形成提供了一个平台。赛博空间本质上是一个虚拟的数字平台，是一种信息化的数字存在。数字化是技术选择和进步的产物，它将贯穿人文和社会存在的各个环节和领域，使社会整体结构和人文价值关系机制产生变化。这也将导致人的生存成为一种数字化的生存，尼葛洛庞帝曾这样解释："数字化生存的本质是生存活动于现实社会的人，借助于'数字化'构造一个真实的虚拟而非想像的虚假的信息传播和交流平台。由此赛博空间将成为人的新感性生成的一个寄居地，导致'计算机既是一种装置又是一种文化转换器'。计算机技术打破了由认知对话和其叙事合法性形成的现代格局。单单指示性知识，现在就能够要求认知的有效性，但它不能建立它自己最终的合法性。它像其他语言游戏一样被肢解了，也正是这种情形创造了一个空间。"① 网络所打造的虚拟空间给予了现实生活中深受生活压抑的都市

①　［美］安德鲁·芬伯格：《可选择的现代性》，陆俊等译，中国社会科学出版社 2003 年版，第 152 页。

寻梦者一个宣泄和表演的舞台，他们在此卸去精神枷锁，尽情舒展自己欲望，寻求互动式的认同。

在赛博空间里，数字符号即是生产力本身，心智与机器、象征与技术已有重新互动的机会。赛博空间所打造的各种虚拟社区，为个人情绪的宣泄提供了一个端口，导致社区沦为欲望狂欢之地。在网络里弥漫的感性的甚至是色情的话语无疑是欲望的一种漫溢，这正是德勒兹所描述的"欲望的机器"。在此我们也见证了艺术的另种形式的生成。可以说，"计算机的魅力之于我们，是情欲多于感观的，精神多于功利的。……计算机的引诱比起美学和功利的引诱可要大得多；它是情欲的，与浅尝辄止不同，像玩具或娱乐活动，我们与信息机器的恋情昭示着一种共生关系，而最终是我们与技术的精神联姻"①。我们适应了技术，视它为同一，我们使自己习惯于界面，也在网络空间里住得习惯，这便是吉布森所谓的自愿的幻觉。

我们开始习惯于用语言机器进行写作，这也不失为一种新艺术的生存方式。我们不仅可以用文字而且可以用图像在虚拟的空间里塑造和表达自己，试探着消解权力与精神漫游的文学创造。我们在网络里游荡，任自我的心绪飞扬，我们就是中心，我们就是主人，我们就是我们的自我创造者，我们要释放心灵的重压。在这里，生命力与艺术形象是一种分

① ［美］迈克尔·海姆：《从界面到网络空间——虚拟实在的形而上学》，金吾伦、刘钢译，上海科技教育出版社2000年版，第87页。

裂式同态对应关系，所引起的主体心灵的迷狂是力图追回自身价值的迷狂。赛博空间是最自由的书写，同时也是最具个性的书写，它消解着现实中权力话语的挤压，从而呈现出一种游戏化和娱乐化的特点，它既是在精力之余的自我消遣，又是日常生活的自我抒写。这也是马尔库塞论述过的："席勒表明为了解决政治问题'美学是必由之路，因为正是美学导向自由，而消遣冲动则是这种解放的工具。这种冲动的目的不是借助某物来消遣；而是生命本身的消遣，它超越了欲望和外部强制，是无忧无虑的生存的表现，因而是自由本身的表现……有一种真正人道的文明中，人类生存将是消遣，而不是苦役，人将在表演中而不是在需要中生活……由于消遣是自由的表现，它就不只是那种压制性的身心现实：人不仅仅关心惬意的东西，善良的东西，完满的东西，但他消遣的却是美'。"① 也许赛博空间中的文学书写"使人性本身在扬弃以前文明的基础上得到提升"（尼葛洛庞帝），从而在一定程度上消解了人与技术之间的对立，它代表了未来的方向，是"技术面貌出现的人性本身的胜利"（尼葛洛庞帝）。

福楼拜曾在一个多世纪前预见性地认为："艺术愈来愈科学化，而科学愈来愈艺术化；两者在山麓分手，有朝一日将在山顶重逢。"② 艺术与技术的联姻造就了全新的文学空间，

① ［美］赫伯特·马尔库塞：《爱欲与文明：对弗洛伊德思想的哲学探讨》，黄勇译，上海译文出版社1987年版，第137页。

② ［苏］米·贝京：《艺术与科学：问题·悖论·探索》，任光宣译，文化艺术出版社1987年版，第131页。

也可能会导致艺术精神的某种凋零，然而不管怎样，数字化时代代表了科学和艺术的重逢，而此次重逢，注定会带来一场由赛博空间引发的文学的昌盛，虽然利弊之争还需后人评断，其滔滔前进之势却已是不可阻挡。

在黑格尔关于艺术发展史的论述中，其中有一个重要的观点是艺术愈向前发展，物质的因素就逐渐下降，精神的因素就逐渐上升，也许网络文学正是契合了人类文学艺术的发展的这一总趋势。

第三节　虚拟文化的兴起与审美观念的转型

如果说哲学主要的任务是解决存在（being/logos）本身的问题，美学则生来就承担了阐释人类生存状态的天职。美学的本来性质决定了它不可能超越现实时空下对人类生存状况的关注，也不能无涉于鲜活的个体生存状态和变化着的精神境界。因为"人的生存境遇引发了他生存目标的超越性意义；自由即是生存的超越，美学同样是关于人的生存意义的探寻和表现。与其他精神科学相比，美学的特殊性质在于它洞察和发现人的生存及其目标的形式化。如果人的生存的状况改变了，他对生存的意义的看法，他在生存所体验到的趣味满足和精神价值也都会改变，美学的思想路径也会随之发生改变"[1]。当代社会文化现实正发生着不可抑止的变迁，随着人

---

[1]　吴予敏：《美学与现代性》，西北大学出版社1998年版，第43页。

类信息技术的大踏步前进，人类不可逆转地踏入一个虚拟文化的时代。信息技术所造就的文化现实正在改变着我们的生存状况以及我们对世界的重新思考。我们的价值观念和思维范式发生了改变，审美观念开始转型。而互动美学的繁荣，就反映了我们这个时代审美观念的变化和对新的艺术类型的需求。网络文学的产生也正是这种时代下的产物，反过来它又将深深影响美学的发展历程和审美观念的转型过程。

一、虚拟文化的兴起

虚拟是当今时代的一个精神主题，也是我们日常生活中精神体验的一个重要维度。它预示着人类的文化构成正在悄悄地发生着意味深长的变化，一种新的文化模式——虚拟文化开始生成。虚拟文化作为反映社会现实的一种新的文化形态，其最主要特点就在于它的虚拟性。

当今日常生活节奏的加速，时空的快速转换，使我们深切地体验到了日常生活中的虚拟感。我们似乎正从传统走向现代。时空的交错进行，我们的人生也犹如处于一种超文本的实践之中：时空的窗口是如此之多，但体验又是如此的肤浅。我们已经失去了对深刻之物的体味和意会，已经习惯于以消遣随意的姿态去猎奇更多的景观。这就是我们为什么急于寻找一种新奇的体验，进而又失望地遁入另一种体验之所在。数字虚拟技术所制造的大量的仿像，既满足了我们对新奇事物的渴望，使得我们的感官现实美轮美奂，同时也使我们进入了一个幻觉性的颠倒形象的领域。在这个领域里，虚拟的世界取代了现实的世界，仿像正成为一种"超现实"来影响和改变着我们的生活。我们的现实生活正在被虚拟的仿像世界来塑造。物质实在性的可信赖度正日益降低。现实正在电子媒介上失去重量和重心，以致像列斐伏尔所描绘的，我们正在步入一个充满幻象的庞大的领域，我们所发现的是一个虚拟的世界。所谓虚拟，首先是因为它不是一个世界，尽管它把自己表现得像真的一样，它紧紧戏仿着真实的生活，好以相反的一面去取代真实的生活；同时它还以虚拟的欢乐取代真实的不幸，以一种虚假的满足来搪塞真实的欢乐需求。现代都市中的休闲正是在这样一个虚幻的仿真世界中进行着。这也正应合了鲍德里亚对于仿像的分析。鲍德里亚认为，从生产性社会秩序向再生产性社会秩序转变过程中，技术与信息的新形式占有核心地位，在再生产性社会秩序中，由于人们用虚拟、仿真的方式不断扩张地构建世界，因而消解了现实世界与表象之间的区别。所以尽管我们产生了大量的仿像，但这些仿像完全是虚拟的、人造的，它们是那样地轻飘、虚无和简练，我们看不到它和现实的任何联系，但它却让现实生活中的人们无比迷恋，使人们悄然进入一个梦幻般的虚拟世界。

　　网络社会的崛起加速了虚拟文化的到来。虚拟一词是电脑文化的标志，计算机与电子技术对人类社会的最大赐福无过于虚拟现实，而我们在赛博空间的生存也就是一种虚拟实践的生存。赛博空间里的艺术便是虚拟文化的真实体现。网络媒介把时空组合推向了极端，造成了传统意义上的有序时

51

空概念的瓦解。"新沟通系统彻底改变了人类生活的基本向度：空间与时间。地域性解体脱离了文化、历史、地理的意义，并重新整合进功能性的网络或意象拼贴之中，导致流动空间取代了地方空间。当过去现在未来都可以在同一信息里被预先设定而彼此互动时，时间也在这个新沟通系统里被消除了。流动空间与无时间之时间乃是新文化的物质基础，超越并包纳了历史传递之再现系统的各种状态：这个文化便是真实虚拟之文化。"① 无疑，虚拟文化正好适应了当代文化现实的需要。一方面，虚拟使多样的文化在赛博时空里交错进行使当代人体验到了更多更广的景观，使人们的日常情感得到了刺激获得了某种兴奋感。在齐美尔看来，"景观"是一种化解和消极的工具。现代人特有的心理特征就是：需要新奇的东西来加以刺激，以便激活人们麻痹而怠惰的心理使之重新兴奋起来。虽然这种体验只是一种短暂的愉悦，但由于刻板的现代日常生活始终充满着单调的生活意识形态，它窒息了个体意志力的发挥，因此，这些短暂的愉悦，却能使持久受困于现代生活牢笼中的个体获得不同于日常生活的诗性体验。另一方面，虚拟文化也满足了大众的参与感，观众能够以一种可以感知的直接性来参与和表现，越来越多的民众参与其中，使虚拟文化呈现出游戏和狂欢的特点，参与主体在

---

① [加] 曼纽尔·卡斯特：《网络社会的崛起》，夏铸九、王志弘等译，社会科学文献出版社2001年版，第465页。

心理上获得了某种解放。虚拟文化的目的是休闲，休闲不是日常生活的反面，而是一种以戏剧化或展示性形式出现的日常生活的继续。虚拟空间是与参与性的群体场合连在一起的。群体参与是一种具体的充满活力的存在，是表演的关键要素。他们通过虚拟的再现系统"即生产出属于自己的社会体验的意义所带来的快感，以及逃避权力集团的社会规训所带来的快感"，不过人们虽渴求想象中的新奇与刺激，但却并不愿因此失去现实生活中安全外壳的保护。于是世纪末兴起的"虚拟"浪潮正好迎合了人们的这一心理。虚拟的空间在充分满足人们猎奇求新的愿望同时，又几乎卸去了人们行为的一切现实后果。

赛博空间的出现为人类敞开了一个崭新的生存与活动的空间。虚拟现实正日益成为我们日常现实的组成部分，提供了一种新的知识、文化的生产与消费方式。赛博空间为人类构筑了一个全新的生存平台，成为现实生活中不可或缺的一部分，网络生存正在成为一种趋势。赛博空间使虚拟文化全面来临。电脑网络里的虚拟冲浪以及游戏更能让现代人体验到这种虚拟文化所带来的全新感觉。电脑游戏已经声势浩大，门类齐全，呈现出一种"成熟"的姿态，成为许多人日常生活休闲体验的重要组成部分。虚拟社区也正在成为许多人展示自我、寻求认同的一种重要空间。正如雪莉·特克所言："视窗成为他们思考自我的强烈暗喻，他们视自我为多样化的宣泄系统。"① 我们可以发帖、跟帖，匿名化网络主体可以使我们最大限度的表达思想、宣泄自我。我们还可以通过鼠标的点击去打开一个个充满诱惑的窗口，也可以把自己视频放到网络上秀一下，更可以做自己在现实生活中不敢做的事，说自己在现实生活中不敢说的话。正是在网络中，我们体验到了更多的冒险，它是刺激的、紧张的、充满期待的。虚拟的网络生活使我们的冒险成为日常的现实，也为人们突破日常现实条件所设的禁忌和畏惧提供了平台，使人们感受到了进行激烈挑战和突破后的狂喜。网络生存正在成为现代人生活中的一部分，人们对超越其所在的现实世界的时空局限有着无法平息的渴望。

二、互动美学

在现代社会中，中心的溃散，信仰的缺失，导致"在一个普遍充斥着组织崩溃，制度丧失正当性……认同变成主要的，有时甚至是惟一的意义来源。人群越来越不是按照他们的所作所为，而是按照他们是什么或者相信他们是什么来组织意义"②，这也使人们对美的判断和欣赏也趋于多样性，不再存在唯一的或统一的审美标准或趣味来强加给所有的人。每个人只是在他感到美的地方获得审美乐趣，并以此审美规

① ［美］泰普斯科特：《数字化成长：网络世代的生活主张》，陈晓开等译，东北财经大学出版社2003年版，第136页。
② ［加］曼纽尔·卡斯特：《网络社会的崛起》，夏铸九、王志弘等译，社会科学文献出版社2001年版，第3~4页。

范来认同自我和发展自我。由此，这一审美取向造就了一种新的美学范式——互动美学。因为互动为个体意义认同提供了途径，也"只有互动的适应性才决定了美的价值的实现。倘若没有互动的适应性，美便可能被误为丑或乖谬，互动造成了美的相对性"①。互动同时也昭示着社会的民主程度的不断提高，最终也将改变我们对艺术的感受和体验。正因如此，我们所看到的艺术是碎片化的、表演式的和开放式的。

1. 现代性带来的对互动的心理驱动

对互动美学这一美学范式的探究首先需要从传统与现代性的区别说起。由于传统与现代文化模式的差异，认同方式也是截然不同的。吉登斯认为："在前现代时代，对多数人以及对日常生活的大多平常的活动来说，时间和空间基本上通过地点联结在一起。时间的标尺不仅与社会行动的地点相联，而且与这种行动自身的特性相联。"②在由传统把持的前现代社会中，个体的生活被放置在"一个集体转换的序列当中"，个体的自我认同被外在的"仪式所仪式化"，个体的自我认同通过"仪式"的中介而向过去追寻，这个时候，身体就是外在"仪式"的载体，仪式的世代延续和维持是经由"身体"这个中介而得以实现的。在自我认同的过程中，传统是提供确定性和无上权威的源泉，个体的角色是被动的，个体几乎没有选择，唯一的可以称为选择的就是：去遵从传统。这就体现

---

① 吴予敏：《美学与现代性》，西北大学出版社1998年版，第189页。
② ［英］吉登斯：《现代性与自我认同》，赵旭东等译，生活·读书·新知三联书店1998年版，第18页。

了一种时间上的延续性和秩序性。可以看到，传统的艺术是以"距离""深度"和"地域性"为生命内蕴的。然而现代生活改变了这一切。因为现代社会生活的独特动力之一是"时空分离"。吉登斯认为"在现代性的后传统秩序中，以及在新型媒体所传递的经验背景下，自我认同成了一种反思性地组织起来的活动……传统的控制越丧失，依据于地方性与全球性的交互辩证影响的日常生活愈被重构，个体也就愈会被迫在多样性的选择中对生活方式的选择进行讨价还价"①。这就意味着个体行动场景的多元化和"权威"的多样性。多样的选择构成自我认同过程中一个重要机制，互动交往成了主体认同的主要途径，个体在场景中呈现的社会形象也不得不按照互动的规则来设计和扮演：主动理解他人怎么看待自己，明确他人对自己所采取的行动的意义，最后根据这些估计来发展自我，自我正是在交流互动中得以建构。现代与传统的根本区别就是：传统是从事物固有的本质来确定形象；现代则是根据互动的需要来确定形象。

在现实生活中，人们越来越感受到了互动参与所带来的心灵愉悦。从超女歌迷投票参与到现在许多电视节目的互动播放，互动已成为一种心理时尚。现实告诉我们：现代艺术已改变了原有的面貌，随着它与多媒体手段相互依存的越发紧密，艺术趋于互动已成为不争的事实，艺术的互动性决定

① ［英］吉登斯：《现代性与自我认同》，赵旭东等译，生活·读书·新知三联书店 1998 年版，第 5 页。

了多种互动的表现形式。在文艺领域已出现不少以交互性为特色的文艺种类（如交互式小说、交互式诗歌、交互式戏剧、交互式电视、交互式电影等），只要你乐于参与，任何参加者都可以实时交互创造一个故事的动态文艺，交互已经不是追求一种对于人生和文艺的静观，而上升为追求一种精神上的参与。

2. 人们对互动方式的精神依赖直接影响了艺术的发展趋势

互动带给文艺的影响日趋明显，它因此成为美学与文艺理论组成的重要范畴。交流和参与成了艺术品生产的主要方式，互动美学开始浮出水面。法国学者弗里斯特写道："今日的艺术家，更准确地说，应该成为交流艺术家。他们重新引进了具有原始人类学功能的美学——作为一个符号和行为系统的美学——促使一种新型美学的诞生。"[①] 按照后现代主义的理论来看，当今艺术已经不再是某种静观的、与观众隔绝的、超经验的自体形式，它已经进步成为一种新型的、行动的、为观众服务的动态艺术，它要求并且邀请观众和参与者加入艺术作品的编辑、书写、表演，它接受任何形式和性质的介入。它不重视什么传统艺术作品的永恒、经典、完美、真实等，而是着重强调艺术作品的可变动性、娱乐性、世俗化、随意切割性与虚幻性。没有什么一成不变的经典艺术作

---

① ［法］马克·第亚尼编：《非物质社会——后工业世界的设计、文化与艺术》，滕守尧译，四川人民出版社 1998 年版，第 157 页。

品，什么都是可变的，而且只有应观众的要求不断地进行修正与改变，艺术作品才能实现它的生存意义。正如波莱蒂所说："观众的参与对作品来说是不可或缺的，把'观众'（这个词在这里不再有意义）从被动的目击者变成合作的创作者（无论是自愿与否），是非常重要的。这样，现代主义的艺术自律性不是自然地被打破，而是由观众们来打破的。"① 美国学者詹妮特·默蕾在她的《全息平台上面的汉姆雷特：赛博空间的叙事形式的未来》一书中指出："电脑已经在重新塑造叙述表现的结构组合，不一定替换这些已经存在的经典作品，但可以在另外一个框架结构之内把这些经典作品的本文继续下去。"② 我们传统习惯中的艺术生成方式已被改变，当今艺术更多地强调了创作过程中观众的积极介入，以造成作品与观众之间的实时互动。这种互动已不同于传统艺术中的参与，传统上的参与是指观众在欣赏艺术作品时智力或行为上的主动介入，它是指观众与已完成作品之间的关系；而交互作用强调的是在创作过程中观众的积极介入，观众变成了行动的驱动力，让作品能应观众与使用者的要求和行为做出恰当反应。无疑，这种条件下观众对作品享有更大的选择权与修改权，会形成新型的、多角度、多方向发展与多变化的叙事结构。

---

　　① ［法］福柯、哈贝马斯等著：《激进的美学锋芒》，周宪译，中国人民大学出版社 2003 年版，第 111 页。
　　② 张爱华、鲍玉珩：《"e"时代的文学艺术：理论与实践》（上），《北京电影学院学报》2004 年第 2 期。

虚拟文化是互动美学的生存基点。数字化的虚拟文化是人以多对多的方式进行沟通的，其核心是互动。电脑网络的出现为互动文艺的全面繁荣提供了基础，它是实现互动交流的理想场所，也从根本上解决了观众参与困难的难题，为艺术创作提供了新的美学向度：互动所带来的跳跃连结代替了线性思考。英国的斯考特认为，计算机意味着一种新的美学语言，现时代的艺术是系统、参与和互动。交互的美学预示了一种新的精神，一种以艺术与技术非同寻常的融合为基础的新时代精神。远程控制技术手段带来了使视觉结合不同物理空间的可能，这种交互既是一种文化时空的互相流动和交错，同时也意味着新的文化时空的生成。

3. 互动使主体间性得以实现

虚拟网络使得人们感受到了前所未有的高度自由，人们可以根据自己喜好选择不同的论坛或社区，对话参与范围更广、程度更深、持续时间更长。在文学的书写、印刷传播阶段，创作主体和接受主体之间的关系往往处于一种不对等的状态，创作者或传播者高高在上地向接受者"进行宣讲"，使得文学的阅读者只能被动接受阅读内容，阅读过程中即使有些感受、体验和意见，想与作家或其他读者交流，但由于传播手段的限制，也无法达到有效的交流和对话，更谈不上对创作者施加影响进而改变原创作品的形态。现在阅读的开放性网络则已经使人们直接加入到文本的再创造过程中或表演中。创作者常常边写作边发表，创作与评论同在。作者写完一段便上传到网上就等于发表了，它随之引来大量网民的跟帖评论，网民把自己的意见及时反馈给作者，从而影响作者的写作思路和整体框架，网民甚至可以直接参与到作品的续写或联手创作的过程中。这里不仅有作者与读者的探讨和对话，同时也有网民之间的相互讨论、彼此交流，我们无法区别谁是读者和作者，每个人既是作为接受的主体，又是参与创造的主体，创作者和受众群体之间形成一种全新的对等关系。各个主体之间相互激荡、相互激发，你中有我，我中有你。更重要的是作者们都在不断地调节自我，组合自我，融入新质，为文本的促成和发展提供新的发展动力。事实上，这种互为主体的写作模式所进行的相互作用、相互对话、相互沟通、相互理解，也就体现主体间性理论"主体—主体"的交互共在模式，从而体现一种新的写作精神向度。这也正如马克·波斯特所认识到的："电子书写颠覆着印刷文化。以文字处理为例，改变数字化书写易如反掌，屏幕符号与白纸黑字相比具有非物质性，这使文本从固定性的语域转移到了无定性的语域。而且，数字化文本易于导致文本的多重作者性。文件可以有多种方式在人们之间交换，每个人都在文本上操作，其结果便是无论在屏幕上还是在打印纸上，每个人都在文本的空间构型中隐藏了签名的一切痕迹。再者超文本程序鼓励读者把文本视为他或她可以在其中创立自己的链接的符号域或符号网，这些链接可能会变成文本的一部分，而其他读者也可以围追或随意更改。这些程序使人们能在全文或一组文件中查找单词或短语，并添加进文本或保存。作者与读者之间的区分因电子书写而崩溃坍塌，一种新的文本形式因此出现，它有可能对作品的典律性甚至对学科的边界提出挑战。"①

　　网络是虚拟的，主体间的互动以身体不在场为特征，这意味着网络主体间是一个虚拟的共在，每一个网际主体都是在虚拟环境中进行的交流和沟通。所以在网络写作中必须接受被预先虚拟的命运。这也正如黄厚铭所说："网络人际关系的特色并不在于它们是经过媒介的，而在于它们是以网络的媒介特性为基础，而建立起虚拟社区中陌生人与陌生人之间的接触。"② 从某种意义上讲，网络写作者之间的交流就如同一场陌生人之间的互动游戏。所以，每个写作的主体都是一个匿名的存在，写作互动时都带着一个面具出场。他们通过外在的网名符号和文字来体现自身。但在网络空间中网名也只是信息虚拟的产物，而不是确定的身份特征。每个人都可以制造出多个网名，这点我们从网络上五花八门的网名中可以看到，物理空间中的作家身份因此被搁置，因为在物理空间里，身体的相对稳定性使每个人的身份是确定的，面对的作家身份也是稳固的，不可质疑的。但在网络中你不得不靠

---

　　① ［美］马克·波斯特：《第二媒介时代》，范静晔译，南京大学出版社 2001 年版，第 99 页。

　　② 黄厚铭：《网络人际关系的亲疏远近》，Http：//itst. ios. sinica. edu. tw/ seminar/sem inar3/huang-hou-ming. htm。

一个虚拟的身份符号来代替，在网络中任何人都可以凭借这个身份符号替代你，你可以说你是某作家，他也可以说他才是。这就使网络写作主体间的互动呈现出新的特征。

网络的匿名制度使主体获得前所未有的自由感。自由参与、平等对话也就成为可能。他们无拘无束地挥洒自己的喜怒哀乐，追求一种自娱自乐的快感。"人人都可以成为艺术家"的幻想成为现实，同时这也提高和加强了人与人之间交流的广度和深度。由于网络无国界，也没有什么版权限制，文本自然也就挣脱了作者和读者的约束，以数据的形式不断地扩张和离散，展现给世界各地的网络使用者。文本可以毫无保留地接受任何人的参与，作者与读者的角色定位变得混沌起来。由于失去了作者和读者的距离感，网络主体可以自由地以文本的形式进行对话嬉戏。文本成了主体间参与下的产物，打上了所有参与者的主体烙印，但又隐藏了所有人对其加工的痕迹，自然地形成了文本的多重作者性，主体间性得以登场，传统上的创作者与接受者的间隔被顺利拆卸。这种写作主体身份明显区别于印刷文化下的主体命运，"无论在读者还是作者的情形中，印刷文化都将个体构建为一个主体，一个客体透明的主体，一个有稳定和固定身份的主体"[1]。而网络空间下主体间的虚拟共在却以新的方式构建着主体身份。

这种虚拟共在也推动了交往的泛艺术化，在匿名的情况

---

[1] [美] 马克·波斯特：《第二媒介时代》，范静哗译，南京大学出版社2001年版，第84页。

下人们近乎随心所欲地扮演各种角色，人们用自己的身体、身份与自我来进行嬉戏与狂欢，呈现出一种游戏意义上的表演。"游戏，在这里指艺术作品本身的存在方式。"① 伽达默尔认为游戏的存在方式就是自我表现，而自我表现乃是自然的普遍的存在状态；游戏有赖于观赏者，是由游戏者和观赏者所组成的整体。作为游戏的艺术对话，其字词意义也来自对话的情景。而人们对艺术品的每次阐释，都是一次新的未知的探险。因此，文学这种游戏恰是处于主体之间的某种东西，游戏始终要求与别人同戏，从这个意义上说，游戏无疑是一种交流（交往）活动。这是游戏的一个重要内涵，甚至游戏的观看者也不只是一个观看眼前活动的看客，某种程度上他也参与了游戏，成为游戏的一部分。文学作为一种以虚构为规则的游戏，在游戏者的交往中达成一种主体之间性。事实上，网络写作最重要的不是写作的结果，而是写作过程中的心情愉悦，互动中的欢愉体验。这也正如解释学文论家伽达默尔在《美的现实性》中所说："现代艺术的基本动力之一是，艺术要破坏那种使观众群、消费者群以及读者圈子与艺术作品之间保持的对立距离。……在任何一种艺术的现代试验的形式中，人们都能认识这样一个动机：即把观看者的距离变成同表演者的邂逅。"②网络写作本身已经成为一种游

---

① ［德］H. G. 伽达默尔：《真理与方法》，王才勇译，辽宁人民出版社1987年版，第146页。

② ［德］H. G. 伽达默尔：《美的现实性——作为游戏、象征、节日的艺术》，张志扬等译，生活·读书·新知三联书店1991年版，第38页。

戏，写作更近似为一种表演，读者则成为看客、观众，网络文学似乎在走向视觉的领域，努力地获得表演性、视觉性、游戏性。人们在众声喧哗的虚拟空间里达到表演间性主体的狂欢。由此，人人都可以游戏，人人都可以成为艺术家，这就宣布了主体的泛化、虚化，使传统作家的独尊地位受到了极大的冲击，曾经笼罩在他们身上的那层神秘的光环也逐渐褪落。艺术开始走向大众，这也直接导致出于宣泄和自娱的创作目的的作品不断增多，传统文学中那种表现时代、社会精神的思想题材被抛弃了，文学的深度走向溃散。

4. 互动使网络艺术从事件走向行为

网络艺术在现代条件下已成为各种文化意象的拼贴组合，其形式趋向片断化和碎片化，是一种支离破碎的拼凑。"在制造这种断裂并强调绝对现在的同时，艺术家和观众不得不每时每刻反复不断地塑造或重新塑造自己。由于批判了历史连续性而又想念未来即在眼前，人们丧失了传统的整体感和完整感。碎片或部分代替了整体。人们发现新的美学存在于残损的躯干、断离的手臂、原始人的微笑和被方框切割的形象之中，而不在界限明确的整体中。而且，有关艺术类型和界限的概念，以及不同类型应有不同表现原则的概念，均在风格的融和与竞争中被放弃了。可以说，这种美学的灾难本身实际上倒已成了一种美学。"① 在这类艺术事件和审美事件中，

----

① ［美］丹尼尔·贝尔：《资本主义的文化矛盾》，赵一凡译，生活·读书·新知三联书店 1989 年版，第 95 页。

交换的物质内容，被创设的网络和交换的功能状况，审美客体均被非对象化、消解化了。它是"在场的"，又是"不在场的"，它是"我的"，又是"他们的"。我们的阅读开始趋向于一种碎片化的阅读，它仅停留于一种对瞬间的把握。它似乎只能停留在此时，很难使人产生一种持久的专注。交互技术就这样深刻地影响着我们对空间的心理关系和审美概念的认识。互动式的参与让人更为深切地感受到了艺术的另一种真实。网上交流既不是现实对话中的口头直接交流，也不同于书面交流。如前所述，网络写作的"语言"已经由传统文学写作的"事件"（作品）变为"行为"。

尼葛洛庞帝在《数字化生存》中这样肯定网络写作带给这一时代的变化："我们已经进入了一个艺术表现方式得以更生动和更具参与性的新时代，我们将有机会以截然不同的方式，来传播和体验丰富的感官信号。"[①] 网络文学的写作模式从虚拟社区中的跟帖互动开始，跟帖赋予了主帖的写作者无限的动力或压力，也让跟帖者体验到了解放的快乐。此时，文学的存在开始变得纯粹，其存在的价值就在于写作过程本身，写作过程本身即是一次愉快的经历，一次与人交流的契机，一个情绪释放的出口。这种互动对审美的影响与非网络状态相比，在结构功能要素边界上都表现出其独特性。原创的意义在这里仅仅意味着这位作者首先开始了这件网络作品

---

① ［美］尼古拉·尼葛洛庞帝：《数字化生存》，胡泳、范海燕译，海南出版社1997年版，第262页。

的创作。这就改变了传统意义的文本结构和阅读上的作者与读者的关系，从而把美的生产者和消费者更紧密地联系在一起，使其共同参与美感体验，甚至二者合为一体，难分彼此。这样的审美不是单向性的静观和沉思，它是多元和动态的，是无边和开放的，生产和消费存在于一种流变的动态关系之中。艺术生产者和消费者的身份相互交织，水乳交融，难以分辨，每个人都是艺术的创造者，同时也是消费者。"经济与科学的后现代发展导致艺术脉搏与生活现实性强烈的一致。任何人在他的工作和现实中，都直接体现着某种艺术与创造性精神。后现代社会是创造性的社会，是创造文化的社会，每个人都可以成为艺术家，成为创造性、艺术性地从事自己职业活动的人。"①

---

① ［德］彼得·科斯洛夫斯基：《后现代文化——技术发展的社会文化后果》，毛怡红译，中央编译出版社1999年版，第165页。

第二章　网络文学的超文本及互文性

　　赛博空间为文学艺术搭建了一个宽广的书写平台，它为新的文本范式——超文本的形成提供了土壤。虽说我国网络文学运用声音、图像、文字多媒体进行真正意义上的超文本创作还比较少，也不具有西方在超文本创作上所呈现出的先锋性或实验性等特征，但就中国网络文学的存在方式或生成方式而言，却分享和体现着超文本的一些理念，如互动性、开放性、流动性、超链接性等，故而通过超文本的探讨可以深化对网络文学的认识，这也是众多研究者所关注的。如陈定家《比特之境：网络时代的文学生产研究》提出："'超文本'是网络时代文学实现数字化生存的最重要的标志之一。从一定意义上说，网络时代的文学生产和文学消费主要是以'超文本'的样态出现的。"[1] 可以说，超文本的探讨可以给

---

　　[1]　陈定家：《比特之境：网络时代的文学生产研究》，中国社会科学出版社 2011 年版，第 78 页。

我们提供一个宏观的视域，使我们看到网络这一新空间中发生的独特文学风景。与此同时，超文本也使网络文学呈现出最富新质的美学特征：互文性。这种新型的审美形态的崛起，极大地冲击着既定的文学艺术的规范和惯例，增强和拓展了人们的审美空间。这充分证明网络文学有着不同于传统文学的艺术内涵，其独特的存在形态为网络文学的存在提供了重要的理论根据。

第一节 网络文学的超文本

相对于传统的印刷媒介，网络文学形成了一种新的文本范式，即超文本。超文本借助超链接技术让网络文学的发展走向一个新的空间。超文本既是网络文学的最富新质性的表现手法，也是一种新型的文本表达方式，它对传统文学创作实现了深层次的解构与超越。所以，超文本是网络文学的存在形态，更是网络文学本质精神的体现。

一、超文本的内涵

超文本（hypertext）这一术语是尼尔逊在 1965 年提出的，他用这个术语来描述电子文本形式——一种完全新型的信息技术和出版模式。尼尔逊解释说："对于超文本，我意谓非连续的写作，文本拥有分枝，并且允许读者选择，最好是在交互式的屏幕上阅读。如同通常所设想的那样，这是一系列文本块通过链接的方式连接在一起,为读者提供不同阅读路径。"① 尼尔逊终其一生都致力于建立起一个巨大无比的超文本结构体系,在他的这个空前巨大的体系中,尼尔逊试图涵盖社会生活的各种事件和文本。他寻求的实质上是古往今来各种不同类型的文本之中剪不断理还乱的联系。尼尔逊坚信这种联系的普遍性,相信它隐藏于文本间如毫发般若有若无的联系之中,他认为只要依靠这种联系,可以把人类的全部文本共同组合成一个有内在张力的文本之库,即一个巨大的"总文本"。尼尔逊的梦想当然无法成为现实,但却为后来文本理论研究打开了一个新的窗口。

超文本吸引的学者远非尼尔逊一位,在 20 世纪思想家中,罗兰·巴特对超文本理念的形成与发展也起过不同凡响的作用。这位富于原创性的学者,是结构主义向后结构主义转折时期的重要人物。早在 20 世纪 60 年代他就预言了理想化文本的某些特性,这些特性后来通过电子超文本网络都得以实现。巴特的文本观主要包括两个层次的意思:其一,某个语词之存在,都以其他语词的存在为条件,语词的意义是由其他语词所组成的无形词典所规定的;其二,文本之所以成为文本,也以其他文本的存在为条件,文本的意义同样是由其他文本所组成的无形网络所规定的。巴特心目中的理想文本,是一种链接众多、彼此交互的网络,是一个能指的星系,

---

① George. P. Landow. The Definition of Hypertext and Its History as a Concept, http://www. PPlandow. stg. brown. edu/ht/history. html#1.

没有所指的结构，没有开头，可以颠倒。读者可从几个不同入口访问它，没有一个入口可以由作者宣布为主要的。无疑这一理想正被网络实现。在万维网上，任何一个作者都可以将自己所写的超文本文件链接于其他任何文件，如果这种可能性被所有的作者都加以探索的话，那么，每个文件就将链接到其他所有的文件，从而产生无穷无尽的可能的文本。通过链接，文本分了支，这种分支近于无限，远非任何个别作者或个别读者所能穷尽。万维网既无开端，又无结尾，呈现为一个不断膨胀的中部，在理想的超文本中，没有一个节点具备相对于其他节点的优先权，各个要素的顺序可以任意跳跃，某种程度上看，这似乎就是尼尔逊当年试图构建的一个巨大的"总文本"。

把尼尔逊梦想变为现实的正是强大的技术力量的支撑，正是这种技术力量实现了"超文本"概念创造者的初衷，"超文本"从某种意义上来讲，并不能称作是一种写作方式，它应该是写作方式背后的一种技术力量，就像当年的印刷术一样。超文本的形成必然依赖于进行超文本制作的超文本技术，而超文本技术是一种利用计算机技术、通信技术、人工智能的知识表达技术，非线性地组织、管理多介质电子信息的群体技术，这种技术可以巧妙地将自然语言文本与计算机交互式的转移或动态显示线性文本的能力结合起来，从而达到在文档内部和文档之间实现信息通联的目的。正是这种关系给了文本以非线性的组织结构。简单地说，超文本是由存放信息的节点和描述信息之间的链组成的。节点是表达信息的一个单元，表现为计算机系统的窗口，节点包含文字、图表、音频、视频、动画和图像等内容，这些节点通过广泛的链接而建立相互联系。而这些节点和链接的存在都以电脑网络所具备的虚拟实在为基础。超文本使艺术的组织形式发生了变化，单独的文本不再仅仅是一篇文章或一本书的形式，而是一个超文本，文字和图像的结合提供了写作和阅读的新形式。

超文本技术的产生还意味着超媒体的巨大力量。超媒体能够储存大量的文字资料和非文字性的资料，集成文本、图形、图像、音频、动画、视频等各类媒体为一体，达到一种综合性文本表征。实际上，超媒体与超文本的思考方式极其相似，只是数据信息不再仅限于文本形式，而是由文字、图像、图形、视频和音频五部分媒体元素组成，并使用与超文本类似的机制进行组织和管理。这些媒体元素与 Web 应用、远程协作、媒体信息的广播和存储等技术结合起来共同为用户的应用提供服务。"超文本范式对于 Web 来说是关键性的基础范式，它赋予了 Web 以力量和潜能，它的非线性、非等级、无疆界和客体指向的特征对于互联网和社会都具有深远的意义。"①

将超媒体的力量运用于文本写作之时，这时候的文本已不是传统意义上的文学，它将文字与声音、影像结合起来，它所创造的视觉效果具有强烈的现代感，新鲜而奇妙，让读

---

① 吴伯凡：《孤独的狂欢——数字时代的交往》，中国人民大学出版社1998 年版，第 231 页。

者形成全方位的感官享受和审美体验。它作为一种强有力的范式，消解了不同感觉通道之间的界线，并以一种多重感觉的经验，来吸引我们，与我们进行交流。它意味着人们可以同时使用几种感觉，而且可以根据读者需要自由选择感知方式，充分体现出网络媒体对传统艺术形式的革新。正是"超文本技术集成多种媒体使得网络文学可以是多媒体式的，即不仅仅只有传统的文字语言，还包括音乐、图画、影像、动画，变为文字、声音、图像的文本共同体"①。

可见，正是超文本背后的技术力量使超文本成为网络文学文本的最主要表现手法，并改变着我们的思维方式和文学文本的基本结构。超媒体大大扩展了文学艺术的表现手段。超媒体是共同生产的集中表现，作家无法了解和控制自己的作品，他们不过是领导了其中的一个小小的项目而已。在写作方式上，即兴、随意，双人或多人互动，多种手段共用的方式出现了。文学文本范式中旧的二维的平面转化形态被颠覆，从而形成多种走向、多重意象的立体艺术形象。人物和故事的发展模式等呈现出多向度的复杂的新的态势，它提供了文本结构流动的多方向可能。这都将增添文学文本的艺术想象空间和历史文化内涵，使网络文学作品具有超越传统文学文本的巨大艺术魅力。一种与新媒介相适应的艺术观念也因此悄然出现。可见，无论从超文本概念起源时被赋予的本

---

① 王位庆：《网络文学身份论》，《华中科技大学学报》（哲学社会科学版）2001 年第 1 期。

意，还是超文本背后的技术力量所催生的特性，都导源出了一种新的文本创作方式，我们可以这样认为：超文本意味着文本结构的多向性和表现手段的多元性。而这种方式正在整个社会上产生撼动传统写作的力量，超文本写作也因此带来了一场文本变革。

二、超文本写作的特点

从超文本的内涵可以看出，超文本由于技术力量的强大支持，它已经改变了文学的生存环境和存在方式。网络文学的流行带来了文学的一次变革，超文本写作开始彰显其巨大的生命力。具体而言，超文本写作具有以下特点。

1. 非线性的叙事结构

超文本文学文本中，链接点的设置使各个叙事片断之间的联系相当薄弱，超越了传统叙事的时间先后、前因后果等线性思维逻辑，体现出一种非线性的特点。当人们在进行超文本写作和阅读时，不必按照某个既定的顺序进行而是可以跟随链接实现文本间的跳跃，各种不同的书写与阅读空间能够同时呈现在电脑屏幕上，从而形成一个非线性的话语空间（discursive space）。由此，"超文本培育了一种由知觉和联想的跳跃所激励的学问"①。超文本支持知觉跳跃，不再遵循传统的一步一步的逻辑环节，而是以非连续性或非线性为特征。

---

① ［美］迈克尔·海姆：《从界面到网络空间——虚拟实在的形而上学》，金吾伦、刘钢译，上海科技教育出版社 2000 年版，第 29 页。

所谓"非线性"指的是非顺序地访问信息的方法，它是一种非线性的联想式风格。手指在鼠标上一点便能弹射出相应的背景知识和评论。超文本的典型运动方式是跳跃，而不是步伐。超文本的这一特征，与人类思维的特征也是极为一致的。美国巴拉萨布拉曼尼亚认为："非线性文本无论是阅读过程，还是写作过程，都表现出很强的非连续性思维的特点，是人类自然的特点。人类认知的本身就构成了一个各种概念互相连接的语义网络。超文本系统试图揭示人类认识的基本性质。"①

　　较之传统叙事方式而言，超文本写作突破了传统写作的线性叙事方式。传统文本表现特征是遵从一种线性、等级性格式，叙事顺序都是精心安排的，并以字、词、句、段、篇章的形式固定下来，而且每一页都编了页码，其情节通常完整连贯，一气到底。即使有插叙、倒叙、补叙等，其叙事流程也不可更改，写作意味着在头脑中组织思想，是在精神上阐述一种观念，同时也是对自我身份的凝固。网络超文本则超越了个别文本的局限，将众多文本通过关键词的链接互联为一个树状的网络系统。你可以在文本的任何一个地方打断撕开，开辟新的叙事路径，也可以在文本的任何地方进行缝补、接续，保持文本叙事上的完整性。超文本写作将传统文本的静态的封闭的线性结构转化为富有弹性的开放网状非线

---

　　① ［美］巴拉萨布拉曼尼亚：《超文本问题及影响的评论》，引自郭炎武《论网络非线性写作及其特征》，《韶关学院学报》（哲学社会科学版）2005 年第 7 期。

性结构，情节的原因和结果不再是严密的对应关系，文本内部结构松散，语意断裂，但又呈现相互关联和贯通，充分展现超文本网络写作的多向交叉的结构形式。黄鸣奋教授认为，所谓超文本的非线性结构其实是一种非径直性、非单向性，即作品中的线索不是由前因后果直接发展而来的，其中有曲折、有分叉，叙事没有主次之分，故事没有一个固定的发展方向。

传统文本既然是线性叙事结构，它就会在它的线性结构背后潜藏着某种中心概念，整个故事情节的发展，表面上都是依循着线性叙事结构发展，实质上是循着这个中心沿着线性结构逐步铺陈，所以传统线性文本所隐含的中心概念是决定传统文本如何理解和诠释的关键。如果叙事失去中心，整个叙事结构就会失去情节发展和意义展现的依据、途径和蓝图。而网络超文本便不再代表一个有权威的作者的声音，它比传统文本更具多义解读的宽广空间。超文本的读者拥有了这样一种话语排列：程序化的文本相互关联并可自由选择，随时等待执行。对于传统读者而言，呆板的平面文本通常是纯粹的观念化的，它限制了人们的思维，而超文本为迅速从一本书跳到另一本书实现各个章节间的内涵连接提供了可能。兰道具体分析了这一点：在超文本文学中，开头和结尾取决于读者阅读的起讫，一部超文本文学作品往往在首页将多个叙事片断并置在页面上，作品的开头取决于读者对多个片断的选择点击，而超文本由于链接设置形成的近乎无穷的叙事路径使得读者对终极结尾的期待成为泡影，超文本文学作品只能随着阅读活动的终止而结束，因而结尾也就只能由个性化的阅读进程来决定。所以，对于超文本而言不存在传统叙事中的完整的、线性的情节发展线条。

2. 开放式的创作方式

非线性叙事必然衍生的是开放式的写作方式，即通过网络实现作品叙事权的让渡。传统文本的叙事权垄断在作者手中，而超文本打破了这种垄断，有限度地将叙事权让渡给读者。读者可以通过作者预先设置的多向选择，决定故事情节的发展与走向，初步实现创作者和读者的互动功能，以非线性的书写系统代替传统的线性叙事，尽管文本内部结构松散，语意断裂，但又呈现相互关联和串通的特征。读者可以有限度地决定情节的发展方向，参与作家的创作活动。作者和读者之间的区别消失，这就使原有的文字组织的种种既定的规则受到极大的破坏，读者拥有对阅读内容的充分、自主、大量的选择。超文本网络写作的内容是流动的、可变的，其意义是生成的，是靠作者和读者的互动造成文本意义的延伸与多重，这是一种可以有多种读法、彻底打乱传统的阅读顺序的创作。对未来的不可预知性和多结局性，刺激读者去体验与感受。作者权益的重要方面被缩小，作品被更好更充分地阅读但其作者却不是传统意义的作者了。在这种情况下，读者也不再只是已完成作品的消费者，他在虚拟世界中游历并及时发现，参与作品的重构和创作。

正是在互动的环境里，网络文学走向完整，一旦失去互动，网络文学就会停止乃至消逝，"互动"这种特征无疑也是网络文学最大的特性和优点。在互动的过程中进一步打开了写作的视野，增强了文本的开放意义，也给互动者带来了乐趣。他们一起享受到参与文本构造的愉悦，"读者不是等待着读一部完整的作品，而是与作者一起完成一个'帖子'的写作过程，真是同生共死的交情啊"①，这是传统写作无法给予的。在最具个性的博客书写中，我们也能充分感受到互动对写作的意义。那些个人博客中的回帖对于写作者来说不仅仅是一种意见反馈，更重要的是带来了一种写作的动力。那种无人光顾的博客往往最后的结果是在网络里销声匿迹。很多人谈到写博客的感受，认为最大的成就感就是有人关注自己的写作，这也充分证明了互动对于网络文学发展的重要意义。

互动让网络文学传播到地球上的各个角落，人们有了真正进行文学创作的自由和与人分享自己创作作品的乐趣，读者的地位也因此提升。正如接受美学的代表姚斯所说："读者本身便是一种历史的能动创造力量。文学作品历史生命如果没有读者的能动的参与介入是不可想象的。因为，只有通过读者的阅读过程，作品才能够进入一种连续性变化的经验视野之中。"② 印刷文本虽然也为读者揭示了作品的多种可能性，但已经是一种完成时态的作品。作家最终把一种可能性变成了现实性，使读者别无选择。而网络文学作品一经上网便要同时面对无数读者，读者以既极近又极远的距离，或实或虚

---

① 风中玫瑰：《风中玫瑰》，http://www.bookschina.com/188054.htm.
② 胡经之：《西方文艺理论名著教程》下，北京大学出版社1988年版，第390页。

的身份，自由阅读、自由增删，把自己的看法和对作品的修改与续写发送到网上，使之成为网上文学作品的一部分。

　　然而，虽然超文本使读者摆脱了被动的接受局面，但它同时也使读者进入一种选择的困惑中，读者的选择决定了事件的可能性发展，而事件会怎样发展却是读者无法猜透的，因为它是一种现在进行时态。在网络写作中，每一位加入写作的第二、第三写作者都是原先部分的读者，继而才是后来的创作者。文本永远是非完成性的，它需要人们不断地加入它，激发它，进而再生产新的意义。文本的意义是无穷尽的，它是一篇被不断书写并被重新书写的意义螺旋体，其意义呈现为一个无穷庞大的堆积物，一种网状的扩张性结构。文本的开放在这里不仅仅指的是读者想象力或心理的再创造，而且还应包括真正的写作再创造。如在网络接龙作品中，由于网络变化迅速的特点，可以说作品总处于未完成的状态，不可能确定下来。没有人能够准确地描述一部超文本文学的真正样态，也不能对它的意义进行最终的定夺。它使整个本文的写作犹如在"迷雾中穿行"，充满未知和诱惑。

　　从以上分析中我们可以看出，超文本是动态的多维文本，它凭借网络特性超越时间和空间的限制，从而使文学创作活动更加便利、自由。它对传统文学叙事进行了颠覆与重构，使网络写作在结构上具有高度的离散性特征。其互动性也消解了文学创作和接受双方的界限，促进两者由对立走向融合。总之，超文本文学让文学的发展走入一个新的空间。

三、超文本的局限性

基于超链接和数字技术的超文本，是数字时代产生的一种新兴的文学创作形式，给科技和艺术的结合又带来了全新的阐释。但网络文学的超文本化也存在局限性，即审美迷失和认知判断上碎片化，认识这种文本结构有益于我们更加全面地把握这种新的文本形态对审美带来的冲击和变革。

1. 认识困境

在德勒兹和瓜塔里看来，人类今天正在从扎根于时空的"树居型"生物变为"根居型"游牧民。在传统的印刷文本世界中，人们犹如生活在一棵大树上，无论如何攀登，如何跳跃，都不可能脱离这棵大树而存在与活动，也就是说，文本就是人类活动的天地，人类是栖居在文本这棵大树上的生物。而超文本的出现，则从根基上改变了人类的这种生存状态，人变成了"根居型"的游牧民。超文本网络恰如一个随机联结的地下经脉，而存在于超文本网络中的人们，如游牧民一样随意漫游或流动不居。在网络空间里用户随着鼠标的点击不断浏览不同界面，人们的思维随着跳跃的箭头而随意流动，甚至连身体都无须移动一下，漫游的范围便可超越地球。这似乎意味着人类思维的无限自由。然而，人类依靠超文本战胜时间和空间仅仅是一种符号性的胜利，人类用户依然停留在符号水平。

首先，超文本造成了认识活动的方向感与历史感的丧失。传统的认识活动，有着明显的方向感，这种方向感是人类理性认识活动的一个重要特征。超文本链接的兴起，对理性认识活动所具有的方向感构成了严重的挑战，人们在网络空间的知识行为，在特征上与以印刷文本为基础的知识行为有着许多重要的区别。在电子超文本中，不同的时间可以在同一个层面上并存，导致时间既无开端又无终结，成为一个非序列的存在，使主体失去了时间的方向感，造成了时间维度的缺失。这种时空观的转型，有可能使主体获得前所未有的自由感。同时，由于时空的转变，也有可能导致深度的消失，时间上的连续以及与之相联系的历史意识和过去感，在超文本语境中难以立足，因为超文本在当前的瞬息流动中已成为意义的碎片，这一点正好与传统文本所追求的历史感和永恒意义成为对比。在这种情况下，个人所收集到的，常常是支离破碎的断简残篇，人们逐渐习惯于抱住知识的碎片而丧失了对知识后面那份智慧的感悟。由于经验和知识唾手可得，人们也无法深刻体会知识背后的那份凝重。

人们在网上的阅读，会跟随超文本链接随机地从一个页面浏览，跳跃到另一个页面，引导这种链接的往往是页面本身的刺激。这种虚拟的经验维度，在实质上是受信息技术与专家系统（网络技术精英）权威的垄断和控制的，这种垄断和控制的结果，是知识的深度和意义被消解了。在相当程度上可以说科技主导了网络权力的运作模式，正是网络科技精英支配了超文本网络权力的基础框架。技术本身不会自己发生作用，技术的作用是通过社会组织来实现的，正是人们尤其是网络精英在超文本空间的社会活动，形塑着网络空间的社会结构。不过，相对于普通网民，以专业为基础的精英分子在网际空间中具有更多的行动自由，在某种程度上，他们还能够决定虚拟生活的结构。因此，在网络超文本空间，基于身份的阶层分化并没有完全消失，只是以新的网络身份形式重新创造出来而已。现实社会的阶层分化是建立在物理身份之上，而网络空间的阶层分化是建立在个人创造的虚拟身份之上的。人们根据他人在网络世界中使用文字符号的品质能力技巧以及由此所透露出来的资讯，而不是根据他人的社会和制度地位、性别和种族来判断对方所属的阶层或对对方进行归类，或赋予对方在网络世界中的地位，这种地位的颠覆很大程度上使认识活动丧失了历史感。

其次，超文本彻底消解了人在知识活动中的主体地位。在传统的文本世界中，主体总是处在知识空间的某一固定点上，发挥着中心作用。虽然主体的认同会随着语境的变化而发生相应的变化，但相对于某一知识场境的特定主体认同则是稳定的，而文本正是依据主体的这种稳定认同而构成的。超文本颠覆了这种传统知识空间中的逻辑自律主体，主体被消解在赛博空间中。超文本世界不仅颠覆了笛卡儿式的主体，从根本上削弱了主体的整体化感觉，而且消解了笛卡儿意义上的主客体界限，主体与客体之间的界限发生内爆，知识活动成为一种波斯特所说的发生在"主客体边界上的"活动，一个发生在主客体边界上的"临界事件"，其界限两边的主客体都失去了自身的完整性与稳定性，笛卡儿式的二元世界也因此变得含混和模糊。在超文本的世界中，主体没有停泊的锚，没有固定的位置，没有透视点，没有明确的中心，没有清晰的边界，主体漂浮着、悬置于客观性的种种不同位置之间。"在主体被悬置的时候，噩梦转变为一场愉快的游戏，大量的可获得性就引发一种难以忍受的幽闭恐怖症；大量的选择将被感受为选择的不可能性；……赛博空间开放了一个无穷尽的无限选择的未来，新的综合性器官等等表象掩盖了它正好相反的一面：一种闻所未闻的极端囚禁。……也就是比任何实际囚禁都更加令人窒息的无限矛盾的手段。"①

2. 审美迷失

超文本所形塑的非线性话语空间，让阅读者就如同身在一个"歧路花园"，让人产生迷失感。事实上，当我们打开一个文学网站时，巨量的文学版块和各种链接扑面而来，人们的注意力被拉扯到数不清的网站中，比特流变不止，信息扑面而来，阅读者面对的不再是逐页翻开的书本，而是网上"海量"的作品。对于点击出来的一个个漫游节点，读者很难心无旁骛地静心品味这种飞驰而来又瞬间消失的文本而不受其他作品、视窗、链接信息的干扰，身不由己的思想主体迅即沉湎消逝于超文本的"歧路花园"中，给人一种半真半幻的庄生梦蝶的体验，传统上的静观体验变成了虚拟游历。同时由于超文本寄生于网络，它导致真实和拟像之间界限的模

---

① ［斯洛文尼亚］斯拉沃热·齐泽克：《幻想的瘟疫》，胡雨谭、叶肖译，江苏人民出版社 2006 年版，第 193 页。

糊。在赛博空间这个世界里不再是实实在在能够感觉到事件本身，而是各种关于它们的拟像和摹写。四处泛滥的拟像景观导致了人们真实感的丧失，使审美主体处于虚幻的与现实不相关联的"超现实"之中。这种客体的仿像性注定会影响审美心理的高峰体验和超越性剥离，从而使审美体验进入一种虚拟体验阶段。虚拟体验意味着情绪真实感的式微。超文本与超媒体的结合，既促进了文学图形化与声像化的步伐，给人美轮美奂的同方位的审美感受，同时也使文字阅读过程中包含的理性思考遭到了剥夺，导致了想象力的缺失和想象空间的压缩。尼葛洛庞帝曾经指出："互动式多媒体留下的想象空间极为有限，像一部好莱坞电影一样，多媒体的表现方式太过具体，因此越来越难找到想象力挥洒的空间。相反地，文字能够激发意象和隐喻，使读者能够从想象和经验中衍生出丰富的意义。阅读小说的时候，是你赋予它声音、颜色和动感。"①因此我们不得不深思超文本给人类审美带来的这种尴尬局面。

第二节 网络文学的互文性

超文本是赛博空间下的特定产物，同时也代表了一种新的文本理念，即互文性或叫文本间性。兰道就曾指出："超文

---

① ［美］尼古拉·尼葛洛庞帝：《数字化生存》，胡泳、范海燕译，海南出版社1997年版，第17页。

本与晚近文本及批评理论颇多共同之处。超文本重新提出了巴特和德里达关于作者、读者及他们所阅读的文本的早已有之的假设；为超文本提供了标志性特点之一的电子链接，也将朱丽亚·克里斯蒂娃关于互文性的观念具体化了。超文本的观念成型与后结构主义的发展几乎同时，但它们的会聚并非仅属偶然，因为二者都源于对印刷书籍和层系思想这类相关现象的不满。"① 电子超文本的建设，为文本的互文性提供了先天的便利条件。电子超文本比传统文本更能体现互文性的特点，它不仅印证了互文性理论，而且使昔日仅仅是观念形态的互文性已经借助数码技术获得了具体的展示。它的势力日盛必然带来对传统阐释观的根本冲击。

一、互文性的理论梳理

互文性一词源于拉丁文 intertexto，意思是编织时加以混合。作为文艺理论的术语，它指的是归因发现某一文本（或意义）是从其他文本（或意义）中析取或建构的，以用来指示两个或两个以上文本间发生的互文关系。最早提出这一概念的是法国学者朱丽亚·克里斯蒂娃（Julia Kristeva），其意为："一切时空中异时异处的本文相互之间都有联系，它们彼此组成一个语言的网络，一个新的本文就是语言进行再分配

---

① Landow, George P. What's a Critic to Do? Critical Theory in the Age of Hypertext. In Hyper/Text/Theory. Ed. George P. Landow. Baltimore (Md.): Johns Hopkins University Press, 1994: 1.

的场所，它是用过去语言所完成的‘新织体。'"①由此"任何作品的文本都像许多引文的镶嵌品那样构成的，任何文本都是其他文本的吸收和转化"②。克里斯蒂娃认为任何文本都是作为引文的马赛克被建构的，任何文本都是其他文本的熔铸与变形，任何文本都不可能脱离其他文本而独立存在，一部作品不是一个自我封闭的、由个别人创作出来的整体，而是对其他文本的吸收和改造。互文的引文也从来就不是单纯的或直接的，而总是按某种方式加以改造、扭曲、错位、浓缩或编辑，以适合讲话主体的价值系统。这也就是指某一文本或意义所具有的对其他文本或意义的借用或建构，每一个单独的文本都不是独立的创造，与其他文本都有不同程度的关联，都是对过去文本的改写、复制、模仿、转换、拼接等。这就揭示了任一文本对先前文本的依赖性，打破了关于作品原创性的神话。这些都是克氏对互文理论的真知灼见，为互文理论的形成与发展奠定了基础。

沿着克氏的道路，巴特、德里达、萨莫瓦约等人都从不同的角度对互文性理论给予了阐发从而推动了互文性理论走向发展与成熟。在此我们只能给以简略的要点式提及。巴特为互文性理论的宣传和阐释做出了重要贡献，他提出的一些概念深化了人们对互文性的认识。他在1973年为《大百科全

---

① ［比］J. M. 布洛克曼：《结构主义：莫斯科-布拉格-巴黎》，李幼蒸译，商务印书馆1987年版，第162页。

② 马驰：《叛逆的谋杀者——解构主义文学批评述要》，中国人民大学出版社1990年版，第68页。

书》撰写的《文本论》的词条中引入并介绍了互文性理论，从此，"互文性"成为文本性研究的基本要素。罗兰·巴特强调了文本与读者之间的关系，认为文本的意义不存在于作品本身，而是存在于读者。所谓作者那是近现代社会的产物，在当代社会，作者已经开始步入死亡。"作者"只不过是那已有文本的组织者，而不是原创者，他唯一的权力就是将各种书写混合起来，以一种抵消另一种，从而永不定于其中任何一种，因此所谓"原创性"也仅是一个假象。作者死了，作者对意义的垄断被打破，意义变成众多人参与的编织活动。作者之死其实就是宣告读者的诞生，读者不再是文本意义的消费者而是变成了生产者。

秦承着这种"读者的解放"思想，巴特进一步提出了他的"可读的"与"可写的"两种文本理论。他在《S/Z》（1970）中对此进一步给出了论述。"可读的"文本是一类可以进行有限的多种解释的文本，是按照明确的规则和模式进行阅读的，是一种固定的自足的现实文本，在其中能指与所指是预设的、先验的，其关系是明确的，文本的意义是可以解读的、把握的，读者不是意义的生产者，而是消费者。"可写的"文本不能按照明确的规则和模式来阅读，已有的解码（decoding）策略不适合于这类文本，"可写的"的文本是以无限多的方式进行表意的文本，是开放性的文本、破碎的文本，星状的文本，读者可以参与文本的表意实践，文本可以被重写、被再生产、再创造，其意义可以在无限的差异里扩散，这就导致了意义的多元生产，文本也由此呈现出动态变化的特点。前者带给人的是一种"充满、保证欢欣愉快的文本"，而后者是一种极乐的文本，充满了享乐主义，但又使"读者不舒服（有时甚至达到厌恶的程度）"，因为，"它将读者的历史、文化、心理假定毁于一旦，将读者的趣味、价值、记忆连贯损失殆尽"①。

与巴特对互文性的理解角度相异，德里达对于互文理论的贡献，在于他提出的"延异"这一概念，通过这一概念所表达的丰富内涵与以上互文理论相辅相成。在德里达那里"延异"这一概念，传达了三层的含义：（1）形成差异，指属性、本质和形式上的形成差别。（2）散播，指空间上发生播衍、发散的效果。（3）推延，指时间上发生推迟、延缓。②

传统符号学认为能指与所指紧密结合，话语或者符号具有确定的意义；然而，德里达认为符号的本质是分裂，能指与所指的差异难以弥合，意义在差异中扩张，文本在差异中发展。话语符号在不同的语境中出现，每一次都暂时在语境中固定下来，留下该符号"延异"或"播撒"的痕迹。每一个文本，每一种话语，都是能指的"交织物"（interweaving）或"纺织品"（textile）。这样，每一种赏析的或批评的阐释仅仅是对一个文本所作的尝试性的和部分的"补充"，因为一个文本的种种能指只载有它们多重所指的"印痕"。文本话语之间相互联合和相互插入，文本本身是内在文本（intextual）无

---

① Roland Barthes. The Pleasures of the Text, Richard Miller（translator），Oxford：Basil Blackwell Ltd，1975：14.

② 王瑾：《互文性》，广西师范大学出版社 2005 年版，第 94 页。

限变化的一种不稳定过程。正因如此，"文本间有着差异和间隔，因而造成了延缓，对于信息的传达就不能是直接的，而应当像撒种子一样，将信息‘这里播撒一点，那里播撒一点’，不形成任何中心地带"①。踪迹无处不在也体现文本是由无数的他者交织而成，文本不是一个业已生成的书写集，不是一本书里或书边空白存在的内容，而是一种起区别作用的网状结构，是由各种踪迹织成的织品。这就最终导致文本深度意义的消失，导致艺术中心主义的衰落。文本的解读向我们展示了一个超出我们控制意义的世界，"互文性"文本所体现出的这种"播撒美"，让不同的读者用不同方法"替补"文本的空缺，体会到了一种别样的审美自由感。德里达的"延异"理论丰富了互文性理论，同时也让我们感受到了他的那种力求破坏一种秩序，打破一种同一，消解中心和解构意义的文本策略。

　　也有学者对互文性一些写作手法的运用进行了研究和探讨，如法国学者蒂费纳·萨莫瓦约晚近的著作《互文性研究》中就对互文性的写作手法进行了总结，认为互文性的写作手法主要有：引用、暗示、抄袭、参考、戏拟、仿作、合并、粘贴等。② 同时，我国学者根据欧美学者的互文性理论和文学作品的实际情况，将互文性在文学作品中的体现大致归纳为以下几种情况：（1）引用语。即直接引用前文本。（2）典故

---

　　① 王宁：《二十世纪西方文学比较研究——王宁文化学术批评文选之二》，人民文学出版社 2000 年版，第 180 页。
　　② ［法］蒂费纳·萨莫瓦约：《互文性研究》，邵炜译，天津人民出版社2003 年版，第 36~57 页。

和原型。指在文本中出自圣经、神话、童话、民间传说、历史故事、宗教故事及经典作品等之中的典故和原型。（3）拼贴（collage）。指把前文本加以改造，甚至扭曲，再拼合融入新的文本之中。（4）嘲讽的模仿（parody）。这种方式古已有之，不过它在当代西方文学作品中，尤其是后现代主义作品中得到十分广泛的运用，以至加拿大著名女学者琳达·哈琴（Linda Hutcheon）把嘲讽的模仿视为互文性的当代"标志"。（5）"无法追朔来源的代码"。这是巴尔特等人的观点，它指无处不在的文化传统的影响，而不是某一具体文本的借用。[1]

综上所述，克里斯蒂娃等人虽各有自己独特的方法体系和思想背景，但都强调了互文性就是一个文本把其他文本纳入自身的现象，是文本间的相互补充和交流的特性。它强调的是文本之间的流动性，任何文本都不可能脱离其他文本而存在。互文性关系到一个文本与其他文本的对话，同时它也是一种吸收、戏仿和批评活动。互文性这一理论范畴的提出具有重要的理论与实践意义，它增进了对于文本特性的认识，也从根本上解构了传统文本的稳固性。

二、互文性在网络文学中的体现

1. 网络文学的超文本化是互文性的典范形态

首先，超文本的多链接体现了互文性的联合性和不确定

---

[1]　程锡麟：《互文性理论概述》，《外国文学研究》1996 年第 1 期。

性。超文本的基本要素是单个的文本，这些文本通过关键词相互链接而成，而这些关键词就是每个文本之间互文性的具体呈现。超文本作为一种基础的互文性系统，它比以书页为界面的印刷文本更能凸显互文性的特征。整个超文本就是一个巨大的互文本，它将相互关联的众多文本置于一个庞大的文本网络之中，并通过纵横交错的路径保持各文本之间的链接。而网络作为一个复杂的集合，它也为每一部分的核心调配提供了复杂的准备，呈现了另一个全息的真实世界。这种信息产生的不可预见性以及物质上的安全性和方便性正是互文性得以实现的条件。在一个网络文本中包含其他文本的链接，通过点击信息链接，文本就在界面里呈现。这样每个文本不是限定于一个特定文本之内的，每个文本都体现出"游牧性"或"无寄宿性"。这使得网络文本符号具有多元化和丰富性，呈现出网状的多维立体结构，读者能够更方便、更全面地获取信息。读者可以根据自己的兴趣需要从中选取自己的链接点，滚动窗口实现非线性的阅读，在网络文本的阅读中，读者可以随意自由地穿梭于文本网络之间，不断改变、调整和确定自己的阅读中心，挑选符合自己心情和感情的文字。在阅读过程中，读者同样享有充分的选择权，他（她）可以随意地在某个地方停下来，从一个页面进入另一个页面，从一个语境进入另一个语境，读者在这一过程中把握的文本的意义无疑也是散漫无边的，随着读者的上述选择而"散播"，无所谓中心，更不存在终极，这就有可能实现各个文本之间的可能性的联系。这就使原有的文本的边界得以扩展。

文本的边界消除了，每一个文本都向所有其他文本开放，这一文本与其他文本互为互文本，文本只能暂时在语境中固定下来，充分体现文本符号的不确定性，每次阅读留下的是该符号"延异"或"播撒"的痕迹，实现了文本的解放。这不仅是消解了纸质中心，也是对作者权威本身的一次解构，因为它本身不存在中心，是没有中心的四通八达的互文网络，任何接点既是中心，又是边缘。从结构上看，它与任何其他接点地位完全一样，它体现出的无普遍性的、循环的、网状的和多重关系的特点，使其作用降至仅仅为文本间的相互游戏，从而实现了文本的狂欢。它所体现的即是巴特所认为的"一种极乐的文本，充满了享乐主义的"。

　　其次，超文本的交互性写作体现了文本的互相镶嵌性。在网络文学中，作者与读者的交互对话深深地打上了互文性的烙印，超文本允许读者直接参与文学创作，空前地提高了读者的地位，从而改变了传统的作者与读者二元对立的状态。传统的印刷作品一旦制作完成便固定下来，创造过程便告结束，读者和作者在时间和空间上是相互分离的，无法实现互动交流，超文本文学却可以通过网络实现一对一、一对多或者多对多等多种形式来实现作者与读者、读者与读者之间的共时交流，使作者和读者之间的互文性特征明显起来。文本的接受者即是文本的创造者，文本一经发布，它必然要经受网民的阅读与评判，不断地被仿写和复制；多途径的链接转载使文本得到了广泛的传播，同时也使原有文本面目全非，有的文本到最后甚至连原创作者都认不出来。不同的读者在不同的时候读到的往往并不是同样的文本。这就是一股川流不息的文本之流。超文本的交互性还带来了文学批评模式的更新，跟帖批评所特有的连锁式的批评景观，既是网民间的对话的产物，也是文本阅读的一部分，形成了文本间的互相参照。这种广泛式的参与式批评无疑也促使了文学批评权力的分散和扩散，因为文学批评在传统文学中仅是一部分人的特权。

总之，互文性虽不是因为超文本的产生而出现的，但超文本的出现客观上却为这一理论提供了更为贴切的范形和例示。与传统媒介的相比，网络自身有着独特的风貌和运行规则，正是网络自身的特殊属性使得网络文本的互文性内涵更加丰富和别具一格。

2. 网络上盛行的对经典作品的戏仿和改写是互文性的重要体现

经典作品不仅有古典文学中大家所熟知的篇目而且还有现当代成名的作家作品。戏仿和改写作品虽保有原来的结构和人物，但其内容书写和情趣表达早已"今非昔比"。文本被改写成适合大众口味的新作，同时充满了幽默、戏谑和反讽的特点，深受大众的喜爱。如我们看到的今何在的《悟空传》、林长治的《沙僧日记》、青色百合的《蒋干盗书》、石头的《新编〈蒋干过江请凤雏〉》、司马阿猫的《疯狂三国志》等都属于这类作品。在原作的框架中融入现代人的生活，行文特点和被戏仿作品如出一辙。在众多名著的派生文本中，《西游记》的戏仿之作无疑影响最大，如先有今何在的《悟空传》，它也是在众多网友的参与下修改而成的，《悟空传》连载之后，网络上又出现了很多续本，如《悟空传日记》《离开紫霞的日子》《悟空传后之心猿》《悟空传后之天蓬遭贬》等。数量众多的网络玄幻小说也多以神话、传说、民间故事等为母体，糅合了各种天马行空的奇思妙想。在众多的网络文学作品中，还有对古典诗词已有文本的戏仿和改写。

另外，现今网络恶搞的文化现象，其本质也是戏仿，即通过对经典的、权威的、流行的文本拿来主义地盗用，别有用心地篡改，来获得一种互文性的喜剧效果。恶搞戏仿消解了源文本的严肃性或正统性，具有了强烈的游戏拼凑性，其用心并无特别的恶意，而是大众为获得自由宣泄的快感而进行的一种解构和狂欢游戏，也实现了一种文本互文式的创造。可以说，戏仿是一种间接模仿或转换前在文本以形成此在文本的创作方式，它导致了互文现象。需要指出的是，戏仿不同于模仿，它不是自亚里士多德以来西方传统诗学所主张的文学是对社会生活模仿和再现的观念，模仿是以严肃态度对生活进行再现，而戏仿是在模仿生活或传统文本时运用了戏谑的态度，以此达到颠覆传统观念与定论的目的，它意在消解经典文本中的正统观念，以满足娱乐休闲的目的。

有些模仿之作直接用原作的题目，慕容雪村在天涯社区推出连载《成都，今夜请将我遗忘》之后，一个叫"黄书记"的网友，也不辞辛苦地敲出了一本伪版《成都》，这一"赝品"同样流行。《成都，今夜请将我遗忘》也因此引导了网络文学的新风向，随后带动了一股可以称为民间文学创作的热潮，大家把《成都》当作话本，都去填一笔，结果造成了混乱。策划出版《成都》的延边出版社编辑阿文对记者说："大多数争议都是误读造成的。你知道没有几个人会通过网页认真地阅读一部那么长的作品。大家都在找，找精彩有趣的部分看，急于知道后来怎么了，跳过那些哪怕稍微抒情的部分。"① 我们看到这种跳跃式的阅读以及自我误读式的阐释早已使文本脱离了作者所设定的期望达到的文本效果。源文本与戏仿的各种文本间构成了丰富的互文性效果。

3. 衍生创作也是互文性的集中体现

这里所说的"衍生创作"，是指在原作基础上进行的再创作，即二次或多次，加入个人想法和想象进行的创造活动。可以说，当下以"网络文学"为中心进行的衍生创作，就像网上的一个个结点，互相独立又互相联系。一旦作品出现高点击率的倾向或被置于网络作品的人气排行榜的顶端，马上就有网络写手争相模仿，一个原创故事往往会派生多个不同的版本。写手充分借鉴原有文本的内容形式，并融入当下的生活体验，创造出新的文体特征和话语风格，实现了文学的创新与延续。如此不断循环就构成了网络文学特异的文化景观，网络文本得以迅速增殖、扩张、蔓延。正因为互文性的存在，原有文本可以按某种方式加以改造、扭曲、错位、浓缩或编辑，交织到新的文本之中，从而实现新的文本的意义

① 慕容雪村：《愈怀疑，愈藏匿》，http：//www.Chinanewsweek.com.cn/2002-10-14/1/537.html。

建构，凸显出作者、读者与文本之间的一种对话关系。读者也从原有的被动式的"消费者"地位，转变成文本的积极生产者。这一过程必然会使新作品增添更多的时代特质，产生丰富的联想意义。新完成的作品将被模仿的作品纳入本文的意义构成之中，也丰富了作品的意义内涵。这样就使新的文本意义不断生成，更多的新文本得以建构，从而使源文本也走向扩张。这一方面有利于原有的各种文化要素的传递、扩散和迁移，同时也有利于这些文化资源在新的时间和空间中的流变、共享和重组，形成新的创造。网络文学的衍生创作现象呈现出多元化的特征，这主要表现在以下几个方面：一是同人系列，如同人文、同人歌、同人视频剪辑、同人漫画，和相对比较特殊的广播剧与 cosplay；二是网络文学被改编的影视化现象；三是手游、网游、手办、主题乐园等多种形式。这些表现形式在原有文本进行传播的同时，又进行了自我的创造性发挥，生产扩展出够多的富有联系性文本，彰显出互文性的广阔空间。

以剑三文化为例，我们可以看出衍生创作的丰富性。网络剑三是由金山软件西山居开发运营的 3D 武侠角色扮演网游。随着网络剑三同人文化的发展，剑三得到更多玩家的关注，因此对于剑三同人的需求越来越大，关于剑三的一些衍生创作应运而生。主要体现在以下几个方面：（1）剑网三耽美同人小说。剑网三耽美同人小说是指剑侠情缘三游戏中的男性人物角色之间的恋爱。如《东方，你的花满楼》一文所写的就是陆小凤和新笑之间的恋情。再如《天意如刀》《渡鸭之宴》等小说都描写的是剑网三中男孩之间的恋爱。（2）剑网三穿越同人小说。在剑网三的同人小说创作中，不乏许多的穿越文，如《抱剑观花》是以女主君迁的角度带着游戏的系统穿越来写女主与西门吹雪之间的感情故事，还有《剑三之穿越捡爹》《云英》等作品都是在穿越文中比较经典的同人小说作品。（3）剑网三综武侠同人小说。剑网三综武侠同人小说即指在剑网三的同人小说作品中加入了武侠情节来进行创作。如《综武侠之君子九思》由不言归所著，描写了叶英与叶九思之间的感情历程。还有《把酒言欢》《万花一笑》《君子藏锋》等小说都属于这一类型。除此之外，剑网三的同人小说是几者类型的结合，占了大多数。如斩雨无痕的《［综武侠］枪走若奔雷》就是耽美和综武侠相结合的小说，《综武侠之君子九思》是综武侠与快穿的结合，还有耽美、综武侠和快穿三者结合的同人小说。

总之，网络文学依托开放的交流平台，让这些衍生创作苗壮成长，它们就像网上的一个个结点，互相独立又互相联系，实现了互文性的审美表达，改变了网络小说的表现形式，有力于推动新的网络文化的形成。

4. 番外现象也是互文性的独特体现

番外即有关联的题外话的意思，它既可以是作者也可以是读者来对小说中的某个情节予以丰富和延展，对某个配角人物的内心进行解读和剖白，对小说结局后某个场景的想象与渲染，它不隶属于文本，但与文本息息相关，它游离于文本之外，可以是一篇优美的散文、一阕动人的内心表白、一个简短的故事，它的文字飘逸动人，甚至胜于文本，它既可以寄予作者对某个人物很深的感情，解释作者某个情节安排的意图，又能弥补读者对某个结局某段情节不满的遗憾，满足读者对某个人物的同情与喜爱，它是网络小说既成后最后一根读者与作者间的纽带，也是网络文学在日渐走向成熟后的一种突出标志和特殊的文化现象。近几年在网络文学论坛里，比较热门的网络小说都有很不错的番外文，且流传甚广，如《步步惊心》《甄嬛传》《花千骨》等，读者对于这些番外的喜爱程度不亚于原文，这些番外也成为沟通读者与作者感情的渠道。

　　番外具有抒发情感、文体自由、文采斐然的特点。如《甄嬛传》作者所写的四篇番外，分别是关于陵容、皇后、眉庄和玉娆的，这几篇对作为配角的几位女子给予了进一步的刻画，使其形象更加饱满，如其中一篇为《鹂音声声不如归去》，就对安陵容的身世、心态发展、情感历程给予了更详尽的描述，也为读者更深刻地了解其人其举止提供了渠道，安陵容在小说中是一个反面的角色，但在番外中，作者道尽了她凄苦的身世，她的苦楚与不甘，她的爱恋与不能，她对命运的反抗和无奈的顺从。在番外中，她被揭去了反面的标签，而还原了其悲剧的本色，尤其是其中对甄衍一如当初的深情与爱恋，让很多读者黯然泪下。文中描写其悲剧的命运，"有风吹进来。无数的纱帷吹得翻飞扬起，似已支离破碎的人生，被命运的手随意拨弄"。又如描写皇后的番外中，对皇后庶出的身世描写，对纯元皇后的种种嫉妒，处于皇后位置的满足与无奈，尤其里面描写到在其母亲去世后，发现父亲母亲青梅竹马时于乡间折下的桑条，已经枯萎得只剩下光秃秃的一根枝条，母亲却依然爱惜地保存着。还有他们一起放过的风筝，折好的纸船，和母亲的几封信笺。这时，她开始感叹："一个已经荣华富贵的男人，怎还记得一份微时的爱情。他不肯，也不愿。我在深深的愕然与悲伤之余，是那么震入心肺地觉得，如果不用心用力争取，再深的爱，也不过是被人无视的一抹云烟。"这是现实给予她的启示，她也被现实逼上了一条不归路。我们可以注意到的是，这几篇番外都用第一人称的写法，道尽了剧中人物的心声，在小说中读者无法领悟或体会到的这些角色背后的情感，都由作者在番外中用第一人称缓缓道来，你也许厌恶她在小说中的种种狠辣，但在番外中，你读到的是其内心的剖白，它告诉你一个个纯洁无瑕的女子，怎样经由命运的摆弄，最后落得悲惨的结局。它让读者感叹，让读者思考，让读者在丝丝入扣的文字中更好地了解作者的写作意图。

其次，番外还具有互动交流、解释纠正的作用。桐华的《步步惊心》是网络小说中的佼佼者，尤其在改编为影视剧播出后，获得了很多的粉丝。同样，《步步惊心》也有桐华亲写的三万字的精彩番外，而且桐华在写作过程中还插入了一些题外话，对剧中情节进行解释，与读者进行互动，这些题外话也可以看做小说的番外。在题外话中，桐华对自己小说中一些隐秘的细节进行了揭示，使读者更清晰地了解剧中人物的性格，也说明了作者的主旨："这篇文章里的男子，没有谁比谁更干净，他们都是带着现实的残酷，所以我尤其心疼这篇文章中的女子，她们是一种干净的存在和执着的存在。我最敬佩八福晋明慧，最感佩玉檀，最同情绿芜，最可怜若兰，对十福晋明月最笔下留情，对敏敏只有一声祝福。可以说我对女子的写法和对男子的写法刚好相反，男子明着写好的时候，一般都是另有一层甚至多层意思，可女子，我即使在写她们坏的时候，你如果肯再多想一层，那更多的是无可奈何和同情。"当然，桐华文笔了得，在整部小说完成后，又特意写了三万字的番外，《步步惊心》电视剧播出后，这些番外也成了读者追捧的对象，其中番外一标题为《杏花、春雨、少年笑》，主要对小说中着笔较少的承欢的故事进行了延续，其中一段描写杏花的文字尤为优美："走到会心桥边，桥这边杨柳依依，对岸却是绚丽的杏花林。轻薄的花瓣如冰似绡，却一朵又一朵密密地结在枝头。浅浅的粉、浓浓的白，堆满天际，似雪非雪、如雾非雾。微风一吹，便有花瓣纷纷坠落。地上已经落了一地的香雪，桥下的碧波上也荡漾着无数碎花。"杏花固然美丽，而杏花下的女子更美，"胭脂红衣若朝霞一般绚烂，黑鸦鸦的青丝未被宫饰束缚，活泼地飘舞在粉白的花瓣雨中。"美丽的画面中还有少年的笑声，只是，花儿终要凋谢，少年，终不复当年的无忧无虑。最后承欢远离家乡远嫁他方，心中的种种凄苦也让读者落泪。正如读者在番外后评价："每一次重温步步惊心，重温桐大的番外，都会有数不尽的惆怅与哀思。每一次，我都泪潸潸了，泪水默默地从我凝然的双眼前过去。"

应该说，网络空间为网络文本的互文性提供了最为理想的环境。超文本的超时空性、超链接性以及超复制性为文本的互文活动提供了强有力的技术支撑，成为文本之间联系的最好中介。它使网络空间内的各种文化资源流动、叠加和重组，从而使文本的意义具有天然的开放性、边缘性、多重性和多义性，充分彰显了文本的互文性。拼贴、戏仿等互文性手法的运用也在一定程度上使源文本走向增殖和扩张，文本之间呈现了丰富的互文性效果。所以，超文本无论是其外在活动方式，还是内在精神，都体现出明显的互文迹象。超文本是有史以来互文性的一种最高典范形态。这种新的文本特征，深化了人们对语言符号相互关系的认识，也影响和改变着我们的文本阐释观。

总之，超文本的问世无疑是传统文学生产与消费的一次伟大革命。这场深刻革命具有必然性、必要性，令人欢欣鼓舞。较之传统文学而言，网络文学的超文本化使大量的作者参与文学创作成为可能，网络文学因此能够更便捷的反映现实生活，网络文学的取材更加清新质朴。网络文学的超文本化使得单一文本向复数的文本方向开放，人们在"超文本"面前犹如跃入一个生生不息的河流。"超文本不仅描述或提及其他文本，而且重构了读者的阅读空间，将其带入更广阔的领域。"①超文本给人类带来了无止境的选择，跨历史的狂欢

---

① ［美］保罗·利文森：《软边缘：信息革命的历史与未来》，熊澄宇等译，清华大学出版社 2002 年版，第 138 页。

和对无限可能性的渴望。对此，积极关注网络文学的作家陈村在《网络两则》一文中说："文学的全部意义并不仅在于它有高峰。许许多多的人在文学中积极参与并有所获得，难道不是又一层十分伟大的意义吗?"① 在他看来，文化权威的死亡，并不意味审美标准的永远虚无，而往往预示着一种新的文化转型的到来。

---

① 陈村:《网络两则》，《作家》2000 年第 5 期。

第三章　网络文学的语言与题材

　　与传统文学相比，网络文学语言已成为一种崭新的文学语言的类型，其直白、生动和诙谐有趣等特点，成为网络文学审美形态的核心要素之一。在题材内容方面，网络文学从最初的单薄有限，到当下类型化的发展，其多样化的题材内容丰富了人类的想象力，将文字书写置于更为广阔的文学天地中，向世界宣示了网络文学的价值。

第一节　网络文学的语言

　　文学是以语言为媒介的，它以语言作为物质外壳和载体来表达作者的思想体验。网络文学也要借助一定话语符号来构建自己的表达系统。但我们注意到，由于载体的不同以及语言使用的环境不同等使得网络文学呈现出独具特色的语言表达程式。

一、网络语言的产生

细读网络文学可以看到网络文学的语言组成部分仍是以书面语体为主导，是遵从书面语体的一般规范的，但由于网络载体的存在，网络信息是由"比特"来进行电子化处理和传播的，而比特自身的无限转化模拟的特点，又使网络文学不仅有文字式的表达手段而且还有声音、图像、动画等要素，这就给写作者提供了较多的表达手段。写作不仅可以用文字、数字而且可以用网络上搭配的心情符号等表情达意，甚至可以将文字与影像、音乐结合在一起，从而实现自己的艺术想象和创造潜能，这些都是传统文学难以做到的。这在一定程度上缓和了传统文学中言、意、象之间的矛盾，丰富了文学的表达手段，增强了作品的审美效果和艺术感染力，为人们更为直观、快速地理解文本意图提供了可能。无疑这种语言程式带给我们的是一种新的意义上的审美感受，也"极有可能催生新的学术意识与知识框架"①。

网络本身即是一个话语的生产空间。网络作为新的沟通方式而存在，它已形成一种新的语言使用环境。我们都知道语言样式是环境的产物，新的沟通方式带来了新的语境，新的网络语言的生成成为必要。网络语言在网络中起到了增进人际交流与沟通的作用。由此，网络空间不仅是传播信息和形成社区的重要场所，同时也是一个重要的话语符号的制造

---

① 陈平原：《数码时代的写作和阅读》，《南方周末》2000 年 7 月 7 日。

场地，大量网络新词汇的涌现就是一种确证。这些都促使了
网络文学表达要素的丰赡。关于这些符号的意义所指，由于
已有较多文章给以论述，在这里我们不再给以具体列举。我
们重点分析它的这种生成机制。

　　虚拟社区的互动正是产生语言新意义的一个平台，在上
一章节的分析中我们可以看到虚拟社区是一个群体互动的社
区，是人类的一个新的生活空间，更是一个流动生成的亚文
化空间。许多青年人寄居于不同的社区内，进行跟帖对话，
他们不断地制造着自己的话语符号。据教育部和国家语委公
布的首个《中国语言生活状况报告》显示："语言与论坛的传
播模式有着密切的关系，它们贯穿着网络论坛语言表达的全
过程，说明如今网民上网主要以发帖、回帖等讨论为主。"[①]
而网络社区的匿名性和权力缺位使任何人都能在网络上随意
发布消息以及自由发表自己的见解，这就在形式上实现了话
语的平等权，刺激着网民发挥自己的想象力和创造性，最大
限度地反映出每个人在语言上的创造力，往往导致新奇而富
有创造性的语言产生，为网络文学带来了清新空气。另外，
这也与网络写作的主体有关，据有关机构调查，网络写作是
以青年人为主导。而青年人本身爱好新奇，有着强烈的自我
表现欲望，他们"追求时髦，乐于创造，喜欢标新立异；同
时，他们交际面广，交往频繁，生活、工作和学习的压力大，

---

　　① 代小琳：《网络语言使用频率排名首次公布 顶字用最多》，《北京晨报》
2006 年 5 月 23 日。

容易产生群体认同价值的交际符号"①；他们喜欢遣词造句，创造出富有新鲜感的词汇。而这些词汇一旦被制造就被广大网民所理解和接受，就成为一种流行语，从而也就会成为一种语言惯例。以网络文学作品《小妖的网》为例，文中这样写道："我给雪山飞狐寄了一篇东东，当然'东东'就是'东西'的意思，我不得不称它为'东东'，身在网络，但不照网络的规矩办事和说话，就会被看作是一个异数。连网络外面的人都知道，我们管所有的男人都叫'青蛙'，管所有的女人都叫'恐龙'，我不知道那是为什么，因为根本就是没有道理。"② 这些奇奇怪怪的网络词汇就这样产生于网络，得到广泛认可，并开始蔓延至年轻人的日常生活。可见，社区内的沟通对话不仅是新的话语符号的诞生，同时还促进了一种新的语言模式的诞生。

高尔基曾说过，语言不像石头一样仅仅是惰性的东西，而是人的创造物。维特根斯坦也认为，词语的意义在于它的用途，词语的意义表现在不同的语境中，语言的意义在于语言游戏即实际活动中。我们看到虚拟社区基于"同在现象"而跨越了群体身份，他们制造出了许多与物质地点无关的接触形式和群体，可见网络行为是动态的，也是异质的，由此构成的话语规则也是处于流变之中。在某一阶段，网络群体

① 郭熙：《中国社会语言学》，南京大学出版社 1999 年版，第 115 页。
② 周洁茹：《小妖的网》，http：//article. hongxiu. com/a/2004-2-28/319829_2. shtml。

创造出大家公认的行话或流行语，而在另一时刻又会创造出新的流行语。这些网络语言是群体心理的一种表达，同时也承担着把网络上的个人凝聚成网络社会有机整体的功能，它代表着一种价值观念的认同。要理解一个群体的语言表达式，我们就要理解一个群体的语言；要理解一个群体语言，就要理解这个群体的生活方式，因为在网络上一种语言（或语言的使用）就意味着一种生活。如果你不了解网民的网络语言，就很难被视作网民中的真正一员。

二、网络文学语言形态的特点

虚拟社区是网络语言产生的平台，而网络语言的产生和发展又成为网络文化兴起的表现和结果。网络语言的诞生与其说是为了迎合新一代的需要，倒不如说是语言发展的必然结果。事实表明网络语言正逐步从网络走到现实中来，这与网络语言的特点不无关系。

1. 用语直率、简朴、口语化，给人自然形象之美

每一种媒介都为人类思考问题、表达思想和抒发情感的方式提供了新的定位，从而制造出独特的话语符号。电脑网络所具有的非正式性、自发性与匿名性的特点，刺激了一种由电子文本表达的所谓"口语性"的新形式，表达更具口语化的特征。这种网络空间因为缺少了传统社会生活中无所不在的"监督"而显得更加自由、更加珍贵。网民们能够在网络上最大限度地发挥自由，人们也就更容易无所顾忌地将平时遏制在内的"本我"显示出来，宣泄某种平日里不能或不

敢表达的情感。这就使得他们表达出来的语言简单、直率，朴实可爱，甚至出现了"童语现象"。"网民们喜欢用那些'土'得掉渣、'俗'得可爱，或'庸'得无聊的原生态语言，来弃雅随俗、屈尊随众，用大众化、生活化、平庸化的姿态和语言，展示普通人最原始、最本色的生活感受，显示出平民的亲和力和平凡的亲切感。"[1] 一位年轻的写手陈幻曾这样表白自己的写作："文字在我是生活状态，只喜欢写第一时间的真实感受，不会为文而文，没话找话。"[2]这些都充分体现了网络写作语言表达的直接率真的风格。

网民们对网络语言句式的选用也体现了简洁性的特点，网民们为了提高交流速度，很少运用长句子、复杂句子，而多用短句。这一方面是由于现代生活的节奏加快，人们要求一种快速迅捷的表达形式，缩短信息交际的宝贵时间，用极少的文字去表现丰富的内容、完备的意思，因为在这里，时间就是金钱，速度就是生命，人们还不能免费上网，必须快速浏览。短促简捷代替冗长晦涩，词汇量少、用词简单成为造句的基本规则。另一方面，这也与网络这种非正式的互动模式有关。匿名式跟帖互动作为一种谈话模式，用语是随意的，结构是散漫的。作家徐坤就曾经表达自己了解网络语言后产生的迷惑："网络在线书写就是越简洁越好，越出其不意

---

① 欧阳友权：《网络文学的平民化叙事》，《中南大学学报》（哲学社会科学版）2004年第2期。

② 何从：《你竟敢如此年轻：网络追踪"八十"年代写手赵亮晨、陈幻》，《南方周末》2000年6月2日。

越好，写出来的话，越不像个话的样子越好。一段时间网上聊天游玩之后，我发现自己忽然之间对传统写作发生了憎恨，恨那些约定俗成的、僵死呆板的语法，恨那些苦心经营出来的词和句子，恨它们的冗长、无趣、中规中矩。整个对汉语的感觉都不对头了。我一心想颠覆和推翻既定的、我在日常工作中所必须运用的那些理论框架和书写模式，恨不能将它们全都变成双方一看就懂的、每句话的长度最多不超过十个汉字的网络语言。"① 正是网络载体造成了这种语言风格或者语体的变化，或者也可以说是网络催生了网络语言这样一种新语体。这也正如作家陈村认为的"网络文学的句法是网络写作的必然后果：工具的变化会带来文风文体的变化，从文学的历程看，书写越来越容易，文字也越来越'水'"②。

现代社会，随着"读图时代"的兴起，人们倾向于使用更加简单、形象的交流工具，因为图画能直接作用于大脑的形象思维区域，更易于理解。为了适应网络的沟通方式，网民们用文字符号来修饰简洁而明确的信息，并试图创造足以表达身体或情绪反应的符号。如运用表意数字、谐音和标点符号组成的图形、情意符号或夹杂运用以及网络模拟的表情和动作的图形。这些不仅能给人以较为强烈的视觉刺激，从而引起他人的注意，还能激发大家的阅读兴趣同时也给虚拟的网络生活增添了生气和实在感、即时感，它为抽象、平淡

---

① 徐坤：《网络是个什么东西》，《作家》2000 年第 5 期。
② 陈村：《网络两则》，《作家》2000 年第 5 期。

的概念赋予了具体可感的生动形象，形成了网络语言形象性的风格特点。陈原先生提出："由于现代社会生活的节奏很快，语言接触引起的一个新问题，就是缩略语问题。节奏快，以至于在某些场合要采取符号（非语言的符号）来显示信息。缩略语就是把必要信息压缩（浓缩）到在接触的一瞬间就能立刻了解的程度，把必要信息转化为图形（非语言符号）是适应高速度和其他现代社会条件的需要而产生的。"① 这种图像性的特点无疑增强了网络语言的形象直观性，使之更富有冲击力。

以当下网络文学流行的文体风格"小白文"为例，我们就可以看出网络文学在追求语言上的通俗直白性是不遗余力的。"小白文"一般是指语言直白、情节利落、角色脸谱化的网络小说，它占据着网络文学的主流，抛开其文体上的情节简单易懂，模式化或套路化之外，我们发现"小白文"语言上的通俗直白是其主要特征。这方面的代表，以网络知名写手我吃西红柿、唐家三少、天蚕土豆、梦入神机等最为典型。

如我吃西红柿《星辰变》对主人公秦羽童年时期的一段描写，语言干净利索，简洁明朗地再现了人物形象。"此刻秦羽八岁了，个子也高了不少，眼中时而有着睿智的光芒闪烁，然而在他的眼睛深处却有着一丝淡淡的忧郁，此刻秦羽正独自一人走在山道之上，在其肩膀上有着一只黑色雏鹰。"

天蚕土豆也是同样的语言体例，对人物内在的心情呈现

---

① 陈原：《语言学论著》，辽宁教育出版社1998年版，第325页。

不是复杂深刻而是直白浅显，如其《斗破苍穹》中对主人公萧炎的一段心情描写也是直接明了，不给读者带来过多的言外之意或者某种观念隐喻，只给读者带来阅读上快感即可。《斗破苍穹》："山崖之巅，萧炎斜躺在草地之上，嘴中叼中一根青草，微微嚼动，任由那淡淡的苦涩在嘴中弥漫开来…举起有些白皙的手掌，挡在眼前，目光透过手指缝隙，遥望着天空上那轮巨大的银月。"

以写洪荒小说而出名的梦入神机，其作品语言更是通俗直白，缺少修饰，又受网络流行语的影响，或用符号式的文字来传达文意，或借助漫画式的语言方式表达情感。例如其作品《佛本是道》："本以为自己像无数 YY 小说中的主角一样得到了奇遇，从此以后天上地下唯我独尊，哪知道还是要夹着尾巴做人。""安东尼大吼一声，使出了吃奶的力气，往边上一跃，堪堪逃离了被砸成肉饼的命运，奇怪的是那铁块砸在天台的水泥板上，却一点声音也没有发出，在安东尼鼓得差点掉出来的眼睛下，四丈方圆的铁块快速的缩小成四寸见方的大印，飞回了站在天台边缘的一位蒙面人手中。"这里的"YY"就属于网络流行用语，是"意淫"的缩写，即不切实际的胡思乱想。"鼓得差点掉出来的眼睛"就属于漫画中常常出现，表现受到极大的惊吓的情绪，以至于眼球都要被惊得掉出来。对于从网络成长的一代，这种新奇的语言方式无疑让他们倍感亲切，一定程度上消除了读者长时间阅读引起的烦闷情绪。

2. 用语自由、随意，诙谐有趣，呈现出狂欢化的特征人类具有追求自由的天性，渴望无所不在的自由。现实社会的各种交往规则束缚这种天性，虚拟社区使得网络上的交流如同一个盛大的假面舞会，互动双方都隐匿了自己的相貌和身份，自然也就成了人们实现自由的理想场所。在这个虚拟的世界中人们在现实生活被压抑了的表现欲、想象力、自我意识和深层诉求都能够在此得到淋漓尽致的表现和抒写。"在虚拟的语境中，语言面对的时空不再具体，语言成为一种直接的游戏，语言的交流和语言接受不再神圣。在无穷无尽的语言游戏中，语言得到了充分的表达和交流，信马由缰、无拘无束、自由自在成为网络语言链接的最为突出的游戏特征。"① 网络写手的创作在某种程度上就是体验这种书写的快感。语言多是作为表现狂欢激情、张扬个性的各种符号而存在，这种文字狂欢使人获得心灵的满足，网络文学显现出尽情狂欢的特色，也可说是在更本真的意义上得到回归。

在很多情况下，网络语言摆脱了社会规范秩序与等级的束缚，突破了传统意义上对于文学语言的定格，成为一种众声的喧哗。网络中各种书写符号的杂糅，传统与现代的语言交织，都使网络上的文字成了各种语词狂欢的盛筵。戏拟、反讽、佯庸、夸张、反复等修辞手法方式的惯常运用，表达出某种戏谑、暧昧的气氛和语言狂欢的快感。"在网络中，繁殖、联想、创新成为带有普遍性的动力方式。在这种环境中，

---

① 鲍宗豪主编：《数字化与人文精神》，上海三联书店 2003 年版，第 360 页。

语言的引伸义、比喻义极度膨胀，这样一来，语言的'能指'变得更加繁复，它经常迅速滑动，总是割断人们通向'所指'的途径，于是网络文学的语言变得千奇百怪甚至是不可理喻而更加带有戏谑色彩。"① 它一方面产生一种幽默的阅读效果，产生令人忍俊不禁的喜剧性效果；另一方面也表达出民众对于社会现象的朴素看法，解构甚至有意破坏主流意识形态所形成的高高在上的和神圣不可更改的主旨，也弥合了人为建构的神圣与卑俗之间的等级秩序，文学很多时候甚至退居为一种游戏工具。

网络小说写作有明确的定位群体，即经常上网的、有网上阅读习惯的人群，这些人大部分都是青少年，他们常年混迹于网络，喜好有趣的事情，喜欢用乐观调侃的方式看待人或物。在这样的背景下，网络玄幻小说的作者都会投其所好，在小说的部分地方加上紧跟时事的，能让针对群体会心一笑的"段子"。网络写手们善于夸大其辞地描绘生活中平常的点点滴滴。正如欧阳友权所说的"网络写作要用平、短、快的方式表现凡俗与平庸，戏谑是吸引网民眼球的有效手段"②。例如玄幻小说的代表人物江南，在创作时就充分展现这种语言的技艺，在《龙族》中运用吐槽和幽默的修辞来营造轻松

---

① 于洋等：《文学网景：网络文学的自由境界》，中央编译出版社 2004 年版，第 110 页。

② 欧阳友权主编：《网络文学发展史——汉语网络文学调查纪实》，中国广播电视出版社 2008 年版，第 120 页。

幽默的阅读气氛，吸引读者。比如第一部中，在一个舞会上，路明非被迫与他的师兄芬格尔共舞。两个男生都不敢去邀请女生，所以组成了一对，江南写道："路明非和芬格尔搂抱在一起，在舞池旁边跳着一曲探戈……强硬的甩头动作两个人都做得非常棒，目光之中有股子狠劲儿，有如两只争夺鸟蛋的黄鼠狼。"光看文字就能体会到两人在当时的窘迫，让读者忍俊不禁。以及在之后两人想跟别人交换舞伴，与女生跳舞时的一段描写："双男迫击炮也分开了，不约而同地，两个人像是饥饿的黄鼠狼要叼鸡那样探身去拉女生的手。已经决心硬撑着也要完成这场集体舞的男生伸出的手完全没被理睬，他的夜礼服衣摆飞扬起来，旋转着从两条黄鼠狼旁边掠过。"作者深谙能让读者觉得幽默的点，用娴熟的文字将这个点加以扩大描写，吸引读者在会心一笑的时候，继续阅读。

　　网络空间里也充斥着粗俗、轻佻甚至黄色的语言，一些对于传统文学禁忌话语和大量生活中粗鄙话语的运用，都呈现为一种另类的话语类型，体现了摆脱惯常化束缚的努力和抗争，成为一种网络狂欢，在狂欢中"所有诸如骂人话、诅咒、指神赌咒、脏话这类现象都是言语的非官方成分。这样的言语便摆脱了规则与等级的束缚以及一般语言的种种清规戒律面，变成一种仿佛是特殊的语言，一种针对官方语言的黑话。与此相应，这样的言语还造就了一个特殊的群体，一个不拘形迹地进行交往的群体，一个在言语世界里坦诚、直率、无拘无束的群体"①。网络语言是标准的、最彻底的狂欢语言，是传统语言的"反叛者"，不熟悉网络语言的人就难以加入这种狂欢仪式。网络文学呈现的狂欢特征，其本质是网络文化作为亚文化的特性体现，在布尔迪厄看来，艺术、科学以及宗教——实际上所有的符号系统，包括语言本身——不仅塑造着我们对现实的理解，构成了人类交往的理解，而且帮助确立并维持社会等级，强化了社会区隔的利益与功能。符号系统传递着一种文化全体成员所分享的深层结构意义的符码。②

总之，网络空间是一种新语境，它产生了自己独特的语言及其独特的表达形式。这些新的语言资源具有新的美学特征，它拓展了文学的表达手段，使网络文学的文本得以构建。

第二节 网络文学的题材

网络文学浩如烟海，它的存在扩容了文学表现的空间，为都市文学的发展提供了新生力量，形成了自己独特的阅读审美感受。但由于其生存方式的复杂性，对其进行分类研究也显得困难重重。总的来看，当下网络文学的题材大体呈现出以下几个特点：一是题材丰富；二是类型化趋势明显；三

---

① 钱中文主编：《巴赫金全集》(6)，河北教育出版社 1998 年版，第 214 页。

② ［美］戴维·斯沃茨：《文化与权力：布尔迪厄的社会学》，陶东风译，上海译文出版社 2006 年版，第 7 页。

是动态演变；四是奇幻类题材占据主导地位。

一、题材丰富并呈现出类型化的演变趋势

（一）网络文学题材丰富但归类难

从网络文学诞生的那一刻起，其变化速度极快，呈现出题材丰富、归类难的特点。这一方面与网络文学寄存于赛博空间的生存方式具有多元化有关，即网络文学除了以专门的文学网站大量发表，门户网站文学频道、个人空间、个人文学主页、个人博客、微博、微信、网络聊天室、BBS、文学社区、手机文学等也成为网络文学发表的渠道。可以说，网络文学的这种"巨存在"对于研究者而言就是一种挑战。除此之外，网络的门槛较低和网站自身分类标准不一，都增加了对网络文学进行题材归类的难度。

1. 网络的低门槛性导致写作上的不确定性和随意性

网络中没有编辑，也没有版块的限制，你只要注册，或者根本不用注册就可以参与写作发言。有人把网络比喻成马路边的一块黑板，谁都可以在上面涂鸦。这就导致了网络写作参与上的广泛性。众人的广泛参与导致写作标准的难以厘定，从而造成写作上的不确定性和随意性。网络中没有编辑，自己就是编辑，可以随意修改，没有体裁的限制，可以自出心裁，没有文字和内容的要求，只要不违反相关法律法规，什么都可以写，甚至可以创造自己的语言词汇（网络语言）。《悟空传》的作者今何在曾这样说："网络文学是更自由的，

更不受拘束的，也是无规范的。你向传统媒体投稿，要先考虑审稿人的意见，要先掂量掂量这是不是'文学'。传统文学（发表在传统媒体上的文学）像雕塑，一定要像个样子，'不像样子'也是个样子。而网络文学（发表在网络上的文学）像大海里的变形虫，我爱是什么样子就是什么样子，你管不着。"①

相比传统写作，网络写作更多呈现的是率性和即兴的表达和情绪宣泄，没有条条框框的限制，背离了传统创作上的题材框架，网络作品较少深邃的理性文章，都是作者按自己对生活的感受和理解来确定内容题材。平凡的欲望、琐碎的抒情、偏激的言论、浅薄的思考、粗制滥造的修辞、无深意的调侃、天马行空的想象都可以涌上网络的写作平台。作者的创造想象力、表现欲、真实观点、自我意识得到前所未有的淋漓尽致的表现和抒写。网络写手"晨风天堂"这样写道：人们为什么喜欢虚拟文学？生活中的不如意，现实中的不满意，工作中的不快乐，爱情中的不顺心，在这里，你皆可以得到全新的诠释，这里，一切你说了算，你就是上帝，游戏的规则由你定，你想怎样就怎样。② 这种规则的自我拟定使文学失去了原有的权威性，任何人都可以成为"作家"，任何人都可以进行文学"试验"，打造属于自己的文本。相比天马行空的文字，精心打造或处心积虑的文本努力开始失去应得的

---

① 余少镭：《今何在：为什么让孙悟空谈恋爱》，《南方都市报》2001年11月19日。

② http：// wenxue. xilu. com/moonfox（2007年10月26日）。

重视。甚至作品的分类也开始掌握在作者手里，由于一般的作者对作品分类没有明确的概念，于是作品的归属和作品内容不一致的现象比比皆是。同时这也使原创文学空前繁荣起来，让网络成为了"草根"们问鼎文学的重要阵地，形成了"亚文化"。王朔曾无可奈何地说："我们面对的不是更年轻的作家，而是全体有书写能力的人民。"①

2. 文学网站自身分类的混杂性或交叉性

当下专业性的文学网站日趋增多，有影响力的专业网站主要有：起点中文网、晋江文学城、创世中文网、17K 小说网、网易云阅读、纵横中文网、言情小说吧、潇湘书院、小说阅读网、逐浪文学、红袖添香、塔读文学、磨铁中文网、看书网、3G 书城、榕树下、天下书盟、西陆文学、幻剑书盟等。笔者选取了其中部分网站，并对比分析了 2007 年、2015 年、2023 年，近 16 年内网络文学版块分类情况。

以下数据是 2007 年 10 月 30 日，笔者所采集到的当时主要网络文学网站的版块分类情况。

榕树下：｜爱情城市｜武幻·聊斋｜鬼话连篇｜现代诗歌｜印象诗歌｜酷评｜

逐浪文学：｜玄幻小说｜言情小说｜都市小说｜网游小说｜军事历史｜武侠小说｜科幻小说｜体育竞技｜恐怖灵异｜美文作品等

起点中文：｜玄幻·奇幻｜武侠·仙侠｜都市·言情｜

---

① 陈村：《为网络文学年轻作者喝彩》，《劳动报》2013 年 12 月 20 日。

历史·军事┊游戏·竞技┊科幻·灵异┊美文·同人┊

西陆文学：┊玄奇┊耽美┊情感┊同人┊武侠┊科幻┊灵异┊历史┊军事┊

幻剑书盟：┊奇幻┊武侠┊都市┊灵异┊言情┊游戏┊科幻┊历史┊军事┊奇幻武侠套餐┊

以下数据是 2015 年 12 月 30 日，笔者所采集到的当时主要网络文学网站的版块分类情况。

榕树下：┊都市┊青春言情┊幻想┊悬疑┊惊悚军事┊历史┊

逐浪文学：┊玄幻小说┊都市小说┊修真武侠┊军事历史┊网游小说┊科幻小说┊竞技体育┊灵异推理┊同人其他┊

起点中文：┊玄幻·奇幻┊武侠·仙侠┊都市·职场┊历史·军事┊游戏·竞技┊科幻·灵异┊全本·同人┊

西陆文学：┊玄幻奇幻┊武侠仙侠┊都市生活┊言情小说┊官场职场┊异术超能┊网游竞技┊恐怖悬疑┊历史军事┊其他小说┊

幻剑书盟：┊奇幻·玄幻┊武侠·仙侠┊都市·游戏┊悬疑·科幻┊军事·历史┊竞技·同人┊

以下数据是 2023 年 11 月 2 日，笔者所采集到的主要网络文学网站的版块分类情况。

榕树下：女生类┊现代言情┊古代言情┊浪漫青春┊玄幻言情┊仙侠奇缘┊悬疑┊科幻空间┊游戏竞技┊短篇小

说｜轻小说｜

男生类｜玄幻｜奇幻｜武侠｜仙侠｜都市｜现实｜军事｜历史｜游戏｜体育｜科幻｜悬疑｜轻小说｜短篇｜

逐浪文学：玄幻小说｜都市小说｜修真武侠｜军事历史｜网游小说｜科幻小说｜竞技体育｜灵异推理｜同人其他｜

起点中文：玄幻｜奇幻｜武侠｜仙侠｜都市｜现实｜军事｜历史｜游戏｜体育｜科幻｜诸天无限｜悬疑｜轻小说｜

西陆文学：｜玄幻奇幻｜武侠仙侠｜都市生活｜言情小说｜官场职场｜异术超能｜网游竞技｜恐怖悬疑｜历史军事｜其他小说｜

潇湘书院：｜古代言情｜现代言情｜玄幻仙侠｜浪漫青春｜悬疑｜改编频道｜男生频道｜

纵横中文：｜玄幻｜仙侠｜都市｜历史｜武侠｜科幻｜奇闻轶事｜奇幻｜N次元｜游戏｜

通过纵横对比，我们发现：（1）网络文学的题材内容日益丰富。从2007年至今，网络文学网站的作品内容愈来愈多，而主要以奇幻、玄幻、都市、历史、竞技、军事、同人等类型题材的作品为代表。以榕树下为例，作为最早的文学网站，最初的文学版块只有6大类，但到了2023年，网站的文学版块已达10大类，而且还细分阅读版块为男性阅读版块与女性阅读版块，这样的话，题材内容明显增多。值得注意的是，一些网站还会随着新内容的出现，开设新的题材版块供读者阅读。如当下新出现的网络无限流小说，起点中文网就立即开设了诸天无限版块，专供此类小说的发表与阅读。由此可以看出，网络文学的题材内容随着时间的发展是愈来愈多。

（2）构建了以读者为中心的题材分类模式。网络文学网站最初的分类标准还是显得比较粗放的，但现在大多数网站为了方便读者阅读，题材分类愈来愈细。以阅文集团旗下的起点中文网来举例，网站首页作品分类按作品题材相似性原则，分为玄幻、奇幻、武侠仙侠、都市职场、历史军事、游戏体育、科幻灵异以及二次元几大类。而在每一大类之下，每部作品都添加了更细致的标签分类，如"玄幻"类下设有"东方玄幻""高武世界""王朝争霸""异世大陆"等类别，"游戏"类下有"虚拟网游""游戏异界""游戏生涯""电子竞技"等类别。此外，每一小类当中，还有更加细分的标签选项以供筛选，人物身份如豪门、孤儿、盗贼、黑客、草根、明星、特工等，风格如恶搞、爆笑、轻松、热血等，流派如系统流、随身流、学院流、练功流、争霸流等。除了以小说题材分类，网络文学网站还提供基于作品完成状态、作品价格、作者签约状态、作品字数长度等分类，如付费作品/VIP作品、免费作品、包月作品、连载作品/完结作品/全本作品、作品字数等。这些分类标准往往被看作作品的属性、状态、品质，与小说以题材类型区别分类，从不同层面对作品类型进行分类，都是为了方便读者能迅速选择自己喜欢的作品。

（3）文学网站题材分类标准具有混杂性或交叉性的特点。尽管不同的网站分类大同小异，但相比较于传统文学的分类，我们发现网络文学分类缺少统一的标准。如我们看到在榕树下武幻·聊斋和鬼话连篇这两个版块的分类明显就有交叉的地方，聊斋类的内容可以放到鬼话连篇中。又如逐浪文学中都市小说和言情小说之间也存在交叉重合的地方。还有很多网站将"女生（女性）"与"言情"合并为一类，这其实并不科学。这种分类标准的混杂性，主要与这些网站自身的运作模式有关，也与它们各自对于题材的理解有关。（4）题材内容动态演变。2007 年，榕树下等网站开设诗歌类题材版块，但到了今天，这类题材版块基本消失。值得注意的是，当下，现实主义等题材作品快速发展，榕树下、起点中文等网站都开设了现实题材的版块。网络文学的题材内容具有动态演变的这一特点毋庸置疑，但纵观以上文学网站的题材版块变化情况，我们还是可以看到玄幻类或奇幻类文学始终位列网站版块设置的前列，这也证明着此类型文学有着广泛的受众。

（二）题材内容呈现出类型化的发展趋势

网络原创文学，从其开始到现在，在题材内容上呈现出流动变化的趋势。网络文学出现之初，题材类型相对单薄，发展到今天，玄幻、宫斗、武侠、穿越各类题材纷呈。这其中的原因主要与网络文学的商业化运作有关。

短短十几年的发展，网络文学已经完成了从最初的心灵化写作到当下的商业类型化写作的转换。最早一批网络写手，如痞子蔡、安妮宝贝等，他们当时在网络上写作主要是为了抒发心灵、释放压抑、与人交流，这完全是一种无功利，不为金钱的写作动机，也是网络文学起步阶段的主导性心态。正是这种自由无功利的写作态度，使得这些作品情感真挚、语言活泼、风格另类，给读者留下了深刻的印象，这一时期网络文学在题材上主要以诗歌、杂文、生活随笔、心情日记以及一部分言情小说为主。但到 2008 年左右，网络文学的写作日趋步入商业化的轨道，一方面是文学网站的商业化，各类网络原创作品变成付费阅读，另一方面是一些出版和影视公司看中网络文学所具有的市场潜力，主动出击，争相抢购版权，并改编为影视剧。随着网络文学的商业化运作模式日渐成熟，许多网络写手的写作开始以追逐经济资本为目标，希望借助网络文学实现财富梦想，他们中也有人成功实现了这一梦想。例如 2012 年首次推出"网络作家富豪榜"榜单至今，唐家三少连续四届摘得榜首头衔。2012 年以 3300 万版税夺冠，2013 年以 2650 万版税蝉联冠军，2014 年以高达 5000 万的傲人成绩继续领跑，2015 年则翻番过亿成功卫冕。网络小说作者谱写了一个个淘金神话。

网络文学写作可以致富的观念也因此深入众多文学青年心中，成为其涉足网络文学、争当网络写手的强烈动力和深层的心理动机，从而推动了当下网络文学的商业化创作模式的形成。这种心态决定了网络文学创作者开始以满足大量的网络阅读者的喜好为旨归，以多样化的写作题材来迎合不同读者的阅读趣味。

新兴的事物不断出现，传统的东西对读者的吸引力越来越弱。网络文学的读者对作品内容创新、故事情节创新等要求越来越高。即使是写传统的玄幻、武侠、修真等题材内容，读者也除了要求内容不落窠臼，对文笔的要求也越来越高。无数的人在进行创作，如果文笔、情节不出彩，那几乎就只能是一个扑街作者，永无出头之地。

读者的要求致使写作人只能不停地开发脑洞，进行新的写作内容与写作方向的探索，从而使网络小说新的类型、新的写作内容、写作领域也不断地出现，如：宠物类的网络作品《宠物天王》《重生变猎豹》《未来宠物店》《末世之宠物为王》；耽美类的作品《将门男妻》《南北杂货》《鲜满宫堂》；穿越文《步步惊心》《独步天下》《鸾：我的前半生我的后半生》；种田文《重生小夫郎种田记》《豪门夫种田日常》；竞技文《跑出我人生》《极限运动之无限作死》《绿茵峥嵘》；学霸文《学霸的高科技系统》《学霸的星辰大海》《重生学霸之路》《我只想当一个安静的学霸》《咸鱼翻身的正确姿势》；洪荒文《佛本是道》《洪荒玄松道》《巫颂》《重生混元道》《非凡洪荒》；无限流《无限恐怖》《卡牌密室》《死亡万花筒》等。

无数新的内容、新的领域不断出现，然后很快又被取代。从穿越到系统再到重生然后到现在的数个元素糅杂，都是作者为了取悦读者而进行的不断尝试。读者的口味越来越刁钻、难以捉摸，一本书如果还只是单纯的穿越，那么很可能没有读者会点进去阅读，同样，如果只是单纯的写人物在系统的帮助下不断成功乃至征服世界，也不会有读者想看。于是，作者们想出了将元素糅杂写文的方法，让主人公重生，给他系统，让他在系统的要求下不停地穿越到不同的地方，可能中间还要有宠物，要有美食、美景……如果一个取悦不了读者，那作者就把它们都写出来，总有一个是读者想要的。

网络文学作为线上写作，必须每天更新去满足读者的阅读需求，因为不更新就没人去阅读，点击量也就上不去，更不可能获得报酬，甚至有被淘汰的风险，这就导致网络写手拼命去写，希望早一天在网文圈出人头地，能像大神们一样名利双收。网络写手小 G 说："向网编请假容易，向读者请假难，你超过一周不更新，收藏的数字就会直线下降，那月榜、季榜、年榜就都不要想了，下降得太厉害，还可能被解约！"[1] 网络写手天风黑月告诉记者："对于一个新手来说，这样的游戏尤其残酷。通常写到 30 万字，那就是个门槛。如果你坚持不了每天 1 万字，或者内容不吸引网友，那么你就自动消失吧。所以大家通常以为网络写手起点很低，错了，这真的相当于每天几百万人在过独木桥啊。"[2] 大部分网络写手处在网文圈子的最底层，即扑街层。这些网络写手面临着激烈的竞争，以致很多写手一年到头都晒不了几天太阳，通宵熬夜码字透支着自己的青春和身体，甚至是生命。靠《盗墓笔记》一炮打响的南派三叔举了当年网络写手当年明月的例子，"他写《明朝那些事儿》的时候，查阅吸收了大量资料，然后天天闭门不出更新，根本没时间睡觉，整整坚持了三年啊，这

---

① 殷维：《在网上码字能赚多少钱？解密网络写手收入之谜》，《新文化报》2015 年 10 月 18 日。

② 《中国网络写手生存状况调查》，《南国都市报》2010 年 7 月 16 日。

才熬出了名气"①。还有一些网络写手半个月只出门一次，有时候甚至一个月才出门采购一次生活必需品，整天闭门，有时候一天要写两三万字，晚上经常写到第二天凌晨。这种日夜颠倒、熬夜抽烟的生活，严重地损害着写手的身体。一些网络写手因写作过度透支身体而猝死，如著名网络写手"风天啸""十年雪落""青鋆"等。因《新娘十八岁》一书而被人熟知的金华女孩"青鋆"在一年多的时间里写了6部网络小说，多达300万字，月收入过万，眼看梦想就要照进现实，却被诊断出患了肺癌，最终过劳而逝，终年25岁。②2013年6月16日晚10时，在起点中文网连载的网络小说《武布天下》更新了一章内容。几个小时后，作者"十年雪落"猝死。两天之后，才被发现死去。③同时网络写手也受到网站制约乃至盘剥。知名写手顾西爵接受记者采访时就说："第一本15万字的小说，有百万点击率，被网站买断，最后赚了500元。第一本出版的小说，卖得很好，但最后版税也只有几千元。这些收入如果没有其他工作根本没办法维持正常生活，所以你需要一边做正常工作一边用业余时间写小说，每天风雨无阻固定更新3000字，为了几百、几千元的收入，所以大部分人

---

① 《中国网络写手生存状况调查》，《南国都市报》2010年7月16日。
② 师文静：《网络写手也是高风险职业》，《齐鲁晚报》2013年7月3日。
③ 《千字只拿三分钱，还得夜拼！25岁网终写手病逝》，《华西都市报》2012年4月6日。

最终都放弃了，坚持下来真的很难。"①

为了让读者记住自己，为自己的创作买单，很多作家费尽无数的心血创作出各种设定清奇的小说。张小花是其中的代表人物，他的作品《史上第一混搭》《史上第一混乱》等一系列既搞笑又无厘头的作品让他在激烈的网文竞争中小有名气。当然他只是其中的一个代表。越来越多的人在创造新的创作模式。可见，商业化背景下，受众的价值取向和审美趣味是作者选择写作题材的重要因素。

另外，从商业化运作的角度来说，商业网站和纯文学网站自身都需要一定的经费来运作，只有这样才能在激烈的竞争中生存下来。由于没有雄厚资金的支持，没有相应的运作模式，没有成熟的市场经验，一些免费的文学网站生存日益艰难。大量或老牌或新生的文学网站在生存的困惑中挣扎和徘徊着，不得不采取商业化的策略以求生存。国内一些文学网站大多已陆陆续续进入了商业资本的势力范围，一些知名网络文学网站或是获得大笔风险投资，或是被大型商业网站收购，比如榕树下与贝塔斯曼中国公司合作、起点网站与盛大公司合作（2007 年，起点被盛大收购，到了 2015 年 11 月腾讯以 8 亿美元左右全盘收购起点文学）、幻剑书盟与 TOM 网站合作等。投资者们正是看到了网络文学网站潜在的商业效益：首先是可以赢得众多广告的代理权取得效益，如天涯

---

① 殷维：《在网上码字能赚多少钱? 解密网络写手收入之谜》，《新文化报》2015 年 10 月 18 日。

赚钱的亮点是广告，其收入相当可观。读者在阅读网络文学的作品时页面就像一个万花筒，什么样的广告都有，以致读者不能获得浏览纸面文本时的那种纯粹的阅读美感。其次是潜在的纸面阅读消费群体巨大，出版商乐于将网站原创作品及时印刷出版，于是网络上的原创作品既是出版商挖掘畅销书的"金矿"，也是一部分网络写手们的"提款机"。同时，目前大部分文学网站开始实施付费阅读，并付给网络写手不菲的稿酬。越来越多的文学爱好者受到赚钱效应的激励，不断投身到网络写作的大军中，开始"淘金之旅"。在他们眼中，写作不再仅仅是一种兴趣爱好，更是一种安身立命的职业。当然网络写手自身的内在动因，如情感需求等，也是促成大量网络作品产生的重要原因，这也是我们将在青年亚文化的章节需要重点探讨的内容。

从网站自身来说，如果没有人气聚居，那么这个文学网站也将成为一个废弃的幽灵网站。为了吸纳人气，制造点击率，网站不得不实时地敏锐地捕捉读者的审美趣味来制造阅读的兴趣点，因为年轻人的文化消费口味总是在不断变化。于是他们要即时准确把握新的消费动向，更新阅读版块，倡导新型作品的阅读与创作，乃至推行月票奖励计划，激励网络写手更新完成作品。同时网站还针对青少年心理，出台不少吸引读者眼球的办法。如制作一些周月人气排行榜，如同流行歌曲排行榜一样，推出自己的写作英雄，不断更新换代吸引读者；又如用华丽的图片、诱人的标题来包装作品，让人感觉就在看一本畅销书；同时采取征稿制度和举行各种网络文学作品大赛，来拉拢吸引众多网络写手。如幻剑书盟推出的一份稿约公告："一份和约，两份收入，分成明晰，幻剑书盟现推出无线签约风暴活动，只要您的作品电子版权完整并且超过 15 万字，就可以成为我们的签约作者，作品类别不限、更新速度不限、完本情况不限，快快行动!"① 由于网络作品要不停地更新，实时制造新的阅读视点，以致许多连载小说有头无尾，读者催促不断，出现"挖坑"与"蹲坑"② 的写作和阅读上的景观。网络文学就在读者疯狂的阅读与消费中生存，被人冠为典型的消费文学。而正是由于这种流行的商业元素的介入，网络文学也呈现出变化发展的特征。如 2001 年欧阳友权先生在统计网络文学题材时得出：情爱题材、搞笑题材和武侠题材占据了原创作品的前三位，其中，以爱情题材特别是网恋故事为题材的作品占据 43%，其次是搞笑题材，约占 17%，而武侠题材的作品约占 15%。③ 但现在情况却发生了变化，从 2005 年至今玄幻类小说热潮兴起并在创作数量上成为各大文学网站的榜首。有人把 2005 年冠为玄幻小说年，情爱题材退居其次。而在 2015 年速途网做的最受欢迎

---

① http：//hjsm. tom. com/index. html（2007 年 10 月 30 日）。

② "坑"只是一种比喻，专指网络小说的作者写到一半时，突然停止更新。那些看得入迷、胃口被吊得老高的网友一下失去了每天追看的目标，心情郁闷得"好像掉进一个深不见底的大坑里，想爬也爬不出来"，于是戏称作者的行为为"挖坑"；"蹲坑"指"长时间等候因未知原因没有更新的作品等。韩璟：《网络小说："免费午餐"变有偿阅读》，《解放日报》2005 年 12 月 6 日。

③ 欧阳友权：《互联网上的文学风景——我国网络文学现状调查与走势分析》，《三峡大学学报》（人文社会科学版）2001 年第 6 期。

的网络小说 TOP 10 的榜单上①，我们可以看到目前最受欢迎的网络小说类型依然是玄幻/奇幻类文学。

应该说，网络文学的商业化运作是一把双刃剑，它一方面让网站和网络写手得以生存，推进了网络文学的繁荣，有统计数据称，中国全部网络文学作品的总字数已经超过 30 亿，而且还在迅速增长。另一方面它也给网络文学带来了负面效应，网络写手们陷入一种怪圈，快速地写作，快速地发表，快速地消亡，越来越无法保证作品的质量，创作变成一种惯性的操作，甚至成为一种体力透支的码字运动。而阅读也是一次性的，看罢就扔，扔掉就忘，网络文学纯粹地成为"一次过"文学。这种即时性消费无疑很难为文学提供一块永恒的存在空间。中国正进入消费社会，而网络文学正在营造的，是一种与传统文学不同的游戏规则，这其中，商业是一个重要的催化剂，是网络文学生产复制繁衍不息不可或缺的一个因素，同时也是网络文学题材动态演变发展的原因，正是在商业化的运作环境中，诞生了类型化的创作风潮。

二、题材的本真化与奇幻化

从以上的分析可以看出，网络文学的题材内容呈现出类型化的发展态势，而如果宏观审视网络文学的题材内容的话，主要呈现出两大特征：题材的本真化与奇幻化。

---

①　http：//www.sootoo.com/content/651132.shtml。

1. 题材的本真化

网络文学最初发端于旅居海外的华人以及一些留学生由于空间疏离感和对祖国的思念所做的一种怀旧书写或者是思乡之作。他们"最初不过是非常想家乡，非常想读方块字，读多了，自然会会和朋友交流，而网上的交流只得写"①。时至今日，当网络已经成为当代中国都市文化消费中重要的一部分，当它深刻地改变着我们的生活方式和我们的自我表现方式的时候，网络写作本身的类型和涵盖的内容也逐渐丰富起来。很多时候大家乐于利用网络进行宣泄与表达，网络已成为年轻人展示自我的一个平台。在各种各样的原创文学中，我们都会发现第一人称"我"的作品占据了数量的绝大多数，包括抒发个人情感的诗歌、散文和部分网络小说。网络上的博客书写更是如此，有调查显示，有83.5%的博客用户建博客的目的是"记录自己的心情"，60.2%的博客用户有"表达自己观点"的目的，"想要与别人分享自己的一些资源"的用户有34.5%，"结交更多朋友"的有31.7%。②

写作总是源于现实的，网络文学的写作也不例外。个人现实中的种种烦闷也总能在网络中得以体现。所以以自我为主体的呼声来自抒发感情的需要，尤其是早期网络文学作品，"我"总是参与在网络作品的故事之中，"我"在作品中绝大

---

① 吴过：《沙里淘金——浅说网络文学现状》，http://www.ilf.cn/Art/Show.asp? ArtID=4174。
② 中国互联网络中心信息中心发布：《2006年中国博客调查报告》，http://www.cnnic.net.cn/。

多数时候占据着重要的叙述地位，第一人称高频率出现，标志着网络文学的创作倾向——重视主观性和抒情性，作品的纯粹叙事色彩明显淡化，作者往往不重视叙事，不重视故事完整性的追求，创作中的抒情色彩十分强烈。作品想表现的主要就是"我"在生活中的郁闷和烦躁，特别是"我"的"爱情"历程，网络作品较多地充斥着失恋情节和痛苦的情绪表达就可以说明这一点。如此大量的蒙上痛苦失落色彩的言情类文字从网络作者笔下流出，说明了同样大量的网络作者和网络文学目前的"生态"——以宣泄个人情感为主的练笔初级阶段。这当然与我国相对活跃的网络用户是年轻人，而年轻人也正处在婚恋和情感问题最丰富时期有关。根据中国互联网发展状况统计报告显示，目前中国网民年龄结构发展不均衡，以年轻网民居多。6.88 亿网民中，其中 20~29 岁年龄段的网民占比最高，达 29.9%，10~19 岁、30~39 岁群体占比分别为 21.4%、23.8%。①

　　当然，除此以外，这也与网络载体有关，我们看到主体间的虚拟共在和网络的屏蔽性已使现实世界中的一些交往原则难以发挥作用，职业、性别、年龄、形象气质已经成为现实生活交往中无法回避的因素，但网络的匿名状态却能给以遮掩，"在网上，没有人知道你是一条狗"也许是对网络匿名性最好的阐释。网络虚拟主体摆脱了现实交往的种种限制，

---

　　① 以上数据来源于《第 37 次中国互联网络发展状况统计报告》（2016 年 1 月）。

获得了脱离现实空间的自由。在电子帷幕之下，他们真情流露，表达自我，寻求认同，宣泄在现实中压抑的情感。他们借助网络文学，更多地是在体验一种情感的沟通，或者说是情绪的宣泄，从中获得愉悦和休息。这也是网络文学感性化的一个重要原因。在网络文学作品中可以看到，情爱题材占了很多，其写作结构几乎是"说故事"的模式，有着私人化或日记式的特点，表现了现代都市中的情感纠葛和情感诉求。这也是网络书写中都市言情版块一直占据着较大分量的重要原因。

2. 题材的奇幻化

所谓奇幻化是指一部分网络文学以非现实的神魔鬼怪和游戏、动漫等为元素，追求惊险、离奇、浪漫、刺激、游戏式的创作模式，它具有缠绵和浪漫的情调，冒险和刺激的情节，如梦如幻的场景，给人柔和与浪漫之美。其目的一为宣泄二为娱乐。代表版块如网络中的玄幻、耽美、灵异、鬼故事、科幻、网游小说，甚至新出现无限流小说也可视为奇幻文学的一部分。当下，这些题材已成为网络文学的创作先锋，反映出当前网络文学正在追求一种集娱乐和刺激为一体的写作与阅读的景观。其中我们重点来介绍网络玄幻文学。

玄幻文学作为一种新的文学样式，从 2000 年年初发展到现在，已经在网络文学中占据了重要分量。"起点""龙的天空""天鹰"等大型玄幻网站的优秀作品的点击率动辄以十万、百万甚至千万计。据《南方都市报》报道：据不完全统计，2005 年下半年我国已出版了 30 多部玄幻小说，2005 年因此被称为"玄幻小说年"。发展至2006年，网络玄幻文学的数量几乎是爆发式地在增长。据统计，截至2006年年底，国内几大原创网络文学站点上收录的作品总数已经超过十万，在2006年百度小说风云榜上前十名几乎全为玄幻小说。其中《小兵传奇》《诛仙》《飘渺之旅》《唯我独仙》《猛虎王朝》《神州狂澜》《佣兵天下》等作品的点击率和发行量都很惊人。在2016年由华西都市报、大星文化全国独家发布的2015第十届作家榜的子榜单"网络作家榜"中，除了月关的《回到明朝当王爷》属历史架空类，鱼人二代的《终极教师》属于青春校园题材之外，其余网络作家代表作都属于玄幻、仙侠、修真类作品。对比往届榜单不难发现，这类题材的爆红并不只体现在本届"网络作家榜"，连续四届"网络作家榜"的上榜作品，均是这几类小说占据主导。①

　　玄幻文学作为一种新型的纯娱乐故事文本，借鉴和杂糅了武侠、玄学、中国古代神话、西方魔幻小说，网络游戏等内容。玄幻文学一般都有宏大的想象结构，细腻复杂的背景设定，作品呈现的画面具有极强的视觉冲击感。作者们在玄幻文学的写作中，可以放纵自己的幻想，任意驰骋，可以横跨几个国家，穿越几个时代，完成自己想成就的伟业。古代的英雄人物，遥远未来中的机甲武士，人、魔、神三界，都可以在玄幻小说形形色色的世界中汇聚，人类在几千年的漫

---

　　① 荀超：《网络作家榜：玄幻仍占主流　榜首唐家三少一年收入过亿》，《华西都市报》2016年3月25日。

长岁月中流传下来的神话传说、野史逸事都可以在这里呈现。主人公有着被无限夸大的力量，他们拥有着凌波微步那样的迅疾轻功，吸星大法那样霸道的内力还有御剑飞行的法宝，突增功力的灵药等，无数的奇遇和机缘更是增添了主人公神奇的魅力。《诛仙》的作者萧鼎在区别传统武侠和玄幻武侠的差异时认为："如果是传统武侠，接下去写的可能是'劈开了一块砖'，而到了现在我们就可以写成'劈开了一座山'。"萧鼎觉得这个例子很重要，"因为现在的新武侠其实就是以'劈开一座山'开始的，个人的力量和感觉被大大强化了"①。玄幻小说在扩大个人力量的同时也开始架空现实的道德秩序，如果说以前的武侠都展开在以"道义"为准绳的江湖规则之下，探讨世界的秩序问题，而现在玄幻小说却以力量大小和魔法高低区分尊卑，它舍弃了对正义和道德的探讨，放纵的是人们现实生活中的压抑和不如意的宣泄。在作品所设定的世界里，主人公们往往都在以各自不同的手法和方式，不遗余力地颠覆着现实中似乎神圣不可侵犯或是确定无疑的道德法规，血腥、暴力与色情成为作者表达内容的正当组成部分。这些主人公大多没有信仰，一味地追逐野心，实现自己所谓的美满的理想。如《小兵传奇》的主人公唐龙一天要去消灭几百个星球，去统治并治理宇宙。这些作品都只是单纯地满足着读者的各种心理欲望和潜在期望，使读者在文本中找到

---

① 刘莎莎：《梅花三弄：玄幻小说继续驰骋》，《南国早报》2007 年 10 月 8 日。

心灵的安慰和片刻的适意，而文以载道的传统在此彻底走向缺失。

玄幻小说的无拘无束的幻想性给平凡生活中的人们打造了一场华美魅惑的白日梦盛宴，它满足了人们对幻想的渴望，以及平凡人对成功的渴望和对纯真美好爱情的寻求。以《诛仙》（第一部）为例，其主人公张小凡出生普通农家，长相普通，资质平庸，被人认为是"朽木不可雕"的柔弱少年，因机缘巧合而入青云门修道，但救命恩人普智大师的欺骗导致他信念崩溃而陷于疯狂。后因美女碧瑶舍身相救，张小凡才得以从诛仙剑下保住性命，从而性情大变，反出师门，加入魔教。但出人意料的是，这根"朽木"仅凭着一根普通的"烧火棍"以不服输的坚韧与倔强、真诚质朴与善良宽容，最终成为融会魔、道、佛三家的非凡人物，令对手闻风丧胆，同时他也拥有了现代人难以企及的缠绵沉醉、凄美动人、至真至性、生死不渝的爱情"童话"。可以说，玄幻小说这种叙事模式深深地感动了读者，让他们找到了自我。这实际上是一种补偿心理，填补了他们在现实生活中的空洞和失落。《华尔街日报》如此评价玄幻小说大神级作者唐家三少的作品："他笔下每一位英雄都有实力、有人气、有成绩——拥有读者梦想得到的所有东西，同时也是他们怀疑自己能否得到的东西……对于那些因为找不到老婆或买不起房而灰心丧气的年轻人来说，这些超级英雄的故事就是一剂励志良药……他能够让底层消费者从虚拟世界里收获好心情，是失败的那些中国人把他捧成了明星。"①

　　在玄幻小说中，人们不再只满足于看着作品中人物过关斩将，而是渴望进入那个世界，成为小说里的主神。文笔优秀的作者在开篇设定就能让读者迅速接受一个跟现实世界不一样的世界，营造逼真感，把玄幻小说中的世界跟现实世界通过一些相同的历史或者经验连接起来，让读者在看小说的时候，能不自觉地认同作者，成为白日梦的一员。这也是网络玄幻小说的上瘾机制，白日梦愿望的达成，能弥补读者在现实生活中的不圆满，愉快的幻想也有益于人们的身心健康。网络玄幻小说的更新要经过很长一段时间，在这个期间中，追文的人可以不间断地"入梦"，读者和作者成为彼此生活中的一部分，拉近了两者之间的距离。现实生活中的丑小鸭，在看小说的时候就成了白天鹅，还是走上人生巅峰的白天鹅。正如网络文学研究者李敬泽所说，网络文学"就像一个'白日梦百货公司'，你进来我什么都提供"②，能满足读者在现实生活中绝对不可能满足的愿望。

　　玄幻小说以崭新的面孔、锐不可挡的势头，引来无数的读者，成为了销售榜上的畅销书。它的主要阅读和写作群体是都市的青少年们，它的兴起缘于盛行的网络游戏的趣味培养和中国传统武侠小说的浸濡，它同时也契合了当代青少年的心理特征。青少年处于人生的特殊发展阶段，通常好奇心

---

① 转引自何瑶：http://www.zhihu.com/question/23176498/answer/33052097。
② 李敬泽、张英：《网络小说营造了"白日梦百货公司"》，《上海文学》2015年第12期。

强、想象力丰富、内在叛逆、反应敏感。在信仰缺失的时代，青少年更大程度上面临着普遍意义上的迷茫与失落，他们在生活中难以寻找到认同感，"男孩子成长的童话"——武侠作品的式微，也带给了玄幻小说极好的发展契机。"金庸老了，琼瑶腻了，古龙走了，倪匡歇了的时候，留给人们 YY 的读物实在不多"[1]，一时间没了精神寄托的读者正急切地寻找精神替代品。作为年轻人，他们热爱幻想，喜欢与众不同的想法，他们每时每刻都在期待着新奇的梦幻之旅。玄幻小说的写作和阅读可以让他们梦幻一把，他们可以按照自己的想法和体会任意幻想，任意拼凑组合制造自己的梦想，从而使玄幻小说从风格到主题都在相当大的程度上成了成长小说或个人奋斗史，其中还会穿插大量的纯情爱情描写。这些都能更深地逼近当下青年的心灵世界，契合青少年们的阅读心理。正因如此，越来越多的青少年加入到玄幻文学的创作和阅读中，从而造就了玄幻文学的兴盛。同时这也是网络游戏族的一个阅读需要，因为玄幻文学也有许多的网络游戏的元素在内，这也扩大了玄幻文学的读者群。

众多的玄幻文学作品横空出世，各大网站不断推出新人新作，无疑难以避免抄袭和模仿，这就使不少作品呈现模式化的特征。许多玄幻小说的开篇大多以"这是一个发生在很早很早以前的故事"为引子，小说中模式化语句俯拾皆是：

---

[1]　吴明：《2005 玄幻之年　中国读者重回东方式阅读》，《21 世纪经济报道》2005 年 11 月 18 日。

"风雨将欲来""一手指天，一手拿剑""樱花飘飞""梨花之下"等。小说中的主人公不是英俊潇洒就是貌美如花，最初虽受磨难但经过无数次的奇遇终于功成名就。毋庸置疑的是，玄幻小说创作数量大、创作队伍年轻化等因素都导致了作品质量的参差不齐，这也是一个现实状况。

　　总之，以非现实的神魔鬼怪和游戏、动画和漫画等为元素的奇幻文学具有多元素混合风格的特点，它打破了传统意义上空间对人类自由活动的束缚，使人类的自我想象力得到尽可能的展现。奇幻文学在感观上给人华丽、新奇、宏大等强烈印象；另类的主题又产生新奇浪漫刺激的效应；在心理基础上，奇幻文学倾向于个体生命的自由和享乐，注重生命激情的宣泄，对于缓解焦虑和打开自我防御机制的精神枷锁有积极的促进作用，可以帮助人们理顺内在潜隐的矛盾冲突，整合心理能量，完善我们的心灵地图。奇幻文学就这样凭借其无与伦比的魅力打动众多读者，掀起阅读高潮，极大地推动了网络文学的新发展并扩展着文学表现的空间容量。可见，网络文学无论是在题材内容还是在表达方式上都开辟了一条新的文学战线，它突破、革新和发展了传统文学。

第四章　网络文学写作的精神向度

网络文学作品表现青年群体日常经验的内容居多，青年群体以网络文学作为情感沟通和情绪宣泄的一个途径，从网络中获得愉悦和休息，以舒缓生活中的生存压力。而这种表达需求又与娱乐化相联系，因为它是人们消遣放松的一个途径，帮助人们去躲避或对抗现实中的那份沉重和压抑。网络文学的情感表达某种程度上也呈现出自恋化的倾向，这主要表现为自我情感的无限夸大，虚拟恋情的极致铺陈，身体写作的不断膨胀。这种特点的形成，既是人们生活中被压抑的情感在网络中集中释放的结果，也是当代社会人们的一种存在方式。

第一节　宣泄与自娱的写作姿态

网络文学成为了人们自我宣泄、自我超脱挫折的升华方式，宣泄和自娱的写作精神是其最集中的体现。著名网络作家汪向勇说："文字的功能之一或许就是倾诉心中的快乐与块垒"，网络文学成为宣泄的载体，人们把生活中的喜怒哀乐都付诸于文字，通过文学把生活中的不愉快、痛苦等向一个个匿名的他者诉说，这也许是一种自我超脱和自我完善，避免了消极的社会行为。"榕树下"网站创始人 Will 曾说："现在的网络文学追求的就是一种写出来就爽了，就舒服了的感觉，是一种非常自由的状态。"① 网络文学的起因不仅仅是为了文学，更多的是为了个人情感的自由倾诉，以及自身体验的更自由的表达。

许多网络写手坦言自己的写作心态，他们把网络写作看做自己生活中自娱自乐的一部分，而不是为了一种载道的目的而写作。网络写手尚爱兰坦言："那些要求网络文学担负起社会责任和更有良心的说法，实在是良好的一厢情愿。你根本不能再要求他们像老舍一样去关心三轮车夫的命运，或者像鲁迅一样去关心民众的前途……我们没有文化优劣感，但是我们有足够的生存困境，有足够的热情和机智，有足够的困惑和愤怒，有足够的坚强的神经，有足够的敏感去咬合这个时代，有'泛爱'和'调侃'这两把顺手的大刀。"② 按照他们的理解，网络写作仅是网民们的一种纯粹的内心宣泄和自我娱乐，它是对"文以载道"的传统写作目的的一种解构

---

① 《热效应：出书与评奖》，《文学报》总第 1120 期，2000 年 2 月 3 日。

② 榕树下图书工作室选编：《99 中国年度最佳网络文学》，漓江出版社 2000 年版，第 305~306 页。

或逃离，网络文学天生就带有娱乐功能，甚至人们喜爱它的一个重要原因就是能在网络文学当中得到放松，所以网络文学无法承担起沉重和神圣的写作目的。

网络文学正是以它的娱乐性、趣味性、消遣性吸引着越来越多的不同层次的读者群体。据了解，很大一部分网络文学园地的匆匆过客们都认为它是一个消遣娱乐的好地方，仅从网络写作的标题和题材中就可窥见其娱乐目的，网络写作的题目是那样的触目惊心，内容是那样的世俗直白，迎合了读者追求心理和感官刺激的需求，适应了大众的消遣胃口。从题材来看，无论是壮观的奇幻文学还是风行的爱情小说，无疑都在追求一种宣泄娱乐和刺激的创作景观。因为只有这样的创作才能带来火爆的人气，才能获得一种娱乐的快感。2008 年 1 月《中国互联网络发展状况统计报告》网民对互联网的评价的数据显示："尤其是娱乐方面，认为互联网丰富了网民的娱乐生活的比例高达 94.2%。"这种娱乐化的心态，应该是中国网民接触使用网络的主导性心态。2015 年的《第 36次中国互联网络发展状况统计报告》也指出："整体而言，娱乐类应用作为网络应用中最早出现的类型，经过多年发展，用户规模和使用率已经逐渐稳定。"① 所以网络的大多数受众是怀着娱乐的一种阅读期待，有意或无意、随意或特意地去点击某一篇文章的，受众寻求的是一时的心理快感。深奥的、严肃的、引人反思的东西当然不能迎合网民的这种阅读期待

---

① 中国互联网络信息中心：《第 36 次中国互联网络发展状况统计报告》。

心理，也难以流传而被出版商所看重。这更促使网络文学的写作倾向于一种娱乐体验，这种娱乐体验是现实世界缺乏的，作者有意把它当作回避现实世界的途径，获得一种暂时的消遣与放松。网络写手的这种着力于宣泄与放松的写作精神从以下三个方面集中体现出来：碎片化、身体化和游戏化。

1. 碎片化

很多网络写手只是想通过网络倾诉一下真实的生活感受，记录下自己生活中开心或不开心的事情。他们很多时候以"流水账"式的叙事手法接近和还原生活的原生状态，而且作者边写边贴，在创作中能直接收到读者的阅读反馈，对创作本身有相当益处。他们叙写自己身边小事，夫妻之间、家庭之间、同事之间，故事短小，细细碎碎，很生活化，表达着青春的迷惘与叛逆以及心灵苦闷，很多时候是自我的梦呓。即使是"架空历史"的玄幻小说也表达着青年人日常的心理感受，是无拘无束的幻想性的直接表征，他们用"游戏的梦幻"来消除日常心灵的困顿，用游戏的杀戮来逃避现实。网络写手在这种日常经验的叙述过程中，选材是自由的，结构也是随意的，有真情实感，无功利因素，写作成了个人的呓语并彰显着个体存在的生命状态。由此艺术就是生活，生活就是艺术，艺术化的生存，人人都可以追求。他们消解着文学的神圣性和责任性，他们在构造属于自己的文学空间，把文学的神圣书写拉落到日常生活的平面上。正如一位网络文学作者所言："我把文学看作我个人生活的一种状态——这样，我就不必背负太重的负担，就不必因为把文学看作一种太沉重的事业而惴惴不安，更不必在自己的人生道路上无端为自己设置一种高不可攀的目标——我因为现实生活的沉重而需要一种释放，因为现实的不快乐而需要一种快乐，因为现实的无奈而需要一种自由……这样，写作便是一件快乐的事了。这样，写作便是一件能让我活得轻松一些的事了。"①

当网络文学作者把写作当成一种自己日常的生活状态时，网络文学的文本结构也将呈现出片段性和散文化的倾向。很多时候网络文学作品是一组组作者日常生活画面的随意交织，云里雾里，古今中外都能汇聚一堂，即便是网络上的长篇连载写作也是这样。如邢育森《活得像个人样》等作品，用语节俭，并有大量断句存在，且跳跃性很强，叙事是松散的，情节断断续续。且看《活得像个人样》，小说以北京的都市生活为背景，用"我"来叙述故事，展开"我"与"勾子""碎碎""国产爱情"三位女子的三角恋爱的情节，但这条情节线索却没有连贯性，而是断断续续的，在情节展开过程中，不断随意插入关于"自我"内心苦闷、压抑、迷惘、抗争的抒情议论的内容片断，同时也满足着读者的某种意淫感。许多网络写手也坦言了这种创作心态："网络也是个浮躁的地界儿，随便写写大家看着开心就得，千万别太认真。今天不发点东西上来对不住大家，其实下面这小段儿本来还没拿定主意是不是搁到里面，因为又有新的人物出场，弄不好又多一

---

① 《文学是一种生存状态》，http://www.sslib.cn/News/sp/2006-8/7/17_36_54_144.html。

枝丫有偏离主线之嫌。生活往往却没有主线啊，就是那么散乱，没有目的没有意义只有开始和终点，过程则散落无章。"①

　　另外，很多时候网络的跟帖阅读评析也形成了一种威压，迫使写手不断地改变初衷，写作思路也一直被打扰。网络上的集体创作更是这样，导致得到的文本无法保持同一的连贯性。这其中网络写手的心态也是很矛盾的，既有顺从也有无奈，既很欣喜也很烦心。网络写手柳杨在创作《今夜，我们颂扬爱情》这部小说后的感言写道："没想到这部小说的经历竟如此坎坷，自从它在贵站及新浪、网易等地发表以来，就一直面临着被人不断地泼污水甚至遭否决的命运。无论它出现在哪里，几乎总会惹起一场争吵，很多时候那些指责和谩骂都是没有任何道理的。发生的这一切不仅让我穷于应付，而且也很影响自己创作的思绪。"

　　但这些无端挑起的纠葛毕竟不代表最终的评判，甚至争吵得越凶就越能吸引更多的眼球，反而提高了作品的知名度。这就是神奇的网络——一个喧嚣浮躁的看台，它能够充分展示发言者千姿百态的个性和良莠不齐的文字表达能力，而且其表现的方式主要依靠自我宣泄。在这个看台上从来没有至高无上的圣贤和学者，更不存在神仙和皇帝，不过在这五光十色的表象背后，却依然有一个不容忽视的崇高法则，那就是在共有人性中闪烁着永恒之光的真、善、美。②

---

　　①　北京玩主：《北京的秘密》，http//cache. tianya. cn/publicforum/content/culture/1/238485. shtml。

　　②　柳杨：《今夜，我们颂扬爱情》，http：//novel. hongxiu. com/a/37901/。

网络文学的这种碎片化状态，既是个体生存状态的一种呈现，同时也与网络文学的生成方式有着紧密的联系。碎片化还为网络式的即时审美消费提供了条件，让我们进入了一个片段阅读的时代，在一定程度上也解构着传统文学的创作模式。

2. 身体化

正是在网络文学日常生活叙事的过程中，我们看到了感性的解放和人的本真欲望的回归。身体的书写成了网络写作和阅读的强大动力。网络写手们行走在欲望的大道上，用性感的标题、情欲化的叙事表达着自己内心的那种隐隐的欲望，用"性情"熏染着网络文学的风貌。从痞子蔡的《第一次亲密接触》中对情的痴心与迷狂到玄幻文学中主人公的无所不能的"意淫"，以及木子美和竹影青瞳的性爱日记的极端呈现，我们看到了网络写作中的身体叙事的强大动力。网络文学让私人性话语自由地游荡在公共生活领域，使之公开化、原始化。

网络写作是匿名化的写作，匿名使现实生活中的一些自我监控原则失效。以弗洛伊德的理论来看，缺乏超我的监控，本我的力量就释放出来。因此，在网络文学上，种种宣泄原始本能的冲动屡见不鲜，私人情感和人物内在本能欲望得到最大限度的展现，用释放本能来对抗生命中的那份压抑与苦闷，从而解构了传统上人们在身体、性观念上所持有的道德责任和义务，意味着一种日常感性美学的诞生。

同时，网络的交互性特点也为创作主体和欣赏主体建立了一座沟通的桥梁，为这种身体化的写作提供了平台。网络中的写作更像是一种欲望表演，阅读更像是观看，这种双向交流满足了欣赏主体的心理欲望。这正如卫慧所认为的：我用电脑写作，但有的人用身体阅读，满足了长期以来男性社会对女性身体和心理的窥探欲望和无尽的臆想。网络为欲望的宣泄提供了平台，文学的空间被压缩成"文学欲望学"和"肉体乌托邦"。

但这种身体的解放存在着悖论，正如南帆先生所认识到的"身体隐含了革命的能量，但是欲望以及快感仍然可能被插入消费主义的槽模。身体虽然是解放的终点，可是，身体无法承担解放赖以修正的全部社会关系"①。有些网络读者强烈要求写手千字之内必须有性感的内容和色欲化的叙事，网络作者也为了获取更多的点击率不得不花样翻新地刺激人们的感官。身体感觉和情绪器官被不断放纵和膨胀为一种商品消费逻辑，欲望表达转换成欲望消费。我们看到"这里起作用的不再是欲望，甚至也不是'品位'或特殊爱好，而是被一种扩散了的牵挂挑动起来的普遍好奇——这便是'娱乐道德'，其中充满了自娱的绝对命令，即深入开发能使自我兴奋、享受、满意的一切可能性"②。网络中的人们在疯狂的写作和阅读中寻找感官的刺激和沉醉中的消迷，道德已是一种

---

① 南帆：《双重视域——当代电子文化分析》，江苏人民出版社 2001 年版，第 206 页。
② ［法］让·波德里亚：《消费社会》，刘成富、全志钢译，南京大学出版社 2000 年版，第 72~73 页。

虚空，人们跨越了生活中各种禁忌，让所有的本能在虚拟网络里生成和展现。当生活在网络里一一展现和放大时，我们是否能说本能的展放就是艺术的存在？木子美和竹影青瞳的作品究竟是不是文学？我们不得而知，虽然木子美曾希望读者将她的性爱日记当作文学来看，但这毕竟是简单的一厢情愿，所有定位都有待进一步的历史评定。

3. 游戏化

游戏是时代的一种症候，它是我们逃避创伤的一个端口，它假定或虚拟了一个彼岸世界，让游戏者在这个世界里获得"乌托邦"式的愉悦，它同时也是艺术创造的一个源泉。伽达默尔曾说过，艺术作品就是游戏。网络文学更是生产和体现着游戏精神，它迎合大众口味，让参与写作者享受到游戏的乐趣，舒解了现实生活中的"畏"和"烦"。葛红兵在《游戏的精神：关于网络文学》中谈道："我始终相信文学在终极上是游戏的，从理想的角度讲，它不是出于义务，也不应是出于义愤。不是为了宣告，也不是为了呼号，而仅仅是出于人之作为一个人他的先天的表达的欲望、解释的欲望、展布的欲望。"①他还指出：如果我们承认文学是一种自由，是人性的、游戏的、非功利性的，那么网络文学正是在这点上将文学的大众性、游戏性、自由性还给了大众。② 而这些判断正印

---

① 葛红兵：《游戏的精神：关于网络文学》，《青年作家》2002 年第 7 期。
② 葛红兵：《网络文学：新世纪文学新生的可能性》，《社会科学》2001年第 8 期。

证了网络写手们的写作感受。如网络写手今何在就曾这样宣称："感谢网络，它使我有一个自由的心境来写我心中想写的东西，它完全是出于自己的一种表达的欲望，如果我为了稿费或者发表来写作，就不会有这样的《悟空传》。因为自由，文字变得轻薄，也因为自由，写作才真正成为一种个人的表达而不是作家的专利。"①

网络的虚拟性使屏幕前的人们暂时摆脱社会加在个人身上的角色压力和生存压力，逃避到一个自我能够完全自由支配的个人空间，彻底放逐自己。他们坚信，文学应该是一种自娱和娱人的文字游戏，书写只为自己，为了玩。当他们以游戏精神来看待写作时，就能够比较自如地抒发人的情感，写起来都很放松，很投入，也很随意，当然这种汪洋恣肆也使得作品存在粗糙化的特征，以致当网络的作品被下载，或者被印成铅字的时候，人们常常会发现它很成问题，比如结构问题、意义问题、语言问题等。同时由于抱着游戏和玩的心态，网络文学也把启蒙、教化等沉重责任搁置一边，作者不想承担对社会现实的整体性思考和描述的义务与责任，也不想寻得终极价值，他只为一己情感的即时倾诉。自称"怀疑主义者"的慕容雪村说，我压根儿就不想表达多么深刻的人类情感、社会现实，我只是在写一点自己对生活的感受。当然网络写手当中也不乏有人去描写人生关怀，也关怀底层

① 今何在：《我心中的西游记》，《中国青年报》2001 年 11 月 19 日。

人的生存，但其写作总是隔靴搔痒无法达到一种真实的共鸣和历史的深度，从而使这种写作体验的内涵陷于狭隘浅俗的境界里。因为网络作品大多没有文以载道的宏大动机，作品总是恣意着一种游戏的姿态，这种游戏心理固然正是网络文学遭受众多批评的根本原因之一，但它同时也是网络文学蓬勃发展的一个重要的心理动因。

网络文学的游戏化不仅仅贯穿于写作的游戏精神，同时也体现在游戏题材的文学式创作中，如当前出现的关于网络游戏的写作文本以及一些创作对网络游戏元素的吸收。许多网络游戏迷在玩了《传奇》《再生勇士》《奇迹》《CS》等网游后，感怀虚拟世界里的情感现实，便以原游戏情节为模本并吸收和借鉴其他题材元素，创作起同类小说。他们打破时间、空间和常理的约束，另眼看世界，获得更为宽广的艺术想象空间，善恶对立的角色与正邪对抗的故事正好满足了他们的心理需求，大量精彩原创网络游戏小说层出不穷。像《奇迹：幕天席地》这本小说便以网络游戏《奇迹》为模本，它赋予了原本只是具有躯壳的人物以性格、思想与灵魂，并在故事的展开中，使之得到成长和丰富。《CS 之赏金猎手》是以目前全球盛行的《CS》网络游戏为背景的小说，作者用生动谐趣的笔调描绘了在南京一批热爱 CS 游戏的年轻人。火爆的玄幻文学也是电脑游戏的另一个化身，是对电脑游戏空间的拓展和补充。一位游戏玩家认为："不要以为奇幻文学是完全依靠文字而风靡走红，事实上，游戏和互联网的普及才是它被不同文化理念的读者群所接受的主要原因。"① 玄幻文学中主人公一系列的冒险和奇遇更是平添了游戏的特征，但因其题材糅合了中国武侠小说、古代神仙道之术以及西方的魔法等元素而赋予了小说更多的奇幻色彩。

同属于网络游戏题材的另一种创作方式就是网络玩家根据游戏情节，各自扮演角色的接龙式创作，写手们各自书写各自的侠客和江湖世界，然后将这些续写内容结合在一起，结果构成了多部武侠小说的杂烩拼贴。网络写手在书写文字的同时，可以运用多元化的表达手段，把相关的图片音乐等作品剪辑到文字中，使得自己的作品具有一种直观立体化的特征。由于大多是即兴发挥式的创造，作者们在创作中获得轻松、自由的同时，也获得了游戏所具有的快乐和创造的心理。"在这样的写作中，文学放弃了探寻人类整体性、必然性的尝试，它倾向于叙述一个零碎的、调侃的游戏世界，乐此不疲地追求审美体验的偶然性和不确定性。在这里，历史被有意淡忘，时空被刻意地消弭，一切由历史时空带来的经典性和示范性也被风驰电掣般的健忘式叙事消磨殆尽。"② 从某种程度上说，这里是游戏社会，是可以完全自由自愿参与进来的游戏之家，作为一种娱乐方式的游戏就这样逐渐渗透到文学书写中。

---

① 童轶君：《原创奇幻文学，它的未来不是梦》，《新闻午报》2005 年 1 月 26 日。

② 于洋等著：《文学网景：网络文学的自由境界》，中央编译出版社 2004 年版，第 113 页。

游戏化同样也体现在网络文学内在的叙述模式上，即追求强烈的"代入感"。所谓代入感，一般是指在小说、影视作品或游戏中读者、观众或玩家产生一种自己代替了小说或游戏之中的人物的身临其境的感觉，想象自己就是故事里的人物，并跟随故事情节的发展而出现情绪上的变化。受到热捧的网文，实际上都具有代入感强的特点，也给读者带来了较为强烈的阅读快感。然而网文的这种代入感，其实也相通于游戏活动的手段与效果。拿网络游戏为例，其往往是一种虚拟自由的世界，让玩家对游戏世界产生认同感或快感，并可以从中获得角色扮演、探索与发现世界的乐趣。网络文学的这种"代入感"主要体现在以下几个方面：首先，网络文学故事的背景设置或打造上，往往具有异域性或架空性等特点，是异于日常生活的，如穿越到古代某一社会，来到了一陌生星球等，这相似于网络游戏给阅读者一种新奇的体验。其次，在主人公或主角的设置上，往往是一个普通人或小人物，无较强的个性，但是有着强烈的现实欲望或抱负，这都跟现实生活中的大多数青少年读者主体遭遇相似，个人力量的单薄，情感的脆弱，乃至在学习、工作、事业、爱情上不尽如人意，所以网文在主人公的设计上自然是契合着现实生活读者的情感缺失，极易打动读者，读者进入作品情境，从而产生情感和价值感上的共鸣。最后，人物角色所实现的情感体验上，往往满足了阅读者在现实中无法满足的个人需要。故事情节的展开，也是主人公成长进步的过程，这个过程总是伴随无

151

数的奇遇和自我力量的变强，克服环境，战胜对手，从无名之辈到完成英雄的蜕变。这种套路也是网络游戏的套路，即奖励升级。正是这一过程却给了阅读者虚幻的满足感，日常生活难以完成的事情或愿望，主人公往往是按照自己的欲望或期望，完美实现，从而满足了阅读者精神上意淫，这也是代入感所产生的移情作用。如《重生之我成了项羽》《重生之我是刘邦》《我是康熙爷》等网络小说，都可以看出网络小说在追求代入感上内在叙事模式，正是"在阅读过程中，读者主动代入小说中的主人公，体验跌宕起伏的人生，探索未知的世界，接受逆境的考验，享受征服的快感和成功的辉煌"①。

事实上，以网络为"根据地"的游戏文学的出现让我们看到网络游戏的虚拟世界正在成为一种意识状态的真实，深刻地影响着文学艺术的创作空间。"根据莱布尼茨或博尔赫斯等人的世界观，一种意识状态的真实，确实可以成为另一种意识状态中的幻景。这类宇宙观正在成为现实的普遍假定。现实与虚拟性的边界肯定是在变得不确定和易渗透起来。"②虚拟世界的真实正逐渐渗入文学的写作之中，使得我们见证到了虚拟世界对于现实中的人们的影响。

总之，拥有平等话语权力的兴奋感以及脱除禁拘后的放

---

① 杨玲：《体验经济与网络文学研究的范式转型》，《文艺研究》2013 年第 12 期。

② ［德］沃尔夫冈·韦尔施：《重构美学》，陆扬、张岩冰译，上海译文出版社 2002 年版，第 254 页。

纵意识，使得网络文学一开始就成了情感宣泄的专有场所与娱乐天地。极度的情绪化与娱乐化是网络文学最明显的特征。网络的最大特点是自由，文学的精神本质也是自由，网络之所以接纳文学或者文学之所以走进网络，就在于它们存在兼容的共振点：自由。"自由"是文学与网络的最佳结合点，是艺术与信息科技的黏合剂，网络文学最核心的精神本性就在于它的自由性，网络的自由性为人类的艺术审美的自由精神提供了又一个新奇别致的理想家园。

第二节 自恋化的情感表达

在网络文学的作品里，我们总能嗅到一种自恋的气质。网络写手们创造出一个空灵和虚幻的世界，去躲避或对抗现实中的那份沉重和压抑。因为"这个世界不符合我们的梦想"，"网络带给我们很大的幻觉，因为可以肆无忌惮地进入自己所想象的一切，并且感受它，制造它"[1]。在网络的虚拟空间里，安妮宝贝们创造了自己的世界，摆脱了现实的世界，这里给了他们真实的欢乐。他们在这里恣意地表达着自己的情感与心灵历程，网络上呈现的文字展现着作者自恋的情感景观。

1. 网络文学的自恋情结

英语中自恋（Narcissism）这个词，直译成汉语是水仙花。

---

① 张英主编：《网上寻欢》，时代文艺出版社 2002 年版，第 27 页。

这来自一个美丽的古希腊神话，神话中，美少年纳西司不为一名叫"爱科"的美丽姑娘的钟情所动，却与映在水中的自己的影子发生了恋爱，每天茶饭不思，后来终于落水而死，并化作一种投向水面的水仙花。弗洛伊德称其为"自恋"或"影恋"。自恋是人性的基本特性之一，只要我们稍加剖析，我们任何一个人或多或少都存在有自恋倾向，只不过这种倾向的显露程度和表现方式不同罢了。我们可以把自恋分成一般性的自恋和病态的自恋，一般性的自恋是对自我的一种设定和肯定，是一种正常的自爱，会增强个人的自信心，是有益的。但病态的自恋会在自恋的光环中迫使自己产生一种孤独感。当前网络所营造的条件为自恋发展提供了最好的环境，使得自恋这种本无所谓好坏的天性扩大化了，导致不少人过度重视自我，形成某种孤独感和乖僻感，即网络具有诱发自恋特征的作用。具体来看，网络文学中表现的自恋情结主要体现在以下几个方面。

其一，对于自我内心的高度重视。自恋者往往具有自我重要的夸大感，在他们看来，眼前的世界就是自我的世界。当他们沉醉在自己的情感经历中时，便营造了当下传统媒体的文学作品中少见的清纯和感伤。他们夸大着个人的情感，不厌其烦地倾诉着生活中的独特经历和主观的个人感受，给人"为赋新词强说愁"之感，他们陶醉于自己营造的感伤情绪里，甚至作品人物都根据这个情绪来度身定做，使作品的构思失去了生活的基础，甚至架空了历史，但他们却乐于栖息在这种自我表述的狭小空间，囿于并沉醉于自恋的快感中。

　　《秦盈》是一篇描写 20 世纪 70 年代青年成长的具有代表性的小说，曾获得榕树下"贝塔斯曼杯"第三届全球网络原创文学大奖赛长篇小说奖。作者在小说的后记中写道："一代又一代的肤色各异的人，年复一年地用各自的文字说明各自的观点或者见闻。那些内容其实是何其相似。……你今天所做的记录，本质上是重复前人的记录。但是，明知道如此，人们总还是忍不住要再记录一遍，我猜测，原因可能在于人总是太在乎自己了，非要自己记录一遍生长的历史，才感觉到自己存在的意义。""人，实在是最自恋的了。"①自恋已经成为网络的一种流行病，从最初的痞子蔡到棉棉到安妮宝贝无一幸免，都身染此病，其作品都洋溢着浓重的自恋情结。正是由于过度重视自我，自恋总是表现为自我封闭，排斥他人，写手们相信自己的文字是最好的，也是最真诚的。实际上他们的苦恼大部分仅是抽象的青春苦闷而已，有时甚至是无病呻吟的抒情，是过分地关注自我或夸大自我导致。由于他们天生的孤傲与敏感，他们宁愿沉溺于自我的虚幻的乌托邦中来消遣这份孤独，由此自恋总与孤独相连。作家陈村如此评论安妮宝贝的小说："安妮的小说是示弱的。你总能指出她的缺憾，她小说的脆弱、暧昧、疼痛、固执、欲言又止都可以一谈，但她文字的品质比同类们高，用心比许多人诚。她有那么多的热情，看世界的眼光却是迟疑的。"不难看出安妮宝贝只是一味活在自我的内心世界里，在一味追求文字的

---

　　① 　http：//article. rongshuxia. com/viewart. rs？ aid＝805359&off＝34.

寂寥之中，陷入一种痛苦甚至无奈的困境。安妮宝贝小说中的人物无一例外或多或少带有颓废、凄美、孤独、绝望的特征，是因自恋情结而生出的一种阴郁与怅惘。"一直我都觉得我是个孤独的人，很少和别人沟通，觉得自己的心老得很快，也不相信别人。"（安妮宝贝《如风》）而且"自恋有什么不好呢。不自恋的人不可爱。不自恋的人也不会去探索自己的内心"①。

不仅是抒情小说，魔幻奇丽的玄幻文学也同样散发着自恋的气息，每部游戏的主角都散发着一种虚假的英雄主义色彩，享受着自恋式的忧郁与孤独，他们无所不能地经过冒险奇遇征战后完成自己完美的理想。正如一个网友对玄幻作品《诛仙》的评价："一个少年，拿着一个烧火棒，孤独地面对整个世界。"玄幻文学中的主人公们都有着被无限夸大的力量，他们拥有凌波微步那样的迅疾轻功，吸星大法那样霸道的内力还有御剑飞行的法宝，突增功力的灵药等，无数的奇遇和机缘更是增添了主人公神奇的魅力，可以说万千宠爱皆予我；他们可以横跨几个国家，穿越几个时代，完成自己想成就的伟业，实现自己所谓的美满的理想，并获得美妙的爱情。在这样的创作过程中，作者栖息在这种自我表述的狭小空间，借助于梦幻般的游戏空间，让自我享受宗教般"迷醉"，体验着各类白日梦的幻想，并乐此不疲。穿越小说的女主人公更是"万能"，她们往往拥有美丽的外表，出众的能力，生活得

---

① 《安妮宝贝：不自恋的人不可爱》，《中华读书报》2000年12月20日。

风生水起，是众人注目的对象，拥有着"众星捧月"式的爱情，在世人眼中是不折不扣的"万能女主"。"万能女主"集所有优点于一身，实现了女性对"完美"的幻想，其实也是自恋情结的集中体现。这种自恋情结，也渗透并体现在网络文学常见的叙事模式上，如网络玄幻小说大神级人物唐家三少的大部分小说，"基本都是按照这一脉络发展，奇遇是从男主角一开始的选择就开启了，出身微小的男主角没过多久就会遇到恩师一般的人物、羁绊深刻的兄弟和各式各样的美女，并且会遇见数量不等的一生所爱，然后经过比赛、冒险、种族大战等一干历练，披荆斩棘不畏艰难，最后成功走向人生巅峰、迎娶白富美。这样充满 YY 的故事模式几乎屡试不爽，开头、经过、高潮、结尾，一早就被平衡好了，甚至不会有任何烂尾和浪费预设的嫌疑，在三少从不中断的勤奋下，这种满足普通人想象的'万年模式'成了三少作品大卖的又一大法宝"。①

其二，爱情题材中的网恋文学的繁盛更是凸显了自恋情结。我们观察到流行于网络的网恋文学正是建立在自恋基础上的情感表现形式，它把人们自恋特性表现得最为彻底。在网络的匿名状态中，因为看不到对方面孔，对方也不知道我是谁，只能看到对方的文字，于是恋爱双方都争取实现理想的自我表达：优化缺陷，放大优点，向对方展示出一个完美的自我，以引得对方的充分注意。而这个互相开发或美化的

---

① 曹晋源：《唐家三少的"万年模式"》，《文学报》2014 年 11 月 6 日。

过程和结果，都让"我"迷恋、欣赏。这就制造了自我的幻象，使自己沉浸在一个想象的或虚构出来的场景中：自由自在、没有拖累的纯净的理想世界。这种对未知未及世界的想象与想象性占有，就是一种"白日梦"，使人似梦似幻。拉康在他的镜像理论中谈到，自恋是一种对自己异化的镜像的痴迷，镜像阶段的心理结构是灾难性的，它会导致狂想病。

　　网恋文学也无一例外地会把对方的情感和形象最大程度地臆想和美化，以致把对方偶像化、完美化。GG 就是帅哥MM 就是美眉。这种完美化是双向的，因为双方都需要这种尊重与满足，假如不美化对方，也就无法证明自己的优点，于是双方求得了认同。弗洛伊德在《论自恋》中认为：自恋指个体对外在世界缺乏兴趣，而以自身为爱恋对象，将"里比多"贯注自身。对于一个自恋者而言，似乎惟一完全真实的部分是他的自身，任何属于他的东西——感觉、意见、愿望、身体、家庭等都是自恋的对象，即他们认为自身的任何方面都是有价值的。正因如此，我们看到每部网恋小说里不是塑造了一个纯情凄美得不食人间烟火的女子就是塑造了一位多才痴情英俊的男子，他们与主人公相爱。但最后的结局却是美丽而脆弱，伤感与无奈，无法摆脱如网友见面见光即死的命运，最后残存的就是一种虚幻的、失落的感觉萦绕心间。

　　从本质来说，所谓网恋，就是站在镜子之前对自己谈情说爱，就是一场爱情幻想或者爱情练习。这"与其说是恋爱，还不如说是迷恋，迷恋对方的文字，然后跟自己的幻象谈恋爱"①。网恋是一场虚幻的爱情演习，它将造成心灵上的创伤。正如一网民的一首诗所描写的：网络上的爱是水中花，镜中月，是看不见摸不到的；网络上的爱是看不到头的山峰；网络上的爱是沙漠中没有坐标的航线；网络上的爱是没有颜色的七色板。网络是寂寞的，寂寞的让你可以找不到一个朋友；网络是无情的，无情的只有沉默和无言；网络是残酷的，残酷的让你找不到希望。②

其三，自恋的必然趋势是恋上自己的身体。他们认为只有他们自己的身体是真实的也是最美好的，才能对抗无助与孤独。他们"把自己的身体，把他的行为，把他的感觉与激情，他的不折不扣的存在，都变成艺术的作品"③，把本来不可或羞于示人的东西，主动兜售出来以供观赏和展玩，而这正是缘于自恋意识的膨胀。如木子美和竹影青瞳等网络红人，他们都很在意自我身体的存在。竹影青瞳更在其《灵魂熄灭，身体开始表情》一文就写作意图作了这样一个自述说明："谨以此文作为我的自恋的终结。"④ 在上一节中我们论述到了身体化的写作方式其本质即是一种网络写作中的自恋情结。他

---

①　朱筱菁：《蔡智恒：写网恋，不谈网恋》，《申江服务导报》2000 年 10 月 18 日。

②　想飞的凤凰：《离开网络，我们还有爱吗》，http：//article. hongxiu. com/a/2007-10-6/2364095. shtml。

③　[英] 迈克·费瑟斯通：《消费文化与后现代主义》，刘精明译，译林出版社 2000 年版，第 97 页。

④　http：//www. ladytoo. com/show. aspx? id＝151&cid＝7（2007-10-12）.

们以此来表达自身在社会中的无助感，他们蜷缩在自己创造的狭小空间里，以此来逃避社会，试图割断自身与社会的联系。这种感觉正符合了那些孤独和无助的自卑者情感的需求，他们把身体看成是一种感官愉悦的工具，在自身创造的"肉体乌托邦"中寻找到片刻的安慰。这种消极的写作态度是对社会环境的一种近乎苍白的逃避，它让自我耽于肉体享乐中，寻找一种暂时的、假想的慰藉，来躲避生活中的无助与烦闷。由此，这种用身体的意淫表达自恋所带来的结果就是一种"自恋式的享乐主义"。

2. 自恋的缘由

首先，赛博空间的虚拟性的存在为自恋提供了生长空间。虚拟性无疑为心理郁积者提供了一个自我确认身份、自我宣泄乃至逃避现实的空间。当卸去人格面具后他们都为自己隐忍以久的苦恼与伤痛找到了宣泄的地方，一时间，大家好像突然认识了自己，听到了自己最真实的声音。大家努力地释放自我，尽量地调动情感，使情感尽量地支撑创作。因为他们知道虚拟无边的网络能够盛下他们的感情。过分的自我膨胀成就了网上网下的这种过度张扬的文化，匿名状态又使人们隐秘的自恋情结得以发泄，以致形形色色长长短短，完全是自恋风格的心情文学充斥着大大小小的文学网站。加之城市白领所引领的所谓"小资文化"又对这种风潮起了推波助澜的作用，自恋的脾性在网络里得到了伸展。因为在网络里没有人知道"我"是谁，个人可以对自我进行重塑，每个人都带着强烈的梦幻性质出场，成为不真实的令人难以置信的存在。他们可以在现实世界和虚幻世界的交接点上享受着"狂欢的快感"，通过幻象来满足个人内在的欲望和曾有的美妙记忆，以似梦非梦的境界来表达自己欲望的完成过程。一玄幻小说迷认为："这些并不是故事，这里包含了太多的真实，有太多的理想，（之所以着迷）一切只为了那个不是现实的现实……也曾经想把妄想和理想错位，但没有谁会为了一个不是现实的虚幻（去）纠正（自己的喜好）……在现实当中被隐瞒和可以被隐瞒的东西，我们能从他们不屑的地方找寻。"① 这样的表白至少向我们说明，虚拟未必就是不真实，只要读者认为它符合某种心理真实，它就被读者认定为真实的存在。诚如网络写手邢育森所说："在现实生活中，我活得很不像个人样，但在网络上，我活得很像个人样。"

虚拟使自恋症在网络里疯狂地滋长，也容易使人产生虚幻的成功体验，使人陶醉，也使人沉迷，适当的宣泄有利于净化自己的心灵，但当过多地依赖于网络进行倾诉，则易使人失去对现实生活的兴趣。离开网络，回到现实的人们将备感孤独，有可能产生网络幽闭症。正如一网民"问津打道"所言：现在的人很空虚，任何一个跟文化有关的人都应该想法子解决人们的空虚。看了 Rongshu（即榕树下，作者标）的文章，空虚感反而加强了。

其次，网络的互动式书写也给自恋提供了一个平台，强化或者诱发了人们心中的自恋情结。自恋大多时候表现为自

---

①　http://wx.91.com/default.htm（2005-05-30）.

我封闭，排斥他人，但在内心深处又极为渴望吸引所有人的注意，得到所有人的目光。事实上，网络写作者很在乎别人是否关注自己，并且期望得到别人的认同或赞美。即使是批评也会让他们感觉到目光的注视，满足了心理上的那种自恋的快感。由于现实生活中的身份差异和工作压力使倾诉和沟通成为一种障碍，人与人之间缺少与他人平等相处、沟通的条件。但网络空间的虚拟互动却提供了自恋上演所需要的平台：只要你敢于在自己的空间里表现自己，你总会找到你的观众，他们或喝彩或批评，你可以从对方那里获得前所未有的满足与重视。

虚幻的网络世界就这样成为现代人最巨大的镜像世界，成为人们重新认同自己的乐园，无数的人沉浸其中，沉湎于自己的网络形象带来的愉悦感和成就感。任何行为艺术都需要观众，网络直播的自恋行为也是在大众的关注下完成的，这种大众关注在客观上已经演化为自恋行为的最大动力。可以说，正是网络看客的推波助澜使得迅速蹿红的网络红人具有的自恋倾向严重化，影响扩大化。简单直接地说，就是网虫具有自恋的倾向，而网络具有诱发自恋的特征，于是两者在网络上一拍即合，上演着一幕又一幕的自恋闹剧。

网络的互动式书写无疑也具有这种效应，甚至它更容易滋生出这种自恋的情结。网络写手们很喜欢这种一边写，一边被关注着、被鼓励的写作模式。即使是批评的文字都能使他们享受到被关注和重视的感觉。由于有时候网络写作就像是在表演自己、展示自己，自恋的情绪就会在这一过程中油然而生。只要你有表达欲望，你就可以实现自己的愿望，而不用担心自己的观点偏颇或过激，也不用担心文笔晦涩，创作的同时就能获得成就感。不管是 BBS 还是博客和 QQ 空间以及微博或微信，我们都能看到个人对这种互动式写作的迷恋。他们都很关注自己作品的跟帖量或者访问量，一旦发现后面有人附和，心情异常兴奋。假如无人问津，则感觉有些沮丧，别人的关注是其写作的最大动机。他们正是在被关注中完成自我认同和情感的宣泄。

自恋者是感情缺失的一个特殊群体，他们缺少爱抚，他们通过网络的互动来提升自己爱和被爱的能力，从而达到现实生活中的心理平衡，求得一种承认和认同，这也正是网恋的根本目的。吉登斯认为，现代性条件下自我认同的另一个主要的机制就是自恋。因为在现代社会中，每一个个体都生活在一个广泛的时空联系中，具体地域在个体的生活历程中的重要性逐渐降低，个体的生活安排越来越多地具有自己的生活风格，而较少地受到各种各样亲属经验的影响。由此，在现代性条件下，身体不再是依据传统的仪式"被接受下来的"东西了，而是变成了自我认同投射的一个核心部分，成为建构自我认同的内在要素，成为现代性环境中的一个正常部分。所以，在现代性条件下的个体极端地关注自己的身体对其自身有着重要意义。换句话说，现代性条件下如果缺少了自我对身体的关注就不能形成完整的、连续的自我认同，自我认同过程就是不完全的。同时身体还是我们进行实践的主体，是自我认同的叙事得以表达的一个"工具"。在现代社会中，对身体的关注和建构或者说规划不是在面临着多样性选择时的一种防御性的退缩，而是一种对外部世界的积极参与。面对着抽象系统对日常生活的渗透性影响，甚至是"控制"，个体最直接的反应就是把个体的活动与无穷多的社会关系相联结，将自我推到外部世界中去，给生活于其中的个体以新的可能性，用身体的个性存在表达独特的自我认同。① 虚拟网络为人们提供了这样的一个空间，它使人们获得了一种虚拟的身份，极大自由地表现了自己并同他人链接，参与了外部的世界，同时也创造了自己的快感。他们以自己的行为方式创造着自己的文化认同，并且表达着独特的社会权力及影响。从这种意义上说，自恋也许就是当代文化的一种特征，网络书写对这种文化特征给予了一次集中的体现。

从生存主义的角度来看，网络文学的这种自恋情结的表达，使得个体精神的压抑得以解放，满足了自我情感的认同，缓解了生存的困境。但网络文学中自恋情结的表达也存在着以下几方面的缺陷：首先，网络文学自恋情结的表达，舍弃了正义和道德，牺牲了社会担当。自恋者往往以自我需要为本位，放纵着个人的欲望与诉求，赤裸裸地呈现出种种原始本能，抽空道德，拒绝责任。作品中他们以不同的手法和方式，不遗余力地颠覆着现实中似乎神圣不可侵犯或是确定无疑的道德法规，血腥、暴力与色情成为表达内容的组成部分，以

---

① ［英］安东尼·吉登斯：《现代性与自我认同》，赵旭东等译，生活·读书·新知三联书店 1998 年版，第 207 页。

此来实现自己所谓的美满的理想，理性责任等传统在此彻底走向虚无。拉斯奇认为自恋者为获得心理安宁，寻得心理健康，"就……打破一切禁忌，并让个人的任何冲动得到立刻的满足"①。其次，网络文学自恋情结的表达，易使自我和读者产生精神上的虚假胜利或自我欺骗，当回归现实生活中时，他们显得更加空虚和孤独。网络空间毕竟是虚拟的，它带给人们的精神解放也是一种虚拟的短暂性。它不可避免地使人产生虚幻的成功体验，使人陶醉，也使人沉迷，适当的宣泄有利于净化自己的心灵，但当过多地依赖于网络进行倾诉，则易使人失去对现实生活的兴趣。离开网络，回到现实的人们将备感孤独。正如许多网络文学作品的背后，无法掩饰作者自身内心的空虚和寂寞。这也正如齐泽克所说"网络空间既是一种逃避创伤的方式，也是一种形成创伤的方式"②。

---

① ［美］拉斯奇：《自恋主义文化》，陈红雯、吕明译，上海文化出版社1988年版，第12页。

② ［斯洛文尼亚］斯拉沃热·齐泽克、［英］格林·戴里：《与齐泽克对话》，孙晓坤译，江苏人民出版社2005年版，第105页。

第五章 网络文学的青年亚文化
及犬儒主义

网络写手们用放肆的文笔抒发着青春的迷惘与孤独,用新的感性形象诠释生命体验与追求,用青春的叛逆表达着对成人社会的不满和对新的生命意义的追寻,呈现出了鲜明的亚文化特性。自此,网络文学已通过自身的话语符号构建了青年群体的表达风格,起到了对抗成人社会秩序空间的作用,但同时自身也趋于市场化成为大众文化的一部分。网络写作也是一种生存主义的体现,直接反映了当下社会中青年群体对成功的渴望,对内心精神自由的奋争,只不过这种追求打上了极端功利主义的烙印,犬儒主义正是这一生存主义的集中体现。网络文学的犬儒主义自然需要社会的正视和引导,但其存在也有着积极意义:作为一种自我保护的手段,它能抑制情绪焦虑,让青年个体在宣泄感情的同时不会让自己受到伤害。

第一节　网络文学的青年亚文化

网络文学在中国的繁荣与发展一直离不开青年主体对于网络的钟情，在网络文学与青年特性的巧妙契合中，催生出了以网络文学为平台的青年写作群体以及对其积极追捧的广大青年读者。网络文学自始至终都恣意着青春化的写作姿态，其内核为青年特质，其属性体现了青年亚文化的特点。它的内容与形式以及趣味表达是别于传统的其他艺术类型，是青年这个特定文化群落的独特表达。网络文学走向市场的必然彰显了青年群体旺盛的亚文化需求和强大的亚文化建构能力，同时也意味着它被市场整合和收编，交融到大众文化的生产机制之中。

一、契合——情感宣泄的源头

在当代文化环境中，最具有普遍性也最具有发展前景的青春亚文化写作形式是网络写作①。网络写作与青年亚文化有着内在的姻亲关系。网民中的绝大多数是青少年，他们是网络写作的主体，而网络所具备的特点也契合了青年亚文化的需要。两者共同造就了中国青年亚文化的一个表达空间，即青年亚文化写作。

---

①　肖鹰：《青春亚文化的感性》，http://www.yuehaifeng.com.cn/YHF2004/yhf2004-04-02.htm。

对于新的一代青年主体来说，他们处在改革开放的年代，拥有着父辈一代年轻时所没有的物质的富裕和自我表达的自由，处处生活在父母的娇宠之中。但与此同时在现实社会生活中他们却是处于弱势，没有资历，没有经验，没有财富，受到诸多的社会规训和限制，难免对现实不满，产生幻想，于是有着内在的宣泄表达的需要。寻求认同也是青少年时期最重要的人格特征，他们迫切希望得到他人的认可，获得他人的认同与自我认同，这也是他们快乐成长的关键性过程。他们渴望与人交流，获得爱、理解和认同。但事实上，一方面由于经验不足、缺乏资源或是心理素质不够成熟等原因导致他们在现实社会中不断地遇到困难、遭受挫折，却得不到回应、理解与尊重。他们也无法从父辈那里得到真正的自我认同。因为他们与父辈的文化价值观是断裂的或者是有差异的，存在着一定的代沟，正如戴锦华所说："如果说新中国的一代艺术家是为革命战争的历史和社会主义现实主义文化所造就；那么此后的几代人，则是在反叛自己的生长年代，反叛'喂养'自己的文化的过程中获得社会的认可与彼此间的指认。"① 所以他们本身的自我认同具有一定的叛逆性。从青年本身所具有的心理属性来讲，这也是一个具有叛逆性、想象力、颠覆性，不满于现状，充满幻想的一个群体。他们有着自己的内心世界和强烈的表现欲望，那是一种青春的萌动

---

① 戴锦华：《犹在镜中——戴锦华访谈录》，知识出版社1999年版，第77页。

和对自我的发现，当没有合适的表演空间时，就表现出内心的某种孤独感。对他们来说，他们渴望找到与外部进行情感交流的方式，去克服心中的孤独和恐惧，于是他们不断地付出或消耗自己的情感去寻找生命的意义和对自我的认同，呈现出青春的叛逆。

然而，这种情感的表达需要现实的平台，青年亚文化也应该有其合理的存在空间。任何形式的文化资本都必须以相应的经济资本为基础。但经济和文化的氛围提供给青少年可资利用的条件是有限的，只是几个大城市才有一些相对多的活动方式，所以很多青少年群体缺少必要的经济资本作为建构亚文化的物质基础。电脑网络作为新兴交往方式的产物，无疑为这样的存在提供了平台。互联网相对低廉的价格以及互联网所具备的迅捷性、交互性等都契合了青年人的需要。正如乔迪·伯兰所说："新的消费技术可以作为娱乐和可消费信息的分配体系，能使其生产者'占领和创造一个空间'，该空间对国家和个人而言都是新资本。这些技术的适应能力正变得越来越精致，以满足日益个性化的使用需求，即身体的某些部位、家庭的某些部分、城市的某些地方的使用需要，使在不同的、延伸了的空间的使用者分离和重组。它们明确的功能提供了另一种表达娱乐的模式，一种惊人的解放，一种对常规的可能的超越。"①

---

① ［英］西莉亚·卢瑞：《消费文化》，张萍译，南京大学出版社2003年版，第195～196页。

年轻人一直在寻找一个空间，一个安全的、能够主控、尝试创新、无需为自己行为后果负责的空间，网络即是这样的一个空间，网络的内在特性如此神奇而巧妙地契合了青少年内心的渴望，为他们提供了一块自由的乐土，这里不受财富、单位、身份、资历的限制，更没有人为的束缚。电脑让年轻人觉得自己有主控权，感到安全，加之网络在线互动、虚拟社区和网络上的种种娱乐资讯，都给他们打造了一个感情可以愉悦、情绪可以表达、焦虑可以释放的空间。虚拟的网络世界相对容易地让他们获得认同，这也是他们流连忘返的原因。他们毫不犹豫地沉溺其中，欲寻得志同道合的朋友。一网络写手曾有这样一段话："生命不能承受之轻。上帝已经死了，留给我们一个新旧参半的命题：存在与虚无。没有人能消灭他们。他们有最强的生命力，没有人能拯救他们，因为我们自己都需要拯救。我不能定义自己，我讨厌单调和重复。我想过简单而快乐的生活，我思考，我存在，我上网，我很酷。"[1]

网络从此成为他们可以表达和交流的一个快乐空间。网络写作也成为他们倾诉心中烦闷情绪的一个便捷途径。网络是水，他们是鱼，他们在其中获得了自由表达的生长空间，获得了较传统纸介文学更大的自由度。邢育森在获得网易文学奖后表示："说实在的，在没有上网之前，我生命中很多东

---

[1]　《"人类"是怎样"新新"的？》，http：//cul. book. sina. com. cn/s/2002-01-11/8553. html。

西都被压抑在社会角色和日常生活之中。是网络，是在网络上的交流，让我感受到自己本身一些很纯粹的东西，解脱释放了出来成为了我生命的主体。"① 在网络作品中，我们能真切地感受到这些青年写手的心路历程和生存状态，他们写年轻的边缘人的人生历程，写成长的烦恼，叛逆逃逸的曲折，或随意或执着的爱情和性事，表达了对成年社会秩序的一种不满和对自己声音的渴望，呈现出亚文化所特有的青春性、颠覆性。

许多青年在正常的学习和生活中找不到成功、感动的感觉，一旦在网络社区中遭遇，很容易被写作互动所吸引，产生一种久违的感觉乃至认同。他们聚居在网络社区中进行写作、交流和互动，表达和分享各自的喜怒哀乐，加强着他们之间的相互关联。互动展示了他们的青年身份，"青年作为互动的观众并在互动过程中展示身份——形成了当代青年文化的特色，正是在制造引人注目的身份这个过程中年轻人将自己塑造成了青年"②。在阅读互动的过程中慢慢开始形成了一些根据兴趣爱好走到一起的写作和阅读的群落。如社区中各种"迷"群体的出现，这些迷们通过贴吧、QQ、留言板、论坛之类的互动媒介进行沟通。他们或者指点文字，激昂评论，或者谈论自己的阅读感受，推荐一下其他同类作品，或者根据共同的兴趣爱好，进行集体创作。如玄幻小说《诛仙》在

---

① http：//book. szptt. net. cn/chuangzuo/wuguo/wuguo. htm.

② ［英］西莉亚·卢瑞：《消费文化》，张萍译，南京大学出版社 2003 年版，第 220 页。

创作过程中，网民们便建立了"诛仙吧"与"诛仙群"，参与对主要人物和情节的分析以及对未完情节的猜测乃至续写，此时《诛仙》已不仅仅是萧鼎一个人的，而是大众的。一些亚文化者还定期收集不相干的材料并将其归类，亚文化群成员可能会查阅这些材料。如喜欢痞子蔡作品的青年就专门在网上设立了一个网站"痞子蔡的创作园地"（http：//mail.isdn.com.tw/john/jht.htm），不仅收录了蔡智恒的所有小说作品，还有媒体反应、网民信箱等许多内容，以供读者们传阅交流。耽美迷们不仅拥有晋江文学网等专门网站，也拥有着享有盛名的露西弗社区（www.Lucifur-club.com）和耽美作品收藏网站。如一耽美迷收集了上百部的耽美作品放到一起供相同爱好者下载欣赏（http：//bbs.bookspice.cn/？26166/action_viewspace_itemid_3108.html），玄幻迷们更是打造了自己的较多的阅读站点。

鲍曼和马菲索利等学者用"新部落主义"来描述当代社会出现的各种群体。网络文学中这种迷群体的出现，也正是表明了某种新部落阅读群体的出现。这种新的阅读群体的出现一方面说明了当代阅读趣味更加多元化，另一方面也证明了网络文学正在孕育着新的美学精神，"美学的作用表现在当代部落的自我塑造过程中"①。鲍曼认为，新部落不是新的社会形式、集团和组织的源头，而是个体为适应社会变化而做

---

①　［英］西莉亚·卢瑞：《消费文化》，张萍译，南京大学出版社2003年版，第251页。

出的反应。由于社会属性分类的混乱，越来越多的个体面对来自各类专家的关于如何照顾自我的互相矛盾的建议不知所措。然而新部落却是幸存者徒劳地尝试逃脱生存孤独感的避风港，又是指定个人生存策略的依据，因此幸存者的身份是自我构成的。鲍曼还指出，新部落主义通过赞同活命主义的精神而刺激了个性的形成。我们可以借用这些观点来解读新兴的各种阅读群体或类型化写作现象，如晋江文学网、红袖添香等以女性阅读群体为主，偏爱都市言情、耽美、穿越类网络小说，黑岩、魔铁、逐浪等文学网站以男性阅读群体为主，偏爱玄幻、修真、武侠、军事修真类小说，即使综合性的专业文学网站，如起点等，也会在网站内分出女性网或男性网来适应不同性别的阅读群体的需要，同时网站内部也设置不同题材类型版块以满足不同群体的阅读趣味，如爱看"耽美文"的女性则被称为"腐女"。

这些玄幻迷或者耽美迷们在现实生活中有着自己独特的心理认同需要，他们要通过一定的手段来转移或补偿自己的这种需要。也许这种补偿只是南柯一梦，但对这些脆弱的个体来说无疑暂时找到了自己的避风港。马菲索利指出这些群体的生命力是短暂的、"横向的"，其运作规律既超越了现存的类别，又符合不稳定的、易夭折的网络规律，他认为："总的来说，在一体化系统内，聚合过程不断地发生，这些聚合过程组成了暂时的部落群体，这些部落的非主流价值观是基本一致的，他们在没完没了的表演中彼此吸引并相冲突，形成了一种流动的界限模糊的格局。"① 网络上的各种阅读迷具备了这样一个特点：短暂、不稳定、代表非主流价值观。这一方面与个体的青春期阶段性相联系，另一方面也与网络社区的特点有关，即我们在前面所探讨的虚拟社区的一些相关特性（如非永久性等），这些都会影响到这些阅读部落的生存状况。安妮宝贝曾说过："我觉得自己的文字是独特的，但现在的传统媒介不够自由和个性化，受正统的导向压制太多。就像一个网友对我说的，我的那些狂野抑郁的中文小说如果没有网络，他就无法看到。"她说，她的写作是"写给相通的灵魂看。彼此阅读和安慰。就是如此"②。此语某种程度上道出了网络这一特殊群体存在和发展的原因和结果。

二、对抗传统——我们的存在风格

我们可以把青年亚文化的网络写作看作是青年一代对生存理解和情绪体验的一种表达，他们通过自己的符号系统表达出一种独特的气质或风格。气质或风格对于青年亚文化来说是一种重要的标志，它是赋予一个群体有效性和一致性的强有力的途径，它联系着特定群体并定格他们的存在，他们以这种存在来抵抗主流价值观念，它是为年轻人区分和赢得文化空间的一种手段，它也被看作一种对抗的形式。而"对

---

① ［英］西莉亚·卢瑞：《消费文化》，张萍译，南京大学出版社 2003 年版，第 249 页。
② 吴过：《网上写手安妮宝贝访谈录》，http://images.163.com/images/ezine/content/ourmag.htm。

抗"正是青年亚文化研究的关键词之一，这也是英国伯明翰学派早期的青年亚文化研究的重要成果，该学派认为："亚文化是与身处的阶级语境相联系的，青年亚文化产生于社会结构和文化之间的一个特别紧张点。它们可能反对或抵制主导的价值和文化。"① 而这种"亚文化回应"不是简单的肯定或拒绝，不是"商业剥削"也不是"纯粹的反抗"，它既是表达独立、另类、陌生意义的宣言，也是对无个性特征的从属地位的拒绝。它是一种势均力敌的状态。同时它也是对缺乏权力这一事实的确认，是对无能为力的颂扬。② 所以，"展示性亚文化在这里重要的意义不在于他们在某个同质的青年的文化中表现整个'青年'，而是在霸权秩序内'赢取空间'，反对霸权秩序的时候，建立起脆弱、暂时和少数派的形式，对主流文化及其界定提出象征性的挑战"③。

对抗也是网络文学情感最重要的表现方式与状态。对抗最深刻的表现是作品中体现的对传统文学精神禁锢的挑战，对内心精神自由的奋争。我们有过于沉重的"文以载道"的传统，网络文学也正是以它的另类性或边缘性给我们展示了亚文化的一些特征。通过网络文学的一些写作语言、叙事特征、情感向度以及写作策略，我们可以看到网络文学构建了

---

① ［英］阿雷恩·鲍尔德温等：《文化研究导论》，陶东风等译，高等教育出版社 2004 年版，第 330 页。

② ［英］西莉亚·卢瑞：《消费文化》，张萍译，南京大学出版社 2003 年版，第 191 页。

③ J. Mc Guigan. Cultural Populism, London：rougteledge，1992：96.

青年亚文化的存在风格。青春亚文化的这种写作方式鲜明地体现了青年群体对自我身份的追求和确认。

在语言方面，网络文学语言或简单质朴，或直白随意，明显地带有一种个人日常生活感情宣泄的痕迹和叙事片段化的特征。群体的跟帖互动，再加上一些网络特有的网络词汇和心情符号，便形成了这个群体所特有的文学表达式样，一种明显不同于传统的文学表达风格。如要想成为群体的一员，你必须进入这个社区，熟悉这个群体的语言，因为这反映了这个群体所共有的感情、态度和文化。因为"在群体一起工作的过程中，成员们开始对某些东西形成共识，包括他们共同使用的新概念。有时候这些新概念变得非常引人注目，以致群体不得不努力向其他人解释他们的观点。此时，他们可能第一次意识到，他们已开始以特殊的方式运用某些术语。他们可能没有意识到他们已经形成了一个亚文化群，直至他们开始向群体外的同事解释他们的观点为止。他们创造了一种新的认识，同时也在他们身边竖起了障碍。理解的障碍已被打破，但新的障碍又在那些有共同概念的人的周围形成了"[1]。最近网络用语的流行引发了极大的争议，有不少人士声称要封杀火星文，以维护汉语的纯洁性；也有许多专家站出来说，这只是年轻人自娱自乐的交流密码，没有理由不宽容对待新青年们和他们的"火星文"。事实上网络文学青年亚

---

① ［英］蒂姆·伯纳斯-李等：《编织万维网：万维网之父谈万维网的原初设计与最终命运》，张宇宏、萧风译，上海译文出版社 1999 年版，第 196 页。

文化写作业已构建了自己的话语符号，形成了这个群落所特有的审美趣味。萨拉·桑顿指出："各种媒体是形成青年社会和意识形态必不可少的因素。……和青年人的交流方式相反，亚文化不是由一粒种子发芽后依靠它们自身的能量成长为被媒体滞后做摘要报道的神秘运动。但是，媒体一直在那里而且从一开始就是有效的。它们是布尔迪厄所说的'用词语创造群体'的过程不可或缺的组成部分。"①

　　在感情向度方面，在一些网络作品里弥漫着深深的孤独情绪和对周围的叛逆，他们以语言上的虚张声势与进攻性来掩饰自己的空虚和不安分，同时夹杂着一种失望之余的调侃与嘲讽，总体呈现出对感官享受的向往和对严肃理性的排斥。在一些作品的字里行间我们可以看到主人公都不断地游走于社会边缘，内心充满了孤独，希望得到来自长者、同龄人和异性的安慰和认同，当得不到同情和理解时就转而用最简单、最原始的性和暴力解决问题，毫不吝啬地展示着青春的愤怒，表达着对成人主流文化的反叛。这也反映了时代和家庭的变迁对于青少年一代的心理冲击。在网络文学的一些作品里我们随处可以点击到一些对性和私生活想象的片断，这凸显了青少年对于成年世界极度矛盾的既反抗又渴望的态度。

　　如玄幻小说中，主人公们往往都拥有超凡的能力和无数

----

　　① ［英］西莉亚·卢瑞：《消费文化》，张萍译，南京大学出版社2003年版，第215页。

的奇遇，能够打败看似不可能打败的人，能够实现看似无法实现的理想。故事打斗中总也脱离不了血腥的场面，但又好像在玩一场战争的游戏。对于现实生活中的年轻人来说，这种幻想式的暴力似乎是一种压抑下极大的快乐与放松，也是无奈情绪下的一种消极心理抵抗，这意味着青少年解决问题的方法，不是一种直接的现实解决问题的方式，更不是现实的对抗，而是通过感性形象来释放心中的焦虑，以想象的力量来救赎现实生活中无奈和孤独的心灵。这也透露出我们当代青年主体神经上的脆弱性，当真实生活中的压力过大时，当个人觉得他们不再能够控制自己的生活时，便往往产生一种逃避主义的幻想或神秘主义思想。魔幻奇丽的网络文学似乎给他们提供了一个遁逃的空间，既让感官上得到放松，同时也人为地制造了一种成功感。如就玄幻小说的脉络而言，小说多是以主人公的个人奋斗经历为主线，结局都是以主人公的理想实现为结局，在一定程度上留有成长小说的痕迹。而这种假想中的富足与完美，虚幻中的成功与荣耀，就使单薄的个人性格，不会在过分沉重的社会压力下崩溃、压垮，从而获得了某种认同感，完成了青少年的精神建构。对于青年人来说，这些作品一方面表达了躁动、迷茫和叛逆的青春体验，另一方面又通过与现实相区别的奇幻世界来完成对自我情感的认同。

在叙事策略上，亚文化并不破坏、颠覆主文化的制度、秩序，但是表达着对正统权威的逆向思维：散漫，不在意，不恭顺，不顺从。如在拼贴和戏仿方法的运用上，既吸收传统的元素，但又重构或嘲讽了传统。对于这种青年亚文化特性，霍尔认为，应该放在与父辈文化和统治文化的情景中加以考察，"朋克文化的出现，是在两种互相矛盾的需要之间妥协和平衡的结果。一方面，青年需要区别与父辈文化的符号，以表达自决的意识。另一方面，他们又迫切需要维系其与父辈文化的关系"，网络文学也脱离不了与父辈文化之间的关系，他要从父辈那里获取创造的文化产物，进行再组合和使用。当然内容和风格早已不是原初意义的了，它制造一种"无厘头"的风格，从而使原著失去了原来的经典正统的地位。这主要体现在意义制造上的拼贴或者戏仿方法的运用，对于拼贴，它是一种写作策略，也是青年亚文化的应有之意，它从根本上解构了中心，实现了话语的民间回归。

英国伯明翰学派约翰·克拉克从理论上对亚文化的风格进行了系统阐释：亚文化风格不是亚文化青年凭空捏造或想象出来的，它借助于已有的物品体系和意义系统，通过对这些物品的挪用和对意义的篡改来实现，亚文化的拼贴也有赖于一个先在的符号系统。亚文化作为一种非官方的文化形式，拼贴所产生的亚文化风格的意义就必然处于和统治阶级意识形态相对立的地位，使用这些商品，从而在这些商品内部刻写的意义上产生了新的对立的意义，实现了亚文化的抵抗。[①]

---

① 黄晓武：《文化与抵抗——伯明翰学派的青年亚文化研究》，《外国文学》2003 年第 2 期。

实际上，青年人的生活阅历、想象力和付诸实践的创造力与具有一定的生活、工作经历的成年人相比，还是具有很大的差距，青少年很难自己创造出非常独特的亚文化种类，他们在形成亚文化的过程中更大的是在学习借鉴成年人已有的文化。如畅销的网络玄幻小说中《诛仙》许多处情节类似于《笑傲江湖》，书中似乎也有《蜀山剑侠传》的影子。按照列维-施特劳斯的理论，拼装是部落中人的日常实践，他们创造性地组合手边现有的材料与资源，制造出一些可以满足当下需要的物件、符号或仪式。这是一种非科学的工程，是一种权且利用的作为。拼装也是被统治者从"他者"的资源中创造出自己的文化的一种手段，它也正如海布迪支指出的，这是青少年亚文化中一种典型的行为，也是当代都市青少年文化的显著特征。

在网络写作中，许多网络写手以戏仿古典名著为写作乐事，如《西游记》《三国演义》和《水浒传》以及金庸的武侠小说等，甚至还有现代文学的一些作品都成为戏仿的对象，如网络中的《唐僧传》《悟空传》《蒋干盗书》《凌波微步页》《狂人日记（2000 年版）》都是戏仿之作。我们可以看到原本都是经典的名篇名著，通过网络的戏仿，形成了一种新的风格，它寄寓了青年蔑视和对抗传统的本意，然而，在这种戏谑的模仿和重构之中，我们也能看出这种对抗的无力，看到了"亚文化表现的对于霸权的挑战不是由其自身直接发出的，而是通过其形式间接表现出来。反抗与矛盾体现（同时又消解）于极度肤浅的即符号的层次上"①。因为它终归不是一种全新的文化，从一定程度上说，它借鉴了传统，也依赖了传统，甚至可以说是寄生于传统，它不可能离开传统的滋补与灌输，归根到底，青年亚文化的根仍是生于传统之中。

西方的青年亚文化最初是以试图颠覆正常社会的文化秩序为特征，曾经是边缘的、批判的、激进的、愤怒的化身，它表现为迪斯科、光头党、朋克、嬉皮士、摇滚乐等形式，它的极端形式是群居、同性恋、性解放、吸毒等潮流。西方的这种亚文化当时确实冲击了正常的社会秩序。然而毋庸置疑的是，任何一种亚文化时尚都与其所处时代的社会、文化背景有着极为密切的联系，即使亚文化青年的本意是反抗他们生存的时代和社会，但骨子里的他们已经浸润了传统的血液，尤其在当代中国，由于青年亚文化的发展还处于不完善的初级阶段，很多时候它们还必须依赖传统的力量求得生存，戏仿传统其实也是对传统的依赖，对抗传统是因为传统还占据主导，因此，网络中的"青年亚文化"特征趋向于柔和、无害、狂欢、游戏。亚文化青年感受到了对抗的无力和徒劳，但无疑，青年亚文化还是带来了文化市场的丰富。

三、市场化——凸显抑或消解

网络文学不仅在网络里生机勃勃而且在市场上红红火火，许多网络写手在网站的推荐和出版社的炒作下走向市场，其

① ［英］迪克·海伯第支：《从文化到霸权》，《天涯》1997年第2期。

发行量大为可观，而且深受读者喜爱。如《诛仙》上市两个月销量 70 万册。同类型的小说也大受青睐。据了解，《鬼吹灯》系列已经出到第 6 本，累计发行过百万册。青春文学在网络和传统文坛上拥有众多的读者数量，市场份额占整个文学图书市场的 10%。这一骄人的成绩有着背后的原因。张颐武就曾评价说，随着这代年轻人的崛起，一种独特的文学创作和阅读市场也逐渐形成。可见，网络文学的青年化写作已经有效地建构了青年群体的亚文化"习性"和亚文化"感觉结构"。正如威廉斯所说："新的一代人将会以其自身的方式对他们所继承的独特世界作出反应，吸收许多可追溯的连续性，再生产可被单独描述的组织的许多内容，可是却以某些不同的方式感觉他们的全部生活，将他们的创造性反应塑造成一种新的感觉结构。"①许多网络文学作品的语言和心理刻画，乃至趣味表达，都与广大青少年的生活和心理实际比较接近，深受青少年大众的喜爱。一个 17 岁的读者在问卷调查中这样评价同龄人的作品："非常真实的情感能够引起共鸣，让人怀念青春的一切幸福的故事，社会对青少年的定义过于陈旧。在现实中我们无法与他们沟通，同时渴望一种认同。"②网络文学的阅读消费已经形成青年群体的身份特征，它也逐渐拥有了自己庞大的消费市场。正是因为如此，网络文学从网络走向市场，这是文学市场化的必然，也是青年亚文化特

---

① 罗钢、刘向愚：《文化研究读本》，中国社会科学出版社 2000 年版，第132 页。

② 江冰：《论 80 后文学的文化景观》，《文艺评论》2005 年第 1 期。

性的必然体现。

年轻人之所以成为"青年",部分是由于他们变成了一个重要的消费者市场。这既促进了年轻人的自我展示,又成为他们积累文化资本的基础。而市场本身不断地寻求新鲜事物,使得追求符号意义的愿望一度流行,年轻人也不断加快了文化经济的发展节奏,也就让网络文学更具时尚消费性。然而,由于这种市场化,青年亚文化所寄托的理想意义是因此升华还是消弱,青年亚文化所体现的反抗精神是因此凸显还是消解,市场化是魔鬼的召唤还是天使散布的福音,也就成为无法回避的话题。

从表层来说,青年亚文化固然无法走出传统的藩篱,而市场化给了他们欣喜和骄傲的资本,某种程度上说,甚至成为他们对抗传统的利器,他们可以因此独立,从物质走向精神的独立。默克罗比指出:"以前亚文化理论家一直坚持这样的观点,他们认为那些从事生产消费亚文化产品的人只不过从外界侵入亚文化圈,借着某种与商业世界没有任何关系的东西为自己谋利,而亚文化现象本身既与商业没有关系,也对之不感兴趣。"而实际上"这种浪漫化的观念未免太理想主义了","把纯粹的亚文化和被商业污染的外在世界截然分开来的旧研究模式已经宣告破产了"①。然而,"无法截然分开"并不意味着市场化是强化而不是消解了青年亚文化的意义。赫伯迪格在他的《亚文化》一书中指出:亚文化的表达形式

---

① [英]安吉拉·默克罗比:《后现代主义与大众文化》,田晓菲译,中央编译出版社 2001 年版,第 205~206 页。

通常通过两种主要的途径被整合和收编进占统治地位的社会秩序中去：第一种：商品的方式把亚文化符号（服饰、音乐等）转化成大量生产的物品。第二种：意识形态的方法。支配集团——警察、媒介、司法系统——对异常行为贴"标签"并重新界定。① 霍尔等人在《通俗艺术》里也已触及了青少年亚文化被商业化收编的问题，他认为："商业娱乐市场提供的文化——起着极其重要的作用""十几岁人的文化是货真价实的东西和粗制滥造的东西的矛盾混合体：它是青年人自我表现的场所，也是商业文化提供者水清草肥的大牧场。"② 我们看到一些青年网络写手放弃原初无功利的抒写，参加网络举行的各种大赛评奖到最后被出版社策划出版作品，这都掩饰不住他们对物质利益喜好的表达。当原本游离传统之外的网络写作群体作为消费者参与亚文化活动，这似乎代表了一种与大众（当然也包括父辈及传统）的融合而不是对抗；本来作为格格不入的社会反面力量通过商品化过程被重新纳入社会，青年亚文化的成果变成了大众市场的商品，它对抗传统的政治意味就此消失，变得符合通俗消费的胃口了，尽管其中大部分消费者仍是青年，但网络写作一旦有了迎合大众消费的嫌疑，也就走入了纯粹商业性的亚文化低潮，失去了对抗传统的权力和意志，成为商品大潮中的大众文化的一部

---

① Dich Hebdige. Subculture：The Meaning of Style, London：Methuen，1979：94.

② Stuart Hall. Paddy Whannel, The Popular Arts, Boston：Beacon Press，1964：276.

分。时下，随着"互联网+"时代的到来，网络文学的商业价值日益彰显，越来越成为文化产业中的焦点，而网络小说作者也凭借自身的条件谱写了一个个淘金神话。

第二节　网络文学的犬儒主义

一、网络文学的犬儒主义生成

从网络文学的写作精神中我们可以看出它以感性娱乐为旨归，它让主体得以舒展性情、倾吐心扉、张扬自我。"在网络这个虚拟的世界中，任何人都可以抛开顾虑，随心所欲，写我所想。阅读网络作品，我们可以感受到这是一个个真实鲜活的人在为读者展示对自己生命的诠释、对爱情的迷茫、对失败的困惑。这是一种淋漓尽致的宣泄。"① 这种不加掩饰的本色情感和真实情感，形成了网络文学特有的情感宣泄模式。这种情感上的释放使写作主体情感得到宣泄，形成了一种"写出来就爽了，就舒服了的感觉"（朱威廉语），这就使得写作主体的内在心理机制得以平衡，缓解了现实生活中承受的心理压力。这也正如大众文化研究者费斯克曾指出的，大众真正关心的可能并不是如何去改变世界，而是以何种方式抵抗或顺从生活世界的要求，以便让生活变得可以承受，

---

① 金兆钧：《互联网文艺进入革命时代还是垃圾时代》，《北京日报》2000年6月14日。

以便保留某种认同感。

网络为网民提供了一个开放、平等、自由、匿名的言说空间，它为广大网民搭设了一个广阔的传播平台。在这个平台上，任何个体都可以在没有"主流"压力、没有"中心"牵制的网络视窗上，没有任何外在压力和内心焦虑下进行自由言说，在网络天地实现了凡俗欲望的原声表达。如果说在现实社会中为了逃避现实社会的紧张而进行的精神狂欢多少会引起新的现实利益冲突的话，网络则避免了这一冲突，绝大多数的网络文学接受者都是处于闲暇的消遣状态和阅读快感的享受之中，网络给了人们一个舒展性灵、释放情感的空间，打造了一种"无压抑性的文化"。在网络时空里，人们可以超出物质功利的束缚和生存烦恼的纠缠，成为自由的审美主体。如果说网络的人性化体现为游戏，网络的本质属性是自由，那么网络文学的审美特征之一便是轻松。网络文学的快乐审美常常表现为调侃生活、嘲弄经典、打造时尚等方式，网络文学毫无忌讳地对生活进行调侃，用狂欢化的话语表达着自得的激情与反叛，用身体的话语来体验解放的快感。他们骨子里有着"破坏情结"，嘲讽神圣，颠覆经典，反叛权威，破坏正统，蔑视权威，制造一种颠覆性的写作姿态，从而享受反叛的快感。网络作品中充斥大量的戏仿经典、恶搞经典甚至糟蹋经典的文本也就不足为怪了。

现代社会快节奏的生活方式往往给人们带来了极大的生存压力，而网络写作中调侃、幽默的表达便构成了对平庸、枯燥和刻板生活的温和打击，成就了人们对于现实生活诸多无奈的嘲讽。网络写手们从不缺乏想象的空间，他们极尽夸张与想象，描写一个奇幻自由的世界，来慰藉世俗生活中那些脆弱疲惫、单薄孤独的灵魂。他们拒绝政治和责任，不想承担什么，也不愿意思考什么终极的价值，只求互相娱乐，让生活变得轻松。对于他们来说，"文学是一种存在的功能，追求轻松是对生活沉重感的反应"①。他们有时甚至能够突破传统的禁忌，穿越道德的防线，让本能泛滥，让自我愉悦。这也正如福柯所指出的，"作为服从行为法则的道德观念正在消失，或已经消失了。这种道德的消失伴随着，必然伴随着对一种生存美学的追求"②。在当代，生存成了压倒一切的重要事情。

网络写手大都很自恋，用夸饰的语言来装点自己，去追求那种明知不可得的虚假浪漫，让自我在唯美的世界中忘却烦恼，使生活变得可以接受。这也正如吉登斯所认为的"自恋文化后来变成了生存主义文化""自恋是一种防御性的策略""自恋是'把宏大的客体印象结合在一起以抗拒焦虑和负罪感'。这是一种用来防御泛化的恐惧的反向生成（a reaction formation）。自恋者并不是受一种严格内化的良心或由负罪感来支配的；他们更像是一个需要他人照料但又反对有亲密行为的'混乱的和受驱动驱使的人物'。自恋者忍受着'弥漫的

---

①　[意] 卡尔维诺：《未来千年文学备忘录》，杨德友译，辽宁教育出版社1997年版，第19页。

②　引自赵彦芳：《美学的扩张：伦理生活的审美化》，《文学评论》2003年第5期。

空虚感和自尊深深地受到扰乱的痛苦'"①。网络文学的自恋式的情结已经鲜明地体现了这一点。制造幻象只为获得某种情感上的认同，让自己在网络里自由游荡。

　　然而就在这狂欢与放纵的表达背后，我们似乎也能看到犬儒主义精神在游走。这也是网络文学的一大通病。犬儒主义，一般认为它起源于公元前 5 世纪的希腊，其代表人物是第欧根尼。犬儒主义者的特征是想象力非常丰富且聪明绝顶，放浪形骸，以怪异和反常的行为向现有的秩序、制度、观念、习俗挑战，他们精神上追求个人心灵深处的宁静和快乐，对政治冷眼旁观。他们从来不认为世界上有什么值得献身的崇高价值，他们敢于嘲弄一切精神界的权威，但却不敢或不愿与之正面对抗，而总是以一贯的嬉笑怒骂、冷嘲热讽的态度来对待。他们既有玩世不恭、愤世疾俗的一面，同时也有委屈求全、接受现实的一面，把对现有秩序的不满转化为一种不拒绝的理解，一种不反抗的清醒和一种不认同的接受。

　　应该说，犬儒主义不只是一种单纯的怀疑戒备心态，它更是一种人们在特定的社会关系中形成的生存方式。对于犬儒主义，按照比乌斯（TimothyBewes）的看法，犬儒主义"指一种对文化价值的对抗精神，一种不仅怀疑而且漠视由世界提供的对世界的解释（the account of the world provided by the world）的倾向，一种异化的感觉……而其基础则是认为世界

---

　　① ［英］安东尼·吉登斯：《现代性与自我认同》，赵旭东等译，生活·读书·新知三联书店 1998 年版，第 206 页。

是不值得进行这样严肃对待的"。比乌斯认为，现代的犬儒主义"拒绝参与世界的程度不亚于对世界的对抗。它遁入孤独和内闭，因为政治的不真实而放弃政治，它是一种醒悟的状况（a condition of disillusion），它可以显示为一种审美主义的气质，甚至虚无主义的气质"①。而吉登斯在《现代性的后果》中这样分析犬儒主义："犬儒主义是一种通过幽默或厌倦尘世的方式来抑制焦虑在情绪上影响的模式。它导致了滑稽作品的出现就像电影《博士可爱稀奇先生》和许多'黑色幽默所表现的那样，它也导致了逆流而行的疯狂庆典时的短暂欢乐。'"②这非常深刻地阐明了犬儒主义和滑稽模仿式作品出现的关系，正因如此，网络中出现的大量的戏仿恶搞作品就是犬儒主义的一种表现。在当代，犬儒主义精神依旧有其生存的空间，但也发生了一定的流变，其集中表现在"缺乏古代早期犬儒的哲学伦理基础和改造社会的理想与使命感，缺乏他们的积极进取精神。他们所奉行的是极端的犬儒主义、虚无主义、利己主义和以自我为中心，他们的所作所为只是对社会的嘲弄而已"③。换句话讲，现代犬儒主义明显地丧失掉了早期所呈现出的高贵精神或超越意识，而是肆无忌惮地

---

① Timothy Bewes：Cynicismand Postmodernity, First Published by Verso, 1977：1-2，引自陶东风：《游戏机一代的架空世界——"玄幻文学"引发的思考》，《文艺争鸣》2007年第4期。

② ［英］安东尼·吉登斯，《现代性的后果》，田禾译，译林出版社2000年版，第120页。

③ 杨巨平：《古希腊罗马犬儒现象研究》，人民出版社2004年版，第32页。

以当下的现实功利或世俗价值为追求目标或人生理想，以道德的丧失、正义的缺失为代价，呈现出庸常、卑微的欲望化生活状态，表征着精神世界的虚无与颓废，更是作为一种生存策略而存在。网络文学作为时代反映之镜像，在一定程度上也表征着这种犬儒主义式的精神气质。

二、网络文学的犬儒主义表现

具体而言，网络文学的犬儒主义的表现形式是多种多样的。首先，网络文学的作者缺乏直面惨淡人生和改变不满现状的勇气。网络文学虽表达了这些青年个体日常生活中的不满和牢骚，以及情感上的苦恼和烦闷，但因为作者缺少真正的生活体验，个人理性的褊狭和生存意志的衰退导致其作品成了没有灵魂的单薄的呐喊或无病呻吟，即使是话语上的咆哮也无法遮蔽其内在心灵的脆弱，其作品无法揭示生活和定位人生，它呈现出的往往是个体精神上的迷失，生活上的妥协与无奈，行为责任的退避，缺乏博大、深刻的人生关怀；他们在现实与虚幻中脱了节，在孤绝自闭中自我迷恋、自我矫情、自怨自艾，他们的视野是褊狭的，他们总是认为生活中只有自己是痛苦的，却独独少了一份对世界和他人的关爱；他们沉醉在自己的乌托邦中，寻求自己精神上的暂时宁静和快乐。他们不愿也决不会将其与现实世界拼接对比。他们虽有对生活状态的不满，却无法获得足够的勇气去改变自我，以对抗平庸与堕落。他们宁愿接受精神的自我欺骗，《第一次亲密接触》就由衷地表达了他们渴望掉进自己精心设计的幸福骗局里去自我安慰；他们中间的某些人的作品基调是低沉的，甚至是病态或颓废的。慵懒的动作，疲惫的心灵，无所事事的神情以及色情的话语交织到一起，构筑了一幅灰色的人生画面。当他们以这些反映来对抗残酷的现实时，他们消极和冷漠的人生观暴露无遗，可以说他们只有表面上的愤怒，骨子里却是要同这个现实妥协，随时准备着为自己寻找退路和借口。这也是许多网络小说结局时选择在无奈中和现实妥协的原因。缺乏对抗现实直面人生解决问题的勇气恰恰是犬儒主义的表达特征。

其次，网络文学以游戏动机替代审美动机，导致网络文学所承担的理性精神与价值深度大为削弱，无法为读者提供一个正确和健康的人生导向。网络虽为现实生活中的大众提供了一个自由书写的平台，让个体充分享受到参与文学创作的梦想，对传统写作精神进行了质疑和嘲弄，但由于这种自由随意的游戏化的心态无力供给人们精神上的动力支撑，它既不可能达到批判现实的目的，更会使人们乐于逃避现实。以拼贴、戏仿为手法的大话文学固然能在文字和文学精神上颠覆和解构传统的价值观，给我们带来肤浅的感观上的阅读快乐，但读者笑过之后，却无法获得精神的启迪，无法从中感受到文学本应赋予读者的精神上的激励与成长，对艺术韵味与意境的深层体验也变得荡然无存，戏谑调侃的话语模式虽然能给我们幽默和快乐，但这也是一种犬儒式的随遇而安，自我麻醉的文字技巧，更是衬托出主人公的内在虚弱。以痞子蔡的经典语段为例，"如果我有一千万，我就能买一栋房子。我有一千万吗？没有。所以我仍然没有房子"。这种虚拟式的话语模式展现了作者内心的无力与无奈，在笑声背后我们看到的却是一种无可奈何的虚无主义式的价值观。不仅如此，现在网络文学更多的在制造一种妄想意淫症，从本质上来说，这是更胜一筹的虚无与犬儒。许多如童话般美丽的网络小说，让自我和读者沉湎于这种精神的虚假胜利上。"让美女爱上俺""让俺和美女同事在电梯里待上一夜"，这无疑是在满足人的幻想式的意淫。让奇遇多次发生，让自己变成英雄，这种天上掉馅饼式的白日梦狂想无疑是在麻醉自我，自欺欺人。"以这种不可能的幻想，来宽慰自己了无希望的反抗的心理。"（郑振铎语）以想象来自慰，来回避现实生活的严酷性，这是犬儒主义对待现实的典型态度。网络文学有笑声，有梦幻，这些都值得肯定；但是它让读者看不到未来，使读者难以感受到艺术的意境与真义，这也是一个无法回避的困境。

再次，网络文学把正义和道德抽空，更多的是塑造了痞子或流氓式的英雄，更是凸显了犬儒主义的气质。一些网络写手自贬自损，语言无聊虚妄、自由散漫，标现出玩世不恭和放荡不羁的个性。如网络写手 Mikko 的《别了，今天玩什么》："开始贴帖子好像就是下岗在家以来的几个月，闲的！真是没成想，竟一发不可收拾。竟有人等着，盼着我写东西。

没想到，真还把我当个人了！"① 字里行间流露出贬损自我的语气和神态；而玄幻文学则搭建起或虚构出一个天马行空的奇幻世界，让个体无所不能，满足了个人的英雄意志。但其内容展现的却是弱肉强食的游戏，抛弃了正义和道德，塑造的是一个网络无赖的形象。如果说古代的武术是以道气为最高的原则，包容着道德和正义。在玄幻文学中比较的却是魔法的高低，充斥着流氓英雄的作风。玄幻文学在背景设置上更夸张，"没有门派，没有框架，更没有道德标准"②；《甄嬛传》等宫斗剧的主人公们又何尝不是如此，为了目的可以不择手段，冷酷无情，道德责任早已埋葬，胜者为王，尽显人性的卑劣和黑暗。"只有成败没有是非，只有你死我活的阴谋、陷害、争斗，不见引人向善、向上的积极力量，更奢谈道德坚守和人文关怀。"③

最后，网络文学的商业化运作更是加剧了网络文学的犬儒主义气息。一些网络写手为了让自己的写作带来高点击率，能够被出版商看重，获得较多的经济收益，抛弃了文学本应关注的价值和本该追求的真善美，以色情和肉体等低级趣味来迎合读者的娱乐需要，让作品愈来愈趋向低级趣味和道德失范。而网站本身为了获得较多的人气，也在一定程度上纵

---

① Mikko：《别了，今天玩什么》，http：//www. cnread. net/cnread1/net/zpj/m/mikko/007. htm。

② 《萧鼎畅谈玄幻文学〈诛仙〉系列出自草莽》，http：//book. sina. com. cn/news/a/2005-08-18/1330188242. shtml。

③ 王广飞：《荧屏官斗何时休?》，《人民日报》2012 年 5 月 8 日。

容了这种行为，最终便让网络文学只剩下自己的肉身尚可眷恋。网络文学呈现出的这些景观，都印证了"这种表面上的自我的解放和自由的幻象其实并不能掩盖自我的被支配地位，倒反而在一定程度上进一步强化了市场意识形态对人们的支配。在外显的强制受到明确的抑制，政治的大众逐渐变成冷漠的大众以后，自由的幻象只是进一步加强人们对于欲望性意识形态的支配地位的无知，进一步强化人们对于市场意识形态的认同。这种认同导致犬儒主义的盛行，导致任何有积极意义的信念的失效"①。

对于网络文学的这种犬儒主义表达或不足，自然需要社会正视和引导，但我们同时也要看到这种犬儒主义有其存在的合理性。实际上，网络文学的这种注重生命激情的宣泄，强化独立的自我意识和生命追求，表达着青年群体对自己生存状态下的无可奈何的不满和抗议。这对于缓解他们的生活压力的焦虑和打开自我防御机制的精神枷锁有积极的促进作用，可以帮助他们理顺内在潜隐的矛盾冲突，舒缓生活中的生存压力，这也是符合网络文学的写作和阅读主体的实际的。正是从此意义上讲，网络文学的犬儒主义也是一种独特的生存意义表达，只不过，它借助网络文学，给予了放大。

---

① 刘斌：《网络时代自我的自我真空化》，《企业导报》2000 年第 11 期。

第六章　网络文学的后现代
表征及场域实现

　　电脑网络是伴随西方社会的后工业化发展而成长壮大起来的，它促成了信息社会的到来。后现代主义本身又是在信息社会中孕育和完善的。若强调生产方式的基础意义，可以说网络有着后现代主义文化的深刻烙印和鲜明特征，以网络技术为依托的网络文学自然也就分享或体现了后现代的一些品格。由此，后现代主义与互联网的亲缘关系为网络文学提供了强大的文化底蕴。后现代主义作为一种文化与哲学思潮或话语模式，旨在消除规范、解构中心，打破一种维系语言结构、社会现实结构和知识结构的统一性的普遍逻辑的封闭系统，从而进入一个具有开放性、多元性、创造性、可能性、不可预见性等特征的后现代语境。而无中心、无权威、无深度、平面化、零散化、复制化、商品化是后现代主义艺术的典型特征。同时艺术与非艺术、艺术与反艺术界限消失的多元化景观开始呈现，体现了后现代艺术的无限包容性和多元发展的可能性。电脑网络彰显着后现代的特征，使得网络文学也带上了解构性的特征和浓重的后现代属性。网络文学在文本结构上的超文本化，它所呈现出的开放与动态性，打破了传统上的绝对的、恒定的、封闭的叙事模式，网络文学在写作精神上体现出的碎片化、游戏性等特征，都体现出一种后现代的边缘化姿态。正如马克·波斯特所言："电脑书写乃是最典范的后现代的语言活动。"①

　　后现代主义表现出的一个最具倾向性的维度为解构性，这种解构性是建立在摧毁和否定的向度上的。这一特征为反对权威和僵化的体制提供了理论基础，但并不意味着后现代主义只是破坏与解构，它同时也鼓励变革和重建，即在不断摧毁的同时，也伴随着不断的重构过程。王治河在《后现代主义的建设性向度及其依据》（代译序）一文中指出："对于后现代主义所蕴含的积极的、肯定的、建构性的内涵，也就是说对于它的建设性的向度则鲜有考察，以至于在对后现代主义的理解上多少业已形成这样一种思维定势：后现代主义是专讲'摧毁'和'否定'的……在我看来，这种对后现代主义的理解是值得商榷的，因为它把后现代主义这一具有'极其丰富、复杂的思想和理论内涵'的重大思潮简单化了。后现代主义的向度是多维的。从大的方面看，至少可以分为解构性和建设性这两个向度，这两个向度往往又是交织在一

---

　　① ［美］马克·波斯特：《信息方式》，范静哗译，商务印书馆2002年版，第173页。

起的。"① 换言之，建构也是后现代主义的一个重要组成部分。对于后现代主义建构方式的探讨，我们不能仅仅停留于宽泛与抽象的理论系统和文化表征的描述，更应该把眼光投向当前的日常实践和现实特征。只有对现实生活中不同阶层、不同领域的具体文化实践进行分析，我们才能清晰地标识出后现代主义在解构中的重建过程，也才能获得理论建构基础。事实上，后现代的文学艺术实践也正是如此，虽然后现代主义消解了传统叙事规范和价值理念，但在后现代主义过程中诞生的重新组构规则，又将形成新的文学艺术场域，使文学艺术在多元化的实践中，获得新的发展契机。费瑟斯通在其《消费文化与后现代主义》一书中指出："后现代主义是广泛的艺术实践……这可以根据如下几个方面来加以理解：（1）艺术的、知识的、学术场域（作品的理论化模式、呈现方式与传播方式的变迁，不能与特殊场域中发生的具体的竞争性斗争相分离）；（2）包括符号商品的生产、消费及流通模式的广泛文化领域中的变迁，与此相关，在社会间及社会内这两个层次上，群体和阶级集团之间权力平衡与相互依赖关系的广泛转变；（3）不同群体的日常生活实践与体验的变迁，作为上述某些过程的结果，这些群体也许从不同的角度使用着这些意指体系，发展着新的导向手段和认同结构。"② 我们可

---

① ［美］大卫·雷·格里芬等著：《超越解构：建设性后现代哲学的奠基者》，鲍世斌等译，中央编译出版社 2002 年版，第 1~2 页（此书的代译序）。

② ［英］迈克·费瑟斯通：《消费文化与后现代主义》，刘精明译，译林出版社 2000 年版，第 16~17 页。

以从费瑟斯通的理论表达中看出，后现代的艺术实践既是一个高度分化的场域生成，同时这些新的艺术场域又与不同的阶层或群体的权力表达和认同结构相关联。我们只能说后现代主义的艺术实践使文学艺术走向更加小"场域"或部落化。而这些艺术场域间有着自身特有的逻辑和必然性的游戏规则，虽然这些规则本身不能化约到其他艺术场域中去以使自身存在具有合法性，但这些场域间并不是决然独立的，它们的关系是既斗争又联合。这也充分证明着后现代的艺术实践绝非只有解构和否定，它也孕育着新生。

新兴的网络文学正是在对传统语言艺术的文学价值做了意义上的消解之后，在打破精英文学与大众文学、高雅文学与通俗文学的对立的过程中，在赛博空间里构成了独立的文学王国，形成了自己独特的审美场域或文学场域。这就促使传统上的文学场域的布局发生了一场变革，它的形成过程导致它与精英文学和大众文学场域间既有冲突又有联合，但毋庸置疑的是网络文学已建立起自身的话语体系。

第一节　解构中心：网络文学的后现代情结

从根本上说，后现代主义是一种知识态度。其文化思想特质主要表现为，以多元性和异质性拒斥总体性和统一性，以意义的消解和不确定性代替意义的确定性和深度感，并常常通过否定自己赖以生存的社会和文化的正统性来解构宏大叙事。网络文学有着后现代文化的逻辑背景，当下网络文学的姿态正是后现代文化姿态的表现。网络写作多元、开放且动态可变，打破了传统艺术的那种绝对的、恒定的、封闭的艺术结构。在文化言说和价值表征上，呈现出边缘与非深度性，解构着宏大叙事。而在这个过程中它形成了自己的审美范式，这种品格符合后现代主义的审美立场。

一、多元与开放性——消解中心权威

网络文学作为一种文学形态，其创作实践体现了后现代主义多元、开放的艺术理念。网络文学让大多数人能够参与到创作中来，使得文学作者的传统地位受到质疑。创作主体间的自由交往和平等对话，也使作者与读者之间的间隔被消解了，意义不再是作家的个人垄断，而是主体与主体或主体与对象之间平等对话、协商和互动的产物。同时网络文学创作方法的多元多样性和动态化的审美模式，也体现了网络文学是一种开放性和生成性的生产过程，而不是封闭性和已完成的。这就打破了原有的文化结构，消解了知识权威，传统文学的那种确定的、中心化的和标准化的艺术特征便被解构了。

1. 作者的大众化

在传统意义上，文学是远离普通大众的知识分子的游戏，作家成了一种文化权力的象征，文学创作也被奉为"经国伟业，不朽盛事"。电脑网络的出现却为大众参与文学书写提供了一个巨大的平台，赋予了大部分人平等地参与文学创作的权利，结束了几千年来文学一直为少数人控制和操纵的命运。

网络文学的作者不再只局限于那些受过专业知识训练的文化精英，可以操作电脑的所有的人都可以在网络上过一把作家瘾，从而使"作者"身份从专业人士的唯一性走向普通大众的群体性，"人人都可以写作，文化英雄的魅力可能湮灭，权威也可能失去"。① 正如福柯所认为的，任何时代的话语都不是个人的创造和想象力的成果，不是自然而然延续的结果，而是权力的产物，权力是话语的结果。言说不仅是一种权力，还是知识与真理产生的方式。正是在这个意义上，网络文学拆除了文学媒体垄断的藩篱，使大众获得了书写的权力并有了自己言说的空间。作家的权威地位受到了挑战。这同后现代主义的精神底蕴是一致的，后现代主义一向致力于对现代主义文学精英式与贵族化精神文化底蕴的强烈反驳，强调作者权威的死亡，鼓励大众参与文化的创造。哈桑称之为"行动、参与"，并认为行动参与的自我"表达了一种运动的活力，一种具有自身形态的活力"②。网络文学的多参与性也体现了大众的活力。

网络文学颠覆了传统意义上的作者与读者的定义，使二者的固有角色变得模糊起来，"读者"也从被动接受走向了主动参与过程。读者既是一个参与着的观察者，又同时是一个观察着的参与者。读者就是作者，作者也是读者，作者与读

---

① 高小康：《喧哗与萧条——当代城市中文艺的传播与教育》，山东文艺出版社 2000 年版，第 15 页。
② 王岳川等编：《后现代主义文化与美学》，北京大学出版社 1992 年版，第 130 页。

者之间的沟壑已经填平。文本是在互动者之间共同构建起来的，已不归属于某一个人。传统美学那种确定的、中心化和实体化的意义被解构，剩下的是经由读者参与和发展意义的生产，无论作者还是文本都不再具有对某种意义的绝对垄断。文本是主体间或主体与对象之间对话协商和沟通的产物，是一种开放性和生成性的生产过程，而不是封闭性和已完成的东西。事实上，网络写作所体现出的这种主体间性也正是后现代学术思想的特征之一。后现代主义为了反对"自我中心主义"，重建人与人之间的关系，强调人与人之间的内在本质关系，主张用交往形式替代中心主体形式，即用"主体间性"替代现代理性主义中的主体性，使主体间相互开放，打破和消除主体自我与主体他人之间的界限和距离。这表现在后现代主义的文学中就是强调作品的开放性，作者和读者之间要进行对话互动。交互还带来了文学批评模式的更新，跟帖批评既使得大众的广泛参与成为可能，也导致传统所具有的文学批评权力的分散和扩散。网络写作所体现的主体间性因此完全实现了后现代主义对主体性采取的解构策略，网络文学在无意中破解了传统文学观念所固有的神圣性和权威性等特征，从而使网络文学在精神文化底蕴上与后现代主义的特征实现契合。

2. 文本的多元化

网络文学的超文本形态，具有一种流动性的开放结构，它处于多个维面的交叉点上，多途径的链接转载使文本川流不息，文本重心不再固定，而是处于巨大的网络之中，其意义向每一位读者敞开，文本得到了极大的传播。文本在空间里"散播"或者"游牧"，就使得文本的意义具有开放性和不确定性，彰显了互文性特质，而"互文性是后现代的一个重要标志"①。网络文学的超文本化也就取消了文本的神圣性，打破了关于作品原创性的神话，使得经典的存在不再可能。这与后现代主义的精神也是相同的。"后现代思潮提出了两种需求：在要求感性不断具体化的同时，也要求文化领域或层面之间的相互渗透和融合。因此超文本精神是后现代文化的本质特征，成为种种后现代文化种类中具有普遍性的精神因子。网络文学正是一种具有突出的超文本性的文学，超文本对于网络文学不仅仅是一种创作的新鲜手段，更是网络文学的本质精神的体现。"②

　　网络文学也把文字表达与浏览图像、音响、音乐结合起来构成一种立体化、多渠道的网络叙事，形成对人的感觉器官的全方位冲击。它所带来的是一种追求震惊性心理体验的欲望：艺术欣赏完全变成了感官诱惑和视像消费，传统韵味式的审美静观也让位于震惊式的直接性和即时性。但这种感受无法在解释意义上进行分析，获得整体的感知。无疑，这种创作方法的多元性，导致了文本的不确定性，以视觉感知的方式吸引大众，也迎合了所谓"读图时代"的趋势，它进一步导致了传统的大崩溃。这就完全背离了传统文学作品所

---

① 王瑾：《互文性》，广西师范大学出版社 2005 年版，第 134 页。
② 于洋等：《文学网景：网络文学的自由境界》，中央编译出版社 2004 年版，第 193 页。

具有的中心感和深度感，契合了后现代的文化逻辑："艺术感知模式的支离破碎，艺术感性魅力的丧失，先锋的革命性和艺术家风格的消失，使艺术一步步成为非艺术和反艺术，审美成为'审丑'。艺术不再具有'超越性'，艺术已成为适应性和沉沦性的代名词。艺术等同于生活，生活成为了后现代人的艺术棋盘。"[1]

3. 审美的动态化

时间是历史维系的重要坐标，网络文学已模糊了时间的概念。它将一切融入到近乎无限的赛博空间之内，没有起始、没有终止，它把一切都彻底空间化。如果说现代主义文学仍以其形式的追求和深邃的内容给人以愉悦和享受，那么网络文学作品则无法达到传统经典作品所应有的精神高度，它提供的只是一种表演性的文学经历。写作就像在一个舞台中表演自我，获得尽可能的视觉效果。它展示的是当下自我的存在，是同互动者共舞于屏幕之上。它追求的是存在于网络空间内的读者群，所以它是一种"空间的文学"。而且随着电脑屏幕的频繁刷新，它"只存在于现时，没有历史"，已经碎化为一系列的当下片段，惟一存在的只有空间和在这空间中的自况性展示。此时，传统文学在历时的、线性的模式中呈现出美学基本精神的范式已被后现代共时的、平面的模式所代替。詹姆逊认为，空间在后现代社会的构建过程中起了至关

① 王岳川：《后现代主义文化研究》，北京大学出版社 1992 年版，第 244 页。

重要的调节作用。空间性是后现代主义最基本最一般的特征。"从平淡感到某种新的永久的现在，我们分析这一轨道暗示了后现代主义现象最终的、最一般的特征，那就是，仿佛把一切都彻底空间化了，把思维、存在的经验和文化的产品，都空间化了。"① 如果说现代性的理论建构主要表现为时间向度上的延伸，那么后现代性理论基本上是在空间的向度上进行拓展而建构起来的。换言之，在后现代的理论建构中，无论是思维模式还是理论内容、文体选择以及表述风格等，都呈现出十分清晰的共时性即在空间向度上呈现拓展状态。

在网络这个特殊空间里，广大网民都拥有分享、传播的权利，任何人都是中心，这就带来了一种动态的审美方式，这是阅读传统文学作品的读者无法获得的动态审美享受，也是后现代语境中突出的一种文学审美特征。就网络文学的读者或者网民来说，他们面对的不再是单一的文本，而是网上"海量"的作品。他可以搜索到自己喜欢的作品，同时他也不再需要像传统阅读方式那样逐页翻开书本，他只需用鼠标点击自己喜欢的章节，让自己做主去重新组合情节，他还可以激扬文字，现场进行评点，给作者以建议，这是一种即时性的消费与阅读。他也可以复制下载，同他人分享作品，这使得原作或原本的权威性丧失殆尽。就这样，网络文学深深地打上了后现代主义的烙印，或者也可以说网络文学实现了后

---

① 张旭东编：《晚期资本主义的文化逻辑：詹明信批评理论文选》，生活·读书·新知三联书店 1997 年版，第 293 页。

现代主义的理想：走向开放，打破文学的既定规范和各种限制，呈现出一种极度自由的、无中心、无边界的零散化形态。

二、边缘与非深度性——解构宏大叙事

后现代主义不再将文学看作一种使命，而将其当作一种游戏。在文化言说和价值表征上，后现代主义不再相信那些历史性的伟大主题和英雄主角，它怀疑并否定宏大叙事，它削平深度、颠覆崇高、消解历史，使文学创作从深度走向平面，从中心走向边缘，从理性走向感性，从自律的审美走向消费式审美的后现代主义美学。后现代主义者公开宣称："我们不需要天才，也不想成为天才，我们不需要现代主义者所追求的个人风格，我们不承认什么乌托邦性质，我们追求的是大众化，而不是高雅。"①这就使得后现代主义的理论主张在精神文化底蕴上与大众文化的文学要求相一致，它的兴起为正在逐渐高涨的文化精神民主化要求的实现扫清了障碍，边缘意识通过文学创作得以表达。网络文学生逢其时，不可避免地打上这种文化印记。

1. 边缘意识的表达

网络的低廉、开放、自由，使得弱势群体和边缘话语有了言说自由的空间，这就导致边缘权力的增长，这种增长在一定程度上会削弱权威阶层"主流话语"的核心地位，使

---

① ［美］弗雷德里克·詹姆逊：《后现代主义与文化理论——杰姆逊教授讲演录》，唐小兵译，陕西师范大学出版社1986年版，第150页。

"平民话语终于有了机会同高贵、陈腐、故作姿态、臃肿、媚俗、世袭、小圈子等等话语并行，在网络媒体上至少有希望打个平手"①。换言之，网络空间为"边缘话语"的建构提供了一席之地，"主流话语"不再一手遮天，权力结构受到了边缘话语的挑战。同时网络文学是更贴近年轻一代的文学，它填补了严肃文学与当代青年之间距离上的空白，为青年亚文化的成长提供了空间。自此，网络文学以前所未有的力量冲击着传统的文学体制。

网络文学自诞生之日起就带着所谓的"叛逆"精神。写手们可以由着性子，尽情释放自己的声音，表达自我的主张，体验"我言故我在"的生存快感。他们的写作往往是为了自娱以及娱人，为了"过把瘾"。而读者也无须去思索作品中的道义，网络文学的内容大多是平凡的琐事、无缘头的细腻抒情、偏激的言论、浅表的思考与轻松的调侃，充满非理性色彩。他们化责任为笑料，把传统歌颂的"神圣"当成嘲弄的对象；他们偏离文学的"载道"功能和"代言"式的话语模式，使文学活动成了"欲望的狂欢"，有些作品大肆张扬媚俗情欲，把生活的原生态当成消解文学神圣性的道具，文学的精神净化和人文升华功能遭到异化和断裂；宏大叙事、精品意识、艺术独创性也已荡然无存。但网络文学的作者和读者们认可这种平面化和浅表感的精神特质。在传统

① 假道学：《戏说网络文学》，http://culture.163.com/edit/000710/000710_31630.htm。

美学中，一般要求文艺高于生活，具有创造性和深刻内涵，然而网络文学却自觉放弃了深刻，把作品的内涵和价值降低到水平面，与日常生活融为一体。这同后现代主义"把日常生活看做对整体理论的一个积极取代"的理念相一致。后现代主义者认为，艺术与生活、艺术家与观众之间的沟壑必须填平。

网络写手们卸去历史的承担，他们对现时情绪宣泄和瞬间愉悦体验的钟爱，超越了对文本深刻性、意义恒久性的追求，他们在表达中完成想象的精神自我满足，并以这种不羁的方式来凸显自己的存在意义。他们的大胆与叛逆促成了边缘题材的崛起，掀开了边缘题材兴盛的浪潮。他们突破社会现实和传统道德的局限，跨越生活中各种禁忌，让所有的本能在作品里展现，如性体验书写大行其道。这些都背离了传统主流文学的文化旨趣，抛弃了传统文学的历史意识和审美的深度表达，彰显了后现代文化的价值立场与美学趣味。就如特里·伊格尔顿所认为的："后现代主义是一种文化风格，它以一种无深度的、无中心的、无根据的、自我反思的、游戏的、模拟的、折中主义的、多元主义的艺术反映这个时代性变化的某些方面。这种艺术模糊了'高雅'和'大众'文化之间，以及艺术和日常经验之间的界限。"① 网络文学正是后现代主义边缘意识表达的重要途径。

---

① ［英］特里·伊格尔顿：《后现代主义的幻象》，华明译，商务印书馆2000年版，第1页。

2. 拼贴与戏仿的文本策略

迈克·费瑟斯通对后现代主义艺术的特征做过这样的概括："在艺术中，与后现代主义相关的关键特征便是：艺术与日常生活之间的界限被消解了；高雅文化与大众文化之间层次分明的差异消弭了；人们沉溺于折衷主义与符码混合之繁杂风格之中；赝品、东拼西凑的大杂烩、反讽、戏谑充斥于市，对文化表面的'无深度'感到欢欣鼓舞；艺术与生产者的原创性特征衰微了；还有，仅存的一个假设：艺术不过是重复。"① 这其中便提到了后现代艺术的两个特征：拼贴和戏仿。现代主义艺术家最为关注的事情之一就是各种艺术自身独特的不可替代的特征和条件，并精心为各门艺术之间确定了严格的"边界"。到了后现代艺术那里，艺术内部的"分化"被消解，取而代之的是艺术门类之间的相互混杂和拼贴。如网络文学的超文本范式，它将文字的描述与动画、音乐进行拼接，从而产生了是文学又不是文学的艺术形式。巴塞尔姆认为，拼贴原则是 20 世纪所有传播媒介中所有艺术的中心原则。他又解释说：拼贴的要点在于不相似的事物被粘在一起，在最佳状态下，创造出一个现实。网络本身得天独厚的复制粘贴功能，更是加速了后现代拼贴原则的泛滥运用。

与拼贴同为网络文学重要特征之一的是网络文学之中的戏仿。关于戏仿我们已经在上文有了论述。在此，我们给以

---

① ［英］迈克·费瑟斯通：《消费文化与后现代主义》，刘精明译，译林出版社 2000 年版，第 11 页。

简单回顾。戏仿在网络里的集中体现便是恶搞。网络恶搞最为基本的两个元素是后现代与网络。网络提供给了戏仿者先天的优势平台，让其进行加工和传播。他们运用拼凑、粘贴等手段，创造出了不同于以往模式的新的文化形式，通过网络等新兴传媒进行传播和扩散。他们以完全搞笑的形式对一本正经的主题进行近乎荒唐的解构，以达到对原有权威的反抗目的。对经典的戏仿即是对崇高的解构，对历史的戏仿即是对历史的"祛魅"。如网络小说《悟空传》是对《西游记》的戏仿，作者在开头这样写道："我要这天，再遮不住我眼；要这地，再埋不了我心；要这众生，都明白我意；要那诸佛，都烟消云散。"鲜明地表达了作者向一切具有传统价值观念、人文精神、道德范式和主流意识形态等性质的"诸神"挑战的目的。这些都是后现代所提倡的。加之网民阅读先天有着娱乐化的需要，戏仿、诙谐是网络文学的特色，可以说，网络恶搞已经包含了后现代文化的典型特征。琳达·哈琴把戏仿称作"一种完美的后现代形式"①。

在很多情况下，网络文学的语言还力图摆脱社会规范秩序与等级的束缚，故意破坏长期以来主流意识形态所形成的各种秩序，打破高高在上、神圣不可侵犯和亵渎的语言禁忌，以一种毫无顾忌的、戏仿的方式表达民众对于现存社会现象、社会问题的朴素看法，在这种类似于尽情狂欢的广场式语言中，取消了交往者之间的一切等级界限，也弥合了人为建构

---

① 罗钢：《后现代主义文学作品选》，高等教育出版社 2002 年版，序言。

的神圣与卑俗之间的等级秩序。它们拒绝深度，排斥规范，反对教化。这种对宏大叙事的怀疑，体现了后现代的文化特征。

总之，虚拟的赛博空间是一个真正后现代的舞台，在这个空间中，传统意义上的文学成规被重新解构。后现代主义所倡导的"去中心"、多元化等思想理念在网络文学中得到了充分的体现。网络文学的大众化书写实现了后现代主义的反中心立场，真正填平了精英与大众之间的鸿沟。同时网络文本创作手法的多元化和文本不确定性，鲜明地体现了后现代的反传统的同一性思维，网络文学还将传统意义上的以追问生命的意义、探索人生价值为旨归的写作活动挤到了边缘，他们认可文本叙述的个人化、通俗化和游戏化，拒绝"宏大叙事"，从而消解了作品内容的深度，朝着大众性和亚文化方向迈进。网络文学"义无反顾"地表征着后现代的价值体系：一种消解传统、消解中心、消解理性的审美立场。

第二节　重构规则：网络文学的场域生成

一切文学活动都必然在一定的"场"中进行的。法国社会学家布尔迪厄（又译布迪厄）在他的研究中提出了"场域"概念，强调从关系主义的视角来观察事物，主张对于文学场自主性的考察，应把其内部逻辑同社会逻辑结合起来，这种思维模式对于探讨文学艺术的生成机制、特点和存在位置，提供了一个理想的理论框架，一定程度上也为我们正确认识当下网络文学的性质、特点及生存现状，提供了一个有益的观察视角。就文学艺术这个大场域而言，也是在分化和组合后走向网络文学、大众文学、精英文学等文学次场域并存的艺术格局，且分化后的每一个场域都有着自己的运作逻辑和规则，同时又与其他场域紧密关联。网络文学这个新兴的艺术场域也正是这样：它既有自身的运作逻辑，同时又同其他次场域斗争和联合。可以说布氏场域理论的提出为我们分析网络文学存在的合法性提供了理论基础。

一、规则重构：网络文学的场域生成

何谓"场域"？布尔迪厄认为："从分析的角度来看，一个场域可以被定义为在各种位置之间存在的客观关系的一个网络，或一个构型。"① 进一步说，场域是一种具有相对独立性的社会空间，相对独立性既是不同场域相互区别的标志，也是不同场域得以存在的依据。每个场域都有自己特定的运作逻辑和游戏规则。场域内部规则的制定和特定行动逻辑的形成是场域生成的重要标志。布氏"场域"概念的提出也与现代社会高度分化的客观事实有关。他认为："在高度分化的社会里，社会世界是由具有相对自主性的社会小世界构成的，

---

① ［法］皮埃尔·布迪厄：《实践与反思：反思社会学导引》，李猛、李康译，中央编译出版社 1998 年版，第 133 页。

这些社会小世界就是具有自身逻辑和必然性的客观关系的空间，而这些小世界自身特有的逻辑和必然性也不可化约成支配其他场域运作的那些逻辑和必然性。"①

从布尔迪厄的场域理论出发来观察网络文学的话，我们会发现电脑网络无疑构建了一个新型的写作空间，引发了文学艺术生产范式的变迁，形成了一个相对独立的文学生产场域。网络所型构的文学生成模式，有着自己的阅读群体、阅读习惯乃至审美口味和价值取向。就生产者和消费者而言，网络文学写作与消费群体既不同于传统精英文学的作家与读者，也不同于一般意义上的大众文学的作者与受众。它的写作群体是能够操作电脑的青年群体，其阅读者主要是网民。在网络上流行的作品并不一定能博得网络外的人们的喜爱和肯定。如网络红人赵赶驴的作品《和美女同事的电梯一夜》在网站上的点击率达到了惊人的 1.5 亿次，但在广州签售时出现仅卖出 10 本的反差局面，所以网络作品的成功与失败体现在其点击率的高低。另外，网络文学的写作姿态既不同于传统上"载道"功能，也不同于官方的意识形态所具有的评判标准。它以娱乐化为旨归，有着自己特有的情感取向和审美趣味，且这种审美趣味是通过作者和读者的互动爱好达成的，呈现出极强的交互性和同质性。没有读者的阅读点击以及建议，就不能促使作品的完成和流传。读者只有怀着对某一类

---

① ［法］皮埃尔·布迪厄：《实践与反思：反思社会学导引》，李猛、李康译，中央编译出版社 1998 年版，第 134 页。

作品的喜好，才能分享到阅读的快乐，如果你不喜欢玄幻穿越和鬼故事等类别的网络作品，你也就无法在阅读此类作品时感受到乐趣。另外，网络作品的发表没有编辑也没有审阅，这既让写作者体会到写作上的自由，某种程度上也导致了网络文学快速写作、快速发表、快速消亡的写作模式。可以说，正是在这些方面，网络文学的这种审美趣味的形成有别于传统的趣味形成机制，它契合了社会文化发展的一个趋势：生产方式的日益专业化，容易形成小群体或部落化的社会生存方式，由此带来的是人们对美的判断和欣赏也趋于多样性，不再存在惟一的或统一的审美标准。

网络文学作为一种区别于传统写作的写作模式，有着自己独特的规则逻辑，了解并适应这一规则的网络写手在网络中游刃有余，但一些主流作家却无法适应这一模式。一些主流作家就经历了从最初参与网络式的创作，到最后不得不退出的过程。陈村在谈到作家"触网"时，就说"我不看好作家博客，一个作家是没有时间和精力去维持博客的"。当时陈村就预测，作家博客坚持不了多久肯定都得放弃。事实上许多作家就是没过多长时间就仓皇关闭了博客，这也印证了陈村的话。如白烨、池莉、陈染等人都陆续关闭博客。白烨表示，自己博客的开张本身就比较勉强，现在了解到自己"不适合博客"。作家池莉在新浪网上的博客坦陈自己把博客当作个人平台是一个天真的错误，在她看来，"博客像一个没有篱笆的院子，大家'高度自由'地乱窜，反倒让身为写作者的

作者自己失去了'自由'"①。作家苏童态度更是坚定："我
不会开博客，更不会在网上写作。开博客，无疑是一种'找
死'的方式。"② 事实上，作家从网络写作中退却，也表明两
个场域之间游戏规则的不同。作家一旦在网络里写作，也就
意味着必须接受网络原则，作品必须让网络空间里的读者来
评判、阅读、转载，甚至被作为狂欢的样本，这些都让传统
作家难以接受。同样，在触碰传统印刷文学的规则和惯例时，
网络文学的出版和评奖也遭遇了尴尬。中信出版社编辑朱洪
海就曾指出："写手在网络创作中随意性较强，有时文章结构
不紧凑，这些在传统图书出版中都不被允许。""这要求写手
在将自己作品付诸出版时要做好心理准备，减小随意性，增
强严谨性，符合图书出版规律。"③ 因此很多网络文学虽最后
得以出版，但也已经不是网络中原有的样子，是被出版者重
新修改和编辑后的产物。同时，网络文学的各种评奖大赛，
虽然不得已接受了主流机构已有的一些评判机制，但却难以
得到广大网民认可。如网易曾举行网络文学大赛，在网络调
查中，"不少网虫对由王蒙、刘心武、张抗抗等几位知名作家
主持评委会感到滑稽和不能理解。因为他们几乎是清一色因
写书成名的传统文学作家，对网络知道多少值得怀疑。评委

---

① 池莉：《开博客是个天真的错误》，《广州日报》2006年7月24日。
② 《网络写手："草根"》，《青年报》2010年4月9日。
③ 任华南：《网络原创文学：在写手、网络和市场间走钢丝》，《中国青年
报》2006年4月18日。

之一的莫言说自己连一次网都没有上过。由这些评委评出来的作品，不仅难以评出真正优秀的网络文学作品，而且也伤害了网民的感情"①。这也从根本上证明了网内和网外写作存在不同的游戏规则或惯例，两者虽偶有交叉，但难以完全融合。

二、资本争夺：网络文学对当下文学场的冲击

在布尔迪厄看来，场域本身是一个资本争夺的空间，而决定竞争的逻辑就是资本的逻辑，任何一种资本不与场域联系在一起就难以存在和发挥功能。一般说来，拥有的资本越多，就越可能在场域中占据支配地位；反之亦然。竞争者拥有的资本会在某种程度上建构他的位置感，也将决定他的观物方式或基本立场。行动者为了在场域中获得较高的地位，势必会展开一系列争夺资本的行动，而行动者活动的场域便同时成为一个"争夺的空间"。

在布氏的资本概念体系中，文化资本居于核心的地位。文化资本主要存在于知识与文化生产的领域，是构成社会符号力的基本条件，它使行动者在特定文化场域中形成相应的实践感。文化资本因此与其他资本一样，成为人们争夺的对象，它也成为权力与地位、支配与统治的基础。同时，各种类型的资本是可以相互交换与转化的，文化资本也可以转化

---

① 应建：《网络文学能否成气候》，《深圳周刊》第 155 期。

为经济资本或社会资本。"资本的不同类型的可转换性，是构成某些策略的基础，这些策略的目的在于通过转换来保证资本的再生产（和在社会空间占据的地位的再生产）。"① 场域中的行动者通过改变不同颜色的符号标志（不同类型的资本）的相对价值，提高不同种类的资本（如文化资本和经济资本）之间的兑换比率，获取更多的制胜的武器筹码。同时布氏也强调："只有当文化资本被教育制度认可时，即被转换成一种资格资本时，文化资本（至少在劳动力市场）才能不断增长而发挥出全部功效。"②

在印刷时代，文化资本基本上被少部分群体所垄断和占有。文化资本是一种稀缺资源，文学创作也是精英化的。文化精英掌握了一套具有普遍有效性的客观知识而成为了知识的仲裁者、社会的"立法者"以及审美趣味的制造者。但在网络时代，文化资本的一部分开始为大众所分享。网络文学的繁荣已足以体现出这个网络写作和阅读群体的影响力和对传统作家权力的消解，大众作为一个个"积极的社会行动者"，投身到了竞争游戏之中，他们以网络为武器，在网络上任意书写，激扬文字，在不断增加自身资本的同时，也彻底改变和颠覆了原先由知识分子所制定的游戏规则和话语体系，大众原则也在当下的文化资本获得过程中占据越来越多的影

---

① ［法］皮埃尔·布尔迪厄：《文化资本与社会炼金术：布尔迪厄访谈录》，包亚明译，上海人民出版社 1997 年版，第 209 页。

② ［法］皮埃尔·布尔迪厄：《文化资本与社会炼金术：布尔迪厄访谈录》，包亚明译，上海人民出版社 1997 年版，第 210 页。

响力。

　　网络文学对文化资本的争夺是从经济资本的强大开始的。一些网络写手在网站社区的商业引诱下，抛弃了最初无功利的书写，为了获取较多的点击率，在网络中成名，获取较多的经济资本而费尽心力，变成了某种程度上的"码字狂"。在自觉或不自觉地争夺经济资本过程中，写手们采取了较多方法来吸引读者，为自己的作品生产创造更有利的条件，带来最大化的利润，如在标题和内容上取悦读者，拉拢网友进行疯狂点击等。应该说，网络写作一方面使网站自身获得了雄厚的象征资本或符号资本，同时也给一些网络写手带来了一定的经济资本。但一些网络写手在通过网络写作成名获得不菲的经济收入后，并不满于此，他们渴望得到权威和体制的认同，获得更多的文化资本。因为如果没有广泛的社会认可，文化资本的符号权力就无法在更广阔的权力场中发挥作用。作家与网络写手作为两种写作体制下的不同产物，作家代表教育制度或体制内的一种"资格"，写手只是网络的一种匿名式的民间式的称呼，不同体制就有不同的运作规则，但是身处主流体制外的网络写作者却渴望通过自己的努力来改换自己的称呼或身份，获得主流的认同，占取更丰富的文化资本，于是，他们开始争取体制内身份上的认同，郭敬明、唐家三少等人先后加入作协就是一种尝试。据中国作协副主席李冰介绍："目前中国作协会员中已有 13 名网络作家，中国作协全委会委员中有 2 名网络作家，比如申报鲁迅文学奖的网络作家有 31 人，申报茅盾文学奖的网络作家有 7 人。"① 同时这些网络写手们也似乎急于抛弃自己过去的网络写手身份，一些写手既不认可自己是依靠网络和网民而成名的，也不留恋在网络上发表作品的时期，认为只是一段过程，已经结束了。网络写作者对文化资本的侵占也导致部分体制内作家的内心恐慌，如不少精英写作者视网络文学为"厕所文学"，甚至惊呼"网络写手可能会抢走作家饭碗"，以致对其概念也给予了否定。这也正是以体制内的权威来破解网络文学挑战的一种方式。可见，网络文学场域内并非一个静止不动的空间，它的中间存在着各种资本的不断"博弈"或转化，其本质就是以资本争夺资本的过程，尤其是对支配性资源文化资本的争夺。

三、胜利者输：网络文学的文学场存在格局

在布尔迪厄理论视野中，场域是一个客观关系的系统，而不是实体系统，形形色色的场域都是由各种客观关系构成的系统。由此，布尔迪厄认为，就文化艺术这个场域系统而言，是由艺术"有限生产次场"和"大规模生产次场"组成。所谓有限生产次场，通俗地解释就是人们常说的学术圈、艺术圈。它依赖于小圈子内部的专家认同制度。它积极于形式探索，追求"为艺术而艺术"的精英原则，它拥有比大生产次场更多的象征资本，居于文学场的支配地位。有限生产次

---

① 田超：《网络作家齐聚作协结对交友》，《京华时报》2012 年 2 月 18 日。

场作为自主艺术场的确立，其典型标志是布尔迪厄所谓的"失败者获胜"现象的出现。"失败者获胜"指的是艺术场中的一些代理人（如作家）虽然在经济上是失败的，但却在艺术场中占据了一定的位置，并获得了相应的权力。他们凭借文化资本的力量得到了体制的认同。"失败者获胜现象"表明随着文化资本在艺术场获取其主导地位，文化资本大都掌握在有限生产次场中。而另一个场域——大规模生产的场域是指通常所说的大众文化或流行文化的广大领域，它由巨大的拥有成熟运营法则的文化产业来维持，它的占支配地位的等级化原则是经济资本扩张或利润"底线"，也就是说，它追求利润最大化，它的趋利本性决定了它对于时尚、市场的追逐，但它在文化资本的争夺中始终处于边缘地位。[①] 引入布尔迪厄的理论来勘定网络文学在当下文学场所处地位，网络文学无疑属于大规模的生产次场域，它具有大众化的特征，秉持商业化的运作模式，屡次申请主流文学奖都归于失败，虽然赢得了经济资本的胜利，但却在文化资本的占有方面毫无优势，呈现出对应于"失败者获胜"的"胜利者输"的景象。

首先，网络文学具有大众化的典型特征。有统计数据称[②]，截至 2022 年年末，网络文学用户规模突破 4.92 亿，网络文学作者达 2278 万人，而且还在增长。如果再加上现今风行的微博式写作，数量更为可观。考虑到网络文学的主要受

[①] ［法］皮埃尔·布迪厄：《艺术的法则——文学场的生成和结构》，刘晖译，中央编译出版社 2001 年版，第 265~267 页。
[②] 中国社会科学院文学研究所：《2022 中国网络文学发展研究报告》。

众是年轻人，而他们的消费口味总是不断变化，网络文学网站会实时敏锐地捕捉读者的审美趣味，准确把握新的消费动向，不断更新阅读版块，制作一些周月人气排行榜，推出自己的写作英雄，并进行更新换代以吸引读者、迎合大众。由于网络作品要不停地更新，实时制造新的阅读视点，在读者疯狂的阅读与消费中生存，因此被人冠为典型的消费文学或大众文化。

其次，网络文学具备成熟的商业化运作模式，以经济资本追逐为根本。国内文学网站大都已陆陆续续进入了商业资本的势力范围，一些知名网络文学网站或是获得大笔风险投资，或是被大型商业网站收购。如盛大文学网站凭借其对其他文学网站的收购扩容，一家独大，2011 年全年营收过亿元，已经占据了八成市场份额，并启动了赴美上市计划。网络文学的这种市场化运作，既为网站自身也为网络写手本人带来了不菲的经济收入。目前大部分文学网站开始实施付费阅读，与网络写手签约，付给网络写手不菲的稿酬。越来越多的文学爱好者受到赚钱效应的激励，不断投身到网络写作的大军中，开始"淘金之旅"，文学网站成了一部分网络写手们的"提款机"。

最后，网络文学在文化资本的争夺中依然处于弱势地位。网络文学参评鲁迅文学奖和茅盾文学奖的铩羽而归，也证明网络文学虽然在数量和经济效益上获得了巨大的效应，但却无法进入经典文学的殿堂。继 2010 年鲁迅文学奖向网络文学做出敞开胸怀的姿态后，2011 年第八届茅盾文学奖也向网络文学敞开了大门，但网络文学两次参选，均惨遭失败。究其原因在于，这两大文学奖项是以"纯文学"原则为基本出发点的"官方专家奖"或"主流文学奖"，其评选机制和遴选标准都是以有限生产次场在艺术和思想上相关准则为依据的。网络文学虽获得了经济上的成功，但却在有限生产次场的主流文学场内评奖时失败，因为评奖资格的决定权被有限生产次场所掌握。所以网络文学落得"下得厨房、上不了厅堂"尴尬局面，只能作为一种新的次场域下的一种艺术现象而面世。

应该说，现今精英文学已然面临着阅读队伍的减少和市场订阅份额的降低等问题，但由于有着主流体制的支持，却依然获得了艺术场上的胜利，获得各种评奖资格，并源源不断地生产着自己有限的读物和受众。从这方面讲网络文学这个新兴的文学场域的诞生并不意味着传统文学场域的消亡，它与传统文学场域拥有着各自不同的生产者和阅读者，两者共同丰富着我们的阅读空间。

以上通过布尔迪厄相关理论对网络文学的分析，我们可以对网络文学进行这样的定位：一方面，网络文学依托互联网这个新型平台，已形成了自身的逻辑规则和话语体系，构建了自身的审美场域。它使统一的自主性的文学场走向分化与裂变，冲击着精英主导的文学书写和传统媒介建构的文学体制。另一方面，在评价网络文学时，我们应估量到网络文学是特定文学场域下的文学生态，不应以传统文学的各种标准和规则来要求网络文学，事实上，当我们以各种传统规则来评价网络文学时，总显得力不从心，因为艺术发展本身是流动的，网络文学就是流动的艺术发展链条中一个重要节点，它区别于传统，启发着未来，有着自己独特的光芒。因此，我们应该怀着包容和对话的精神，肯定网络文学的存在的价值，分析其文化形态和生成特点，建立合理的评价标准，并从中吸取一些有益的元素来滋养主流精英文学，这样各个文学场域间才会在互相激荡和碰撞中彰显更加蓬勃的生机和活力，文学的生存与生长才会获得更为广阔的拓展空间。

事实上，在互联网越来越普及的今天，网络正有力地改变着人类精神文化的构成方式和意义模式。网络文学成为引人注目的文学景观，它导致了文学创作与研究的主体重组，并对传统文学进行了一轮解构性的艺术言说。网络文学的存在极大地丰富了文学的园地，改变着已有的文学生态。与传统图书阅读率下降形成鲜明对比的是，作为新兴媒体的互联网阅读率持续迅速上升。据调查显示，网络阅读率1999年为3.7%，2001年为7.5%，2003年为18.4%，2005为27.8%。2008年4月2日，中国出版科学研究所应用理论研究室第五次调查数据初步分析结果：2007年国民图书阅读率仍有大幅度下降，网络阅读率大幅攀升。[1] 而在2023年中国新闻出版研究院发布的第二十次全国国民阅读调查显示[2]：2022年国

---

[1]　周朗、李鹤、邓晓霞：《危机与希望并存 国民阅读在路上》，《人民日报》2008年4月8日。

[2]　国家图书馆研究院：《第二十次全国国民阅读调查结果发布》，《国家图书馆学刊》2023年第3期。

民数字化阅读方式的接触率为 80.1%，较 2021 年上升 0.5 个百分点。这都预示了网络阅读未来还将处于迅速增长中。我们有充分的理由相信，数字化时代，作为一种全新的文学形态，网络文学已在文学场域中实现了"范式转换"，带来了文学生产与消费的变革。

第七章　网络文学的盈利模式及版权保护

　　网络文学的市场化模式顺应了时代的潮流，推动了网络文学走向更宽广的发展空间。经过多年的探索发展，网络文学逐渐形成了完整的产业链，市场规模不断上涨，发展潜力巨大①。但网络文学的抄袭和盗版问题，屡禁不绝，损害了网络作者的权益，破坏了原创内容生态，影响了网络文学产业链的健康发展。网络文学的版权保护是治理网络文学抄袭和盗版的重要手段。

第一节　网络文学的盈利模式

　　网络文学从最初的线上产业到今天的全版权运营，构建

---

　　①　中国社会科学院文学研究所发布《2022 中国网络文学发展研究报告》显示，2022 年网络文学市场规模 389.3 亿元，同比实现 8.8% 的高速增长；网络文学用户规模达 4.92 亿；中国网络文学作家数量累计超 2278 万人、涵盖 57 个国民经济行业大类。

了多样化的盈利模式，为文学产业增添了生机与活力。但网络文学的这种产业化发展也面临一些发展困境，主要体现在作品质量不高、版权保护乏力、作家生存压力大等方面，需要各方共同努力，才能促进网络文学市场的良性发展。

一、网络文学的盈利模式现状

网络文学最为主要的盈利模式是线上产业和全版权运营。线上产业是网络文学作品经济价值的最基本盈利模式，包括付费阅读、网络广告和粉丝打赏等。全版权运营主要是指以网络文学作品版权为核心，进行多元化开发和利用，包括影视改编、游戏改编、动漫改编、话剧改编、有声读物改编及实体书出版等。网络文学的这种全版权开发有助于最大限度利用作品资源，最大程度获取作品的商业利益。除此之外，网络文学"成功出海"，开拓海外市场，也使得网络文学的商业价值得以最大化。

1. 线上产业

付费阅读、网络广告和粉丝打赏是线上产业的主要方式，是网络文学作品乃至网络文学行业最主要的收入来源之一。所谓付费阅读，一般来说文学网站会把作品先开放一部分的免费章节吸引读者阅读，再将剩下的一部分章节设置为 VIP 章节，读者需要通过充值才可以继续阅读。收费阅读的标准按照字数或章节收费，一般都是千字收取 2 分到 6 分不等的费用。这部分收益会按照写手与网站的合约进行分成。对于网络作者而言，其创作的小说只有达到了一定的点击率，网站编辑才与其联系并签约，作品才能"上架"。只有"上架"后的作品才能为网络作者带来收入，并会转到网站的 VIP 区。付费阅读的方式可以激发网络作者的创作动力，作品的人气高低决定了作品的商业价值，作品的人气越高，作者的稿费越多；作品的人气越低，作者的稿费越少，部分人气低的作品最后可能被淘汰掉。总体来看，付费阅读模式是网络文学最基本的盈利模式。

网络广告虽不是网络文学最主要的盈利模式，但是凭借着网络文学的高点击率，各类广告商的纷纷涌入，文学网站也可获得相当可观的利润。网络广告主要有网页广告、wap 平台应用营销合作、营销合作这三种形式。一般的网络读者都会是一部或几部网络小说的粉丝，回访率极高，正是网络小说读者的这种阅读黏性，使商家纷纷在网页上做页面广告。一部网络文学作品受到的追捧越高，那么就证明愿意为这部作品支付费用的用户越多，流量越大的网站，广告费用也就越贵。比如起点中文网广告报价，其首页置顶广告的月报价最高达 30 万元人民币，而以 2010 年 4 月 11 日起点中文网的首页为例，共计有广告 8 条，再加上网站的二级频道上的广告位，其广告月收入在 100 万元以上，2009 年插入广告创造1500 万元收益，这是网站发展的主要流动资金。此外，粉丝打赏也是线上盈利的重要模式，是作者与读者互动产生的增值服务收益，读者可以直接为自己喜欢的作者打赏不等的金额，也可以通过购买虚拟货币刷礼物等方式进行打赏，打赏为作者和网站带来的都是高收益。例如，著名写手唐家三少曾经被读者打赏了 1 亿起点币，折合人民币 100 万元，这些"赏钱"通常由作品作者与网站分享，不同网站比例不同。

2. 影视动漫改编

伴随着网络文学题材日渐丰富，网络文学日益成为影视动漫改编的重要源头。相比于传统文学，网络文学的情节内容比较适合影视动漫的改编，同时也能够提供更多的素材选择。更重要的是网络文学的读者粉丝会出于对原著小说的狂热追捧，自然而然地加入到影视动漫的观众群体中去，为影视剧的收视率和话题热度造势。随着 IP 运营机制的日渐成熟，愈来愈多的高人气的网络小说的 IP 内容被改编成电影、电视剧、动漫等相关衍生产品，实现 IP 最大程度上的价值变现。2015 年，由《鬼吹灯》改编的两部大电影《九层妖塔》《寻龙诀》和校园青春剧《何以笙箫默》先后搬上银幕，电视剧《琅琊榜》《花千骨》《芈月传》《华胥引》相继掀起收视高潮，网络剧《盗墓笔记》《执念师》《心理罪》《无心法师》《他来了，请闭眼》《灵魂摆渡 2》《暗黑者 2》等后来居上，创造了天文数字的点击量。以《甄嬛传》为例，网络作家"流潋紫"创作的长篇小说《后宫·甄嬛传》，原著不仅受到了非常多粉丝的追捧和热爱，还获得了 2007 年第二届腾讯网"作家杯"原创文学大赛冠军，成为红极一时的热门小说。之后，作品被电视剧改编后，版权收益大增，乐视网曾以 2000 万元购得《甄嬛传》独家网络版权，该剧使网站点击率创下历史新高，给整个网站带来了 20 亿的流量。

最近几年，由网络小说改编的动漫也引人注目。网络小说改编的动漫，无论是从人物性格的刻画、情节的节奏感还是画面细节的制作上，相比目前的其他国漫都是一流的，堪称是国漫的崛起。2019 年，阅文集团先后对一些人气高的网络文学作品进行了动漫改编并创下了惊人的收视率，如《武动乾坤》第一季点击量突破 8 亿；《斗破苍穹》第三季和《斗破苍穹特别篇 2：沙之澜歌》总点击量突破 13 亿，使该动画系列的累计播放量突破 55 亿。在 2020 年播放量排行前十的国产动漫中，由网络文学改编的作品高达 8 部，不少动漫播放量破亿。总的来看，网络文学改编动漫将成为国漫中重要的新生力量，推动了国漫产业快速发展。

3. 游戏作品改编

在对网络文学的版权开发中，游戏改编也是其中重要的一环。网络文学的题材多以玄幻、武侠居多，符合网游的情节内容要求，而且二者有着高度相似的粉丝群体，改编后的易接受程度高。中国互联网信息中心的 2010 年《中国网络文学用户调研报告》称：青少年用户对网络文学改编网游的热情比整体用户更高，选择网络文学改编的游戏的青少年用户比例为 43.5%，高出整体用户的 5.7 个百分点。近年来，热门网络小说向网络游戏的改编快速发展，从《诛仙》到《星辰变》再到《盗墓笔记》，很多网络游戏制作公司和网络小说版权所有者签约，获得游戏的开发权。网游、页游、手游，一个又一个的游戏，借助着大热的 IP 支持，运用情怀二字，吸引其大量的粉丝用户，也让大热的 IP 成为游戏宣传的噱头，为游戏的人气积累找了一个"捷径"，网络小说渐成网游内容的"新金矿"。酷牛游戏副总裁王达对此深有体会："一个成功的 IP 不仅仅是这个 IP 的内容广为人知，更重要的是，它本身是否也具备与用户之间的垂直传播。网络小说改编游戏可以充分调动小说读者群的互动积极度，从营销内容的自传播性和丰富性上看，可谓事半功倍。"①

优秀的网络文学为网络游戏的改编提供了高价值的资源，一定程度上缓解了游戏作品同质化的倾向，同时也带来不菲的版权收入。网络游戏是互联网产业中主要的利润创造形式之一，而网络文学改编为游戏的过程中，通过版权转让竞价机制，可以获得高额的版权销售收入，甚至带动几十亿、上百亿元的大市场。例如，《盘龙》首发于起点中文网，作者是我吃西红柿，2008 年完本。在 2009 年以 400 万元授权给网游公司。2013 年，起点经典小说《斗罗大陆》以 500 万元人民币的价格将客户端网游改编权授予广州简悦科技。另据《中国网络文学 IP 价值研究报告 2015》② 显示，2015 年上半年中国 TOP100 移动游戏中由 IP 改编的游戏占比高达 35.23%，相比去年同期有显著增长。可以说，随着网络文学的游戏改编成为潮流，网络文学的优质 IP 也逐渐成为游戏行业竞逐的焦点。

4. 实体书出版

---

① 刘磊：《从酷牛的发展看网络小说改编游戏现状与未来》，《文化月刊》2014 年第 7 期。

② 艾瑞咨询：http://www.199it.com/archives/397566.html（2015 年 10 月 27 日）。

随着近年来网文市场规模稳定的发展，网络文学作品出版也逐渐成为这条产业链中相对重要的一个环节。目前，各大实体出版商和网络文学网站合作出版具有超高人气的网络文学作品，这是对网络文学作品生命周期的延长。网络文学作品出版，其实就是网络文学将自身拥有的庞大的粉丝量和人气带到线下，保证了出版最基本的销量，网络作者的热度和人气无形中等于给出版的纸质书打了一个免费的广告。网络文学网站为线下出版提供海量的资源，并且借助互联网在网络平台上推广出版的纸质书，如此一来就比原先的传统出版更加便捷了，也带来了巨大的经济效益和良好的品牌效应。这也正如江西美术出版社编辑邱建国所言："一方面网络写作方便快捷，产生了一大批优秀的网络作家；另一方面网络小说的品种多、发行量大、销量好，催生了一大批畅销网络小说，给图书出版注入新的生机与活力，给出版社带来丰厚的利润；另外网络小说大多通过连载的形式发表，在网络上连载的过程无形之中对作品进行了宣传，打下了良好的群众阅读基础，从而大大节约了出版社的宣传时间和宣传成本。"①

当下，网络题材的文学图书正成为当前市场的畅销书，有上千部网络原创作品在各大商城出售。例如，《明朝那些事儿》《斗破苍穹》《鬼吹灯》《诛仙》等作品，不但在网上有

---

① 罗翠兰：《网络文学出版：喜耶？忧耶？》，《江西日报》2010 年 5 月 7 日。

着较高的人气，实体书出版后，也有着不错的销售业绩，《诛仙》曾达到 200 万册的销量。阅文集团副总裁、总编辑杨晨表示，传统出版与网络文学等数字出版的融合发展已成趋势。2023 年上半年，阅文平台网文作品签约出版的数量同比增长超 60%，以《诡秘之主》《宿命之环》的出版签约为标志，优秀网文 IP 的系列化、全品类开发正在提速。① 故而，网络文学的实体出版，也为文学网站、写手、出版社带来了丰厚的利润回报。

5. 海外传播

目前，网络文学风靡海外，市场规模持续扩大。据不完全统计，全球自发翻译并分享中国网络小说的海外社区、网站已超过百家，读者遍布全球 20 多个国家和地区，作品被翻译成十余种语言文字。有人甚至将中国网络文学与好莱坞大片、日本动漫、韩剧并称为"世界四大文化奇观"。网络文学海外传播迅猛发展，在传播中国文化的同时，也形成了比较多样化的商业模式等。网络文学出海目前主要的商业模式有向海外公司出售作品版权、在网站与 App 页面投放广告、众筹章节与打赏捐款等。此外，网文企业也开始尝试付费订阅模式，将国内成熟的付费订阅模式逐步推行到国外，并针对不同读者进行了多元化的商业模式探索。② 中国作协

---

① 郦亮：《温暖成熟包容 在书展读懂上海》，《青年报》2023 年 8 月 19 日。

② 艾瑞咨询：《2020 年中国网络文学出海研究报告》。

网络文学中心发布的《2022 中国网络文学蓝皮书》显示，截至 2022 年年底，中国网络文学海外市场规模超过 30 亿元，累计向海外输出网文作品 1.6 万余部，海外用户超 1.5 亿人，遍及世界 200 多个国家和地区。网络文学国际传播方面有一定规模的网站有阅文集团、晋江文学城、掌阅科技、中文在线和纵横文学等。2017 年 5 月，起点国际正式上线，强势参与全球泛娱乐市场竞争，成为我国网络文学对外传播最专业、最重要的传播平台。2015 年掌阅科技向海外读者推出 iReader 阅读器，向海外用户提供数万册的中文、英文、韩文及俄文内容。

网络文学已成功在东南亚国家（新加坡、菲律宾、泰国、越南、印度尼西亚等）和欧美国家（美国、英国、加拿大等）两个主要市场地区建立了自身影响力。2008 年至今，网络文学在东南亚出版市场颇受追捧。《步步惊心》《鬼吹灯》《盗墓笔记》《寻秦记》《诅咒》《大唐双龙传》等网络热门小说，在越南有着不错的销售业绩，同时"晋江文学城"和"榕树下"等中国网络文学网站也在越南有着不错的口碑。2012 年，《仙侠奇缘之花千骨》在泰国一上市便被抢购一空，而《将夜》更是登顶 2016 年度泰国 Naiin Bookstore 排行榜榜首。2014 年，网络文学逐渐打开了欧美市场，比如，"武侠世界（WuxiaWorld）"是一家创立于北美的中国网络文学翻译网站。据不完全统计，该网站已拥有近 400 万名日活跃用户，读者分布在全球 100 多个国家和地区，其中北美读者约占 1/3。

6. 话剧及有声阅读改编

优质的网络文学作品也正成为话剧及有声阅读改编的重要源头。网络文学的内容平易通俗，再加上原著的大量粉丝，其话剧及有声阅读改编也有不错的市场。例如，由南派三叔携手锦辉旗下上海创·戏剧工作室制作的《盗墓笔记》话剧，"以华丽大气又变幻莫测的舞台效果营造出原著诡异惊悚的气氛，以逼真的多媒体特效和特技表现出众多众多妖魔鬼怪，达到裸眼'3D'的视觉效果，并融合了武术、魔术、杂技将书中那诡异多变的古墓、难以辨别的七星疑棺、令人产生幻觉的青眼狐尸等都鲜活地展现在观众面前"①，这部话剧充分运用了网络时代的粉丝文化，在演出一开始，制作方就开通微博、微信，跟读者在网络平台上轻松沟通，聚集了大量粉丝，拉近了与观众的距离。他们还跟网站合作，在多个城市发起投票，哪个城市的观众希望《盗墓笔记》去演出就进行投票，只有投票达到一定数量，他们才会去演，《盗墓笔记》话剧取得了商业上的巨大成功，《盗墓笔记Ⅰ》共演 77 场，以 300 万元的投资收获了 3500 万元左右的票房，这固然与话剧本身大量运用多媒体技术手段、制作方良好的宣传方式等有关，但更重要的是粉丝文化的胜利。

2012 年以来，随着中国有声读物的市场规模持续扩大，

① 《迎睿＆锦辉打造〈盗墓笔记Ⅲ〉》，《生活周刊》2015 年 4 月 7 日。

网络热门小说也逐渐成为听书平台极其重要的内容源头。懒人畅听品牌总监贾影彪在接受深圳商报记者采访时表示："网络文学作品能够成为有声书重要的内容支撑，是市场、用户选择的必然。""目前懒人畅听的网络文学作品改编为有声读物的数量占到了总改编数量的80%左右。"① 网络文学改编为有声读物不仅满足了用户的娱乐需要，而且也拓宽了网络文学的受众群体和市场空间，网络文学正在成为一种"耳朵经济"。中国作协网络文学中心相关负责人表示："2020年，有声书行业产业规模超80亿元，增速接近50%。音频平台以及音乐流媒体平台开始与网络文学IP方合作，进一步开拓网络文学有声书市场。"② 数据显示，以网络文学为文本创作出的有声读物快速发展，当下比较热门的网络小说几乎都能找到它们的音频版本，甚至有着惊人的播放量。例如，"蜻蜓FM"平台的《盗墓笔记》《全职高手》《斗破苍穹》《鬼吹灯》等网络小说的收听率非常惊人，《盗墓笔记》甚至达到60亿的播放量。

总之，网络文学有着丰富、鲜活的创作题材与类型，盈利模式多样化，实现了原创作品的价值最大化，把网络文学推向新的发展时代。网络文学的崛起也是中国文学形式的空前解放，为人们带来了更多的阅读选择，重塑了文学的阅读

---

① 魏沛娜：《"耳朵经济"火网文变有声》，《深圳商报》2021年10月13日。

② 郑海鸥：《弘扬正能量 作品有流量》，《人民日报》2021年12月5日。

模式，对人们的生活和文化产生着多重的影响。

二、网络文学盈利模式存在的问题

经过短短二十年的快速发展，网络文学从一个新生的产业到现在具有如此多样化的盈利模式，纵观其整个发展的过程，在繁荣发展的背后也存在着不少的问题。

1. 作品内容问题

网文创作带来的可观的经济收益，一定程度上刺激作者更加积极地创作，但是在商业利益的诱惑下，大多数作者的创作动机逐渐带有功利性，这也导致作品内容出现一些问题。首先，出现"太监文"。所谓"太监文"，即网络作品未能完结或不再更新，被广大书友戏称为"太监文"。产生"太监文"的主要原因大概有以下几个方面：一是读者数量和收入未达到作者自己预期目标，导致写作动力不足，从而放弃作品的创作。事实上，酬劳和梦想是网络写作的两大动力，而网络写作又是非常辛苦的事，当网络作者投入与产出不成正比的时候，作者自然而然就会止损，让自己的作品成为"太监"。二是个人能力、水平等原因导致作品无法完成。网文写作其实需要相当全面的综合能力，然而一些网文作者由于创作素养积累不足，写作中途可能会出现灵感不足、文思枯竭等心理现象，就不得不"停更"。"太监文"这种中途放弃作品的写作行为，对于网站和读者而言也是一种损失。其次，情节模式雷同问题。网络文学目前是商业化的存在，创作上以市场和消费者的喜爱为主导，这就往往容易导致跟风式创作，作品出现剧情套路化、人物脸谱化等问题。例如，当一个题材兴起之后，往往会有无数的写手随后跟风。网配文①在2010年出现并兴起，随后一大批"网配文"相继出现。然而狭小的题材发挥空间，导致这一类文出现"千篇一律"的结果，造成审美疲劳。同时在急功近利的商业环境下，不少作品成为流水线上的产品，质量堪忧。就像网络作家骷髅精灵所说："为了赚钱，一本书红了之后，大家都去跟着写。""创新变成危机，开一本书如果不成功，几百万字就白费了。所以大家宁可保险一点，别人一本书赚100万元，我赚几十万元也可以啊。"②再次，作品出现"灌水"现象。现今各大网络小说网站都是按字数收取费用，一些网站与个人，为了经济收入的提高，在文章中写入大量不必要出现的文字，俗称"灌水"。事实上，一些网站限定旗下作者每天的必定更新字数，在实在写不出规定的章数和字数的情况下，大部分作者依靠抄袭或者"灌水"来完成规定，避免死线。此外，由于各大中文网站时不时地举行一些活动，例如起点双倍月票之类的活动，更是让各大作者为了吸引眼球，通过不断的写作来吸引读者。《吞噬星空》作者我吃西红柿曾经完成过2天18章的"壮举"，仅仅两天就码了五万字有余。

2. 版权保护问题

开放性的互联网环境下用户可以自由的使用网络，但是

① 网配文：以网络配音作为写作素材和对象的网络小说写作。
② 李伟长：《上海青年创作会议研讨网络文学商业化的利弊》，《新民晚报》2010年4月10日。

网民们在网上看到的很多作品都是盗版的，可谓盗版猖獗，尽管各大文学网站对作品的保护采取了一系列加密等技术措施，但对于层出不穷的盗版现象，无疑是杯水车薪。事实上，互联网的今天，许多人已经习惯了从互联网上免费索取自己所需的东西，在很多人心目中网络文学也应该是免费的，当让他们付费阅读时，他们觉得难以接受。可以说，公众的版权意识低，给了盗版网站可乘之机。当下，盗版平台往往以搜索引擎、浏览器主页为推广途径，引导用户阅读盗版内容，从而谋取灰色收益。随着网络文学内容影响力的增大，网络文学读者群体的增多，盗版行业越来越产业化和规模化，这对网络作者的权益带来了极大的伤害，乃至许多网络作家在不知道的情况下自己的作品就被盗版或者盗用了 IP，所以当出现什么红火的 IP 时，总是免不了版权纠纷，有时候原版都还未开始赚钱，盗版就开始盈利了。《盗墓笔记》的作者南派三叔便是盗版文化的受害者之一，对此他感慨颇深："做《盗墓笔记》的泛娱乐化，比如手游，就是因为出现了很多《盗墓笔记》的盗版手游，我只能被逼进行手游授权，去抗击盗版。因为不做这个行为，盗版就会变成正版。"① 除了盗版之外，网络原创文学的各个平台中，依然有许多作者打着原创的旗帜，以借鉴的名义，通过各种方式抄袭其他作者的作品，而且抄袭手段多种多样，这也直接损害了网文作者和网络文

---

① 刘琼：《〈盗墓笔记〉火了，南派三叔为何更烦恼？》，《第一财经日报》2015 年 7 月 16 日。

学平台的直接经济利益，更是给整个文化产业和社会带来巨大的经济损失。可以说，盗版和抄袭是影响写手与正版阅读网站收入的"最大敌人"，也是"困扰网络文学发展的两大顽疾"①。

3. 网站建设问题

网络文学网站为网络文学的发展提供了平台和基础，是网络文学产业化发展的重要一环。目前，文学网站的商业化运营，既给网络文学发展带来了积极一面，但也不可避免的存在着一些问题。首先，网文作者屈从文学网站的各种规范，丧失了创作上的独立性。文学网站为了商业利益，迎合读者的阅读趣味，往往会以各种手段引导和规制网文作者，以致很多网文作者失去了自由抒写的创作环境。从网站运作机制上看，投票模式是决定一部网络文学作品是否成功的唯一标准，所以得票越多，代表着这类题材的作品更受欢迎，那么作者的写作方式必然是按照最受欢迎的一部分去创作作品的，从这一方面来看，这样的网络评价机制所带来的最大的危害，必然是网络文学的模式化与单一化，读者、编辑、资本所带来的压力对作者个人的意志进行着操纵，扼杀创作者的能力与想象力，创作者沦为写作机器。晋江原创网主编王赫男就公开表示"作为经营者，他们对文学本身并无太大诉求，而

---

① 张贺：《网络文学为何频现"抄袭门"（文化脉动）》，《人民日报》2017 年 9 月 28 日。

更注重网络文学作为一种产业链形式所带来的盈利"①。长此以往，网络文学作品会成为商业产品，流水线加工，商品化生产，出现一种麦当劳的模式。其次，网站自身对作品内容监管不到位。文学网站必须盈利，才能给网络作者带来丰厚的回报，这就使得部分网络文学网站为追求访问量、点击率、广告收益等，放松了对网络作品质量的监管，具体现象包括：作品缺乏文学性，甚至存在语句不通或者夹杂病句、错别字的情况；有的作品包含低俗化内容，堂而皇之地掺入拜金主义、色情等内容，尤其危害青少年的身心发展。最后，还有一些网站品牌意识不足，经营模式落后。除却一些大型文学网站之外，许多网络文学网站主页设计基本相同，个性不够鲜明，视觉效果一般。这都说明一些文学网站企业缺乏品牌战略，不重视品牌形象建构。同时在经营模式上，经过几年的探索，很多文学网站盈利模式有了新的拓展，但整体上看，一些网站的经营模式落后，具体包括：网站作品质量不高，IP 运营落后，盈利渠道单一等。

4. 作家生存问题

随着网络文学的日益繁荣，网络写手的生存状态也为人们日益关注。然而媒体呈现给大众的往往是他们光鲜的一面：他们的生活是令人羡慕的，只要轻轻地敲击几下键盘，就能赚大钱。然而细查他们生存现状，我们会发现这个行业的一

---

① 舒晋瑜：《文坛扫描文学网站：左手版权　右手金钱》，《工人日报》2009 年 2 月 20 日。

些生存法则，了解他们的辛苦、无奈与执着。网络写手的"大神"们收入虽高，但也并非轻松，勤奋是他们成功的最重要的一项品格，因为没有勤奋就无法保证作品按时更新，没有更新就面临读者流失的风险，没有读者也就意味着作品的收益为零。网络大神们的勤奋与辛苦程度要比寻常网络写手更甚。网络知名写手心星逍遥说："唐家三少有码神（码字之神）的称号，他曾经连续 86 个月一天未间断地更新，每天都更新超过 7000 字，至今作品总数超过 2000 万字了。大部分大神级的写手，都是人肉打字机。"① 唐家三少正是凭着这种执着和勤奋，被奉为网文界的楷模，给网络文学的追梦者们以力量。然而，放眼整个网络写手群体，网络写手的大神级人物占比很低，超九成网络写手的写作状态是付出大，收获少。这也正如网络写手小 G 所言："超过九成都是没有钱拿的，而有钱拿的一个月几百块钱是非常常态的。"一个新人想要凭借写书一夜暴富，年收入过千万，"那个几率其实比你买彩票中一等奖一下子暴富几千万还要低一些"②。《2019 年中国网络文学发展报告》显示，2019 年中国网络文学作者数量达到 1936 万人，签约作者数量达到 77 万人。但就收入而言，月收入在 5000 元以下（包括暂无收入）的网文作者，占到了 68.7%。兼职写手武芝向新金融记者表示，大部分作品都不会

---

① 殷维：《在网上码字能赚多少钱？解密网络写手收入之谜》，《新文化报》2015 年 10 月 18 日。
② 殷维：《在网上码字能赚多少钱？解密网络写手收入之谜》，《新文化报》2015 年 10 月 18 日。

签约。用占领网络文学市场半壁江山的起点中文网举例，起点原创书库共 100.3 万部作品，但 VIP 作品只有 8832 部，这样算下来，签约的作品只占不到 0.9%。同时，签了约就意味着写手需要按照合约上规定的字数更新，"如果没有按合约规定的时间字数更新或者没有完结，这一部分的广告费用是要赔付的。另外，责任编辑的费用，还有违约金，加在一起就是一笔不菲的费用"①。所以大多数网络作家都不能拿到签约书，即使是拿到签约书也只得到 600~900 元的基础全勤工资，还是在每天更新 3000 字及以上连续一个月不中断的情况下才能拿到。其他的钱就要看是否能得到读者的打赏，付费阅读的读者是否多，点击量、收藏量是否多等。可以说，在这种写作机制下，许多网络作家创作压力大，生存问题严峻，这也往往会影响创作质量。从长远看，这一机制不利于网络文学这一产业的健康发展。

三、网络文学市场化模式发展路径

网络文学市场化过程中所遇到的问题，相关方面应采取有针对性措施，营造健康良性的发展环境，助推网络文学高质量发展。

1. 优化评价体系

商业化使网络文学写作目的带上了经济利益，甚至于经济目的才是写作的第一目的。目前各大网络文学网站中的各

---

① 王雅菡：《网络文学 黑梦工厂》，《新金融观察》2013 年 7 月 29 日。

大榜单，成为刺激作者写作的最主要方式，作者凭借自己一腔热血写出的作品，如果不被各大榜单认可，那么就说明这部作品不是读者喜欢的作品，那么在商业化的网络文学网站看来，这部作品就是一部失败之作。对于这种评价模式我们不能简单地给予否定，因为网络文学的发展本来就有较强的娱乐和商业属性，所以，网络文学评价重视点击率，强调经济效益的评价是符合网文创作实际的，应该给予尊重。但我们谨防的是不顾作品的审美特性，过度强化商业性的这种评价模式，因为这一定程度上扭曲了网络文学作为文学作品应该有的审美属性。所以，我们建构网络文学评价体系时，既要考虑到作品的商业属性，也要兼顾作品的审美艺术性与创造性。除此之外，我们还要试着扩展这种评价体系，对于质量高而点击率低的作品，应该开辟专栏，增加这类作品的准入，这样既增加筛选过程，又可以让好作品扩大影响。

2. 加强版权保护

网络文学发展，最重要的问题仍然是网络文学作品版权保护方面的问题。虽然当前网络文学作品的盈利模式仍然是VIP 付费模式，但各式各样的盗版文学网站依然是存在的，只要有各种各样的搜索引擎，就能阅读盗版网站书籍，盗版网站严重影响到了正版文学网站的合法权益。未来，版权保护问题如果得不到正视，必定会拖整个产业链的后腿，因此加强版权保护刻不容缓。对此，需要完善网络文学版权保护相关的法律法规，加大行政执法和司法保护力度；同时也要增强互联网行业和网文阅读者的版权意识，切实维护网络文学作品版权秩序，自觉抵制侵权盗版行为。除此之外，还需要提升防盗技术研发，加强技术监控追踪盗窃者。只有这些合力才能真正破解当下网络文学版权的困境。相信随着版权保护力度的加大，网络文学的盈利前景将变得更加广阔。

3. 完善网站建设

首先，网站要完善相关制度建设，提升编辑专业素养。原创网络文学网站作为重要的资源聚集平台，应该建立完善的准入和退出机制对网络文学作品进行审查筛选，优胜劣汰选取质量高的网络文学作品。与此相对应的是，也要提升网站文学编辑的把关能力，坚决抵制低俗信息的植入，营造一个积极健康向上的文学网络平台。其次，网站要完善福利措施，留住具有粉丝号召力的作家群体。目前，大部分网文作者都是个人自由创作者，收入不稳定，才会受到商业利益的诱惑，所以需要各大文学网站企业健全福利保障制度，找准符合双方利益的平衡点，给网文从业者提供最基本的生活保障。最后，网站要完善经营模式，走品牌化路线。在网文行业竞争激烈的当下，文学网站应该摆脱传统经营模式，加强网络文学产业链中各产业之间的竞合与优化，对资源进行高效的整合，并且建立网络文学产业链的协同服务机制，从而达到深度融合。除此之外，还要加大品牌建设的力度，细化作品内容，优化网页设计，以吸引读者和保持市场竞争力。

四、提升组织引导

一个群体如何更好地发展？这在很大程度上取决于国

家、社会对它的态度，即是否对它进行积极有力的组织与引导。目前，从国家政策扶持到社会环境氛围，正在积极努力改善网络作家的生存环境，通过各种方式提升网络作家创作力。国家相关部门发布的《网络文学出版服务单位社会效益评估试行办法》《关于推动网络文学健康发展的指导意见》《关于推动数字文化产业创新发展的指导意见》等文件的先后出台，为网络文学的组织化建设指明了方向。首先，全国各地网络文学组织陆续建立。例如，2014年，浙江省率先在全国建立了第一家浙江网络作家协会，这对于加强网络作家人才队伍建设，调动网络作家积极性和创造性起到了积极作用。其次，专题培训活动不断开展。例如，盛大文学与中国作协、鲁迅文学院合作对网络作家写手进行培训，以期提高网络写手的创作水平。再次，各种线下活动顺利举行。例如上海、浙江、江苏等地，经常举办各种线下活动，扩大网络作家之间的面对面交流，对提升网络作家的创新水平有着积极作用。

总之，网络文学作为一种新式的文学形态，盈利模式日趋多元，市场规模持续扩大，已成为中国文学市场的主力。目前虽有一些因素制约着网络文学产业链的高质量发展，但随着市场化的纵深发展，相关主体的积极介入，网络文学的运营机制也会日渐成熟起来，这些制约性因素也都会逐步得以消除，未来网络文学的发展道路也会更加广阔起来。

第二节 网络文学的版权保护

随着网络文学的不断发展，版权运营产业链的不断完善，网络文学产业已经走上了良性的发展道路，但抄袭和盗版问题日益突出，网络文学的版权保护势在必行。故而，了解网络文学版权保护存在的问题，并制定相应的措施，对于维护作者的权益，促进网络文学产业健康有序发展有着重要的意义。

一、网络文学版权保护存在的问题

目前，网络文学抄袭现象甚嚣尘上，抄袭手段也日趋多样，损害了网络文学原创者的权益。同时网络文学盗版成风，侵权的形式更是变化多端，其中盗版链接危害尤其严重，破坏了网络文学的市场秩序[①]。整体来看，作品抄袭和盗版链接是网络文学版权保护最主要的问题。除此之外，监管机制不健全、司法制度不完善、公民版权意识低也影响着网络文学的版权保护。

（一）作品抄袭

网络为新兴的网络文学提供了展示和传播的平台，然而也为网络文学抄袭大开方便之门：网络文学作品数据库庞大，作者身份虚拟化，操作简单化，都为抄袭提供了多样化的手

---

① 中国版权协会发布《2021 年中国网络文学版权保护与发展报告》数据显示，2021 年，中国网络文学因盗版产生的损失规模达 62 亿元，同比上升 2.8%。

段。结合晋江文学城抄袭检举中心公示的资料①及"反抄袭吧""言情小说抄袭举报处""挂网文界极品"联合整理的《2015 各大网站对于微博举报抄袭的处理情况整理（第二版）》来看②，2015 年网络文学抄袭的手段就已经多样化。而随着科技的进步，网络文学抄袭的手段也与时俱进，出现了一些"自动写作软件"，网络文学抄袭手段不仅更多样化，还更为"技术化"。目前，大致可以将网络文学多样化的抄袭手段分为四种模式：

1. 复制粘贴

这种最为简单和低级的抄袭手段几乎原封不动地将他人成果占为己有，虽极易被读者发现，但仍有许多作者选取这种模式。"复制粘贴"的抄袭手段可分为全文照搬和文字抄袭两类。

全文照搬这种抄袭手段是所有抄袭手段中最随意的，也可窥见作者对网络文学原创性极度敷衍的态度。然而这种全文照搬的抄袭手段仍有许多作者在使用，甚至有抄袭作者标榜自己就是原作者。明××作为一代言情小天后，她的作品伴随了很多人的青春，像《泡沫之夏》《会有天使替我爱你》《旋风少女》等作品都有着极高的知名度，甚至被翻拍成了影

---

①　晋江文学城抄袭检举中心公示的资料（涉嫌抄袭事件），http：//www.jjwxc.net/impeach.php？listall＝1，2018 年 3 月 13 日。

②　"反抄袭吧""言情小说抄袭举报处""挂网文界极品"，新浪微博上民间自发反抄袭的人气较高的博主。《2015 各大网站对于微博举报抄袭的处理情况整理（第二版）》参见微博账号"反抄袭吧"2016 年 1 月 31 日发布的微博，http：//weibo.com/3683651685/DfGUpxNP8？type＝comment＃_rnd1520959012293，2016 年 1 月 31 日。

视剧。但就是在如此知名度下，仍有人原封不动地抄袭了《旋风少女》全文①（如图 1 所示）。此种全文照搬的抄袭案例目前相对于文字抄袭的案例而言还算少数。

涉嫌作品：旋风少女 by 地狱花祭 2016/07/02 网站：红袖添香	原作品：旋风少女 by 明晓溪 出版时间：2008/06/01
第一章 “她居然还敢出现！@” “还要不要脸啊，我要是她，就挖个坑把脸埋进去算了！” “啊，她走过来了！” “千万不要走到我这里！” “怕她干什么！她要是敢走过来，我就一脚把她踢飞！” 春日的阳光里，全胜道馆[1]中身穿白色道服的小弟子们聚在一起叽叽喳喳，充满鄙夷地看向那个正走过来的十四岁少女。 她就要来，她又没做错，为什么她要不敢来？！如果她今天不来，就证明是她心虚了，是她认为自己做错了。 可是她没做错！ 百草咬紧嘴唇，抬头挺胸地向道馆中央走过去，她的双拳握得紧紧的，凡是听到有人骂她，就立刻瞪向骂她的人，直到那人被她瞪得怏怏地闭上嘴。 鸦雀无声。 她将脑袋仰得更高些，走到队伍的最后面，周围的弟子们顿时避得她远远的，让她一个人孤零零地站着。 “戚百草！你以为大家真的都怕了你吗？！” 一个尖锐的女声响起。 百草皱眉看去，是平日里看她最不顺眼的光雅，光雅正涨红了脸，直直地从队伍里走出来，站在她面前，愤怒地喊：	第一章 “她居然还敢出现！” “还要不要脸啊，我要是她，就挖个坑把脸埋进去算了！” “啊，她走过来了！” “千万不要走到我这里！” “怕她干什么！她要是敢走过来，我就一脚把她踢飞！” 春日的阳光里，全胜道馆中身穿白色道服的小弟子们聚在一起叽叽喳喳，充满鄙夷地看向那个正走过来的十四岁少女。 她就要来，她又没做错，为什么她要不敢来？！如果她今天不来，就证明是她心虚了，是她认为自己做错了。 可是她没做错！ 百草咬紧嘴唇，抬头挺胸地向道馆庭院的中央走过去，她的双拳握得紧紧的，凡是听到有人骂她，就立刻瞪向骂她的人，直到那人被她瞪得怏怏地闭上嘴。 鸦雀无声。 她将脑袋仰得更高些，走到队伍的最后面，周围的弟子们顿时避得她远远的，让她一个人孤零零地站着。 “戚百草！你以为大家真的都怕了你吗？！” 一个尖锐的女声响起。 百草皱眉看去，是平日里看她最不顺眼的光雅，光雅正涨红了脸，直直地从队伍里走出来，站在她面前，愤怒地喊： “你到底是什么样的人？为什么明明是你做

图 1　地××祭《旋风少女》与明××《旋风少女》对比图

① 详情参见“言情小说抄袭举报处”2018 年 2 月 14 日发布的微博。http://weibo.com/3733974545/G33qk1dk4?type=comment#_rnd1521100931917，2018 年 2 月 14 日。

　　不同于全文照搬的抄袭手段，文字抄袭是通过句段摘抄实现抄袭；而有些作者的作品并不仅仅是摘抄好词好句好段，而是完全复制粘贴拼凑出来的。丁✕作为网文界大佬级的人物，她的作品广受读者喜爱，《他来了，请闭眼》和《如果蜗牛有爱情》两部作品更是被翻拍成电视剧热播。但不久前，读者在"红袖添香文学网站""腾讯微信读书"这两个阅读平台上都发现了一部叫《蜗牛的爱》的作品，这部作品与《如果蜗牛有爱情》相似率极高，不难断定其"复制粘贴"的抄袭行为①（如图 2 所示）。

　　上述两位作品被抄袭的作者都是名气较大的，其作品尚被明目张胆地复制粘贴，更遑论其他被抄袭的小作者了。再结合晋江文学城抄袭检举中心公示的资料来看，很大一部分网络文学抄袭被举报的理由都是"全文照搬""文字抄袭"，可见，复制粘贴这种抄袭手段在网络文学抄袭事件中还是比较常见的。

　　2. 洗稿

　　所谓"洗稿"，指的是对别人的原创内容进行篡改、删减，使其好像面目全非，但其实最有价值的部分仍是抄

---

　　① 详情参见"反抄袭吧"2018 年 1 月 25 日微博："@红袖添香文学网站作者鸽子的爱作品《蜗牛的爱》(这书还上架了@腾讯微信读书，就是在微信读书上被发现的，大量复制粘贴作者@丁墨作品《如果蜗牛有爱情》和@书海小说网作者逆苍穹作品《黑道特种兵》。"http://weibo.com/3683651685/G04Y42OYs?type＝comment#_rnd1521363999556, 2018 年 1 月 25 日。

原作:《如果蜗牛有爱情》by 丁墨，首发晋江文学城，2014 年 08 月 01 日	涉嫌作品:《蜗牛的爱》by 鸽子的爱，发布于红袖添香，2015 年 12 月 08 日
第一章　人小鬼大	第 1 章　人小鬼大
霖市位于碧波江畔。每至春日，整座城仿佛笼罩在微凉的水汽里，潮湿而清新。	**宜宾是万里长江第一城**。每至春日，整座城仿佛笼罩在微凉的水汽里，潮湿而清新。
在这个最普通不过的阴天，市警察局里，却有一丝不同寻常的躁动。	在这个最普通不过的阴天，市警察局里，却有一丝不同寻常的躁动。
因为刑警大队来了两个年轻的见习女警。	因为刑警大队来了两个年轻的见习女警。
这本来不是什么大事。然而两个女孩在办公室里坐了一会儿，就引来不少警员在门外探头。	这本来不是什么大事。然而两个女孩在办公室里坐了一会儿，就引来不少警员在门外探头。
因为她们看起来很特别。	因为她们看起来很特别。
年轻刑警**赵寒**，是这次的实习联络人。此刻，他也跟其他同僚一样，看着面前的两个女孩，有点发懵。	年轻刑警**陶友彬**，是这次的实习联络人。此刻，他也跟其他同僚一样，看着面前的两个女孩，有点发懵。
一个很美，一个……很怪。	一个很美，一个……很怪。
坐在左边的叫**姚檬**，公安大学犯罪心理学研究生。长发大眼，穿着简单的白衬衣牛仔裤，也像青春杂志上走出来的模特。她的简历上有一大堆荣誉: 级奖学金、优秀学生干部、校电视台明星主播、演讲比赛士佳选手……赵寒预感，她会毫无悬念的成为霖市新的警花。	坐在左边的叫**刘园**公安大学犯罪心理学研究生。长发大眼，穿着简单的白衬衣牛仔裤，也像青春杂志上走出来的模特。她的简历上还有一大堆荣誉: 级奖学金、优秀学生干部、校电视台明星主播、演讲比赛士佳选手……陶友彬预感，她会毫无悬念的成为霖市新的警花。

图 2　鸽××爱《蜗牛的爱》与丁×《如果蜗牛有爱情》对比图

袭的。① 换种说法，就是中译中，即保持原来结构、线索不变，通过增删、替换等方式修改原创文章的内容，将其化为自己的作品。这种模式的抄袭可以说是隐形抄袭，相对于"复制粘贴"来说，这种模式不易被读者发现。

这种抄袭模式目前也非常普遍，据"匪我思存"言，"最近几年问题更严重了，有网站公然号召新作者抄袭我们老作者旧作品起承转合的节奏和大纲，就是抄袭骨骼，改变小说

---

① 王志锋:《人民时评: 向"洗稿式原创"说不》，http://theory.people.com.cn/n1/2017/0616/c40531-29343403.html，2017 年 6 月 16 日。

背景和细节重新添肉，业内称为洗稿"①。这种抄袭模式在网文界往往能够规避一些平台、系统的抄袭检举。也正因此，"洗稿"式原创现在被越来越多"原创"作者所采用。

3. 融梗

由于现在一些平台的抄袭检测技术不断改进及许多网友自发性反抄袭，使得简单抄袭和洗稿式抄袭越来越容易被发现，一些网络文学作者便转换了抄袭方式——融梗，即将其他作者的情节、人设通过化用的方式融入自己作品中，抄来的情节、人设往往改得一字不同，但其本质依然是抄袭。因此，这也是网文界最为痛恨的抄袭手段，因为各大平台目前的抄袭检测技术还不能识别此类抄袭手段。对于此抄袭手段，反抄袭人士只能通过调色盘进行人工举报，但往往收效甚微。

被众网友称为"融梗大王"的玖×晞，其最为出名的作品就是"亲爱的"系列和《他知道风从哪个方向来》，然而这几部作品却都被网友指出有明显的融梗痕迹。关于"亲爱的"系列目前争议较大，但《他知道风从哪个方向来》网友观点都相对一致，认为该作涉嫌融梗抄袭。玖×晞作为网文界所谓"大大"，尚涉嫌融梗式抄袭，更遑论其他一些作者。融梗式抄袭手段，大大增加了网络文学抄袭问题的监管和治理难度。

---

① 张贺：《网络文学为何频现"抄袭门"（文化脉动）》，《人民日报》2017年9月28日。

4. 写作软件

除上述三种抄袭手段外，还有一种新兴的抄袭手段值得关注，即通过写作软件进行悄无声息的抄袭行为。不少网络文学界"日产万字"的作者其实都是通过"自动写作软件"来生成文本实现所谓"每日一更""每日两更"。根据当前应用市场软件下载量来看，大作家超级写作软件、小黑屋写作软件、玄派网络小说生成器等，是目前"日产万字"的主要功臣。

通过"自动写作软件"进行抄袭，却难以找出抄袭的直接证据，主要由于现在许多网络小说的题材类型、情节结构、人物类型基本固定，在网络文学写作过程中极易模仿抄袭。"当这种文学已经形成一种体系，可用的环节、元素、情节套路都已经基本固定。男人普遍是修仙，种田，成为霸主；女人则是宫斗，遇见霸道总裁，成为宠妃。主人公成长道路也有很多相似，拿修仙来说，主人公要得到天下神力，需要不断进阶修炼、遇到不同的妖怪，克服困难，得道成仙。"① 只要在自动写作软件上预设好类型、情节、人设等，就能在电子书库、词汇库、描写语段库中自动搜索、筛选，再从其他文学作品中摘抄、整理，然后重新生成需要的文本内容发布，一个"日产万字"的作者诞生了，一个自动化的抄袭行为也产生了。

---

① 袁跃兴：《网络文学为什么越来越"技术化"？》，《华人时刊旬刊》2017年第3期。

可以看到的是，当下网络文学的抄袭手段愈来愈多样化，隐蔽性也比较强，往往难以界定，导致举证维权难，一定程度上对网络文学的版权保护带来了挑战。

（二）盗版链接

所谓盗版链接，一般是指盗版平台通过文字识别等技术手段，非法获取正规网络文学站点不断更新的正版内容，然后通过搜索引擎、浏览器主页以及应用市场的盗版小说 App 等渠道进行推广，吸引用户点击和阅读，从而获取一定的收益。盗版网站的主要收入是广告植入和一定的会员收费。在这一过程中，搜索引擎和浏览器起到了关键作用。浏览器、搜索引擎作为用户上网的重要入口，没有它们的推介，用户就不可能接触到盗版平台的网络文学电子书的下载方式或者网站的在线阅读链接。

现今，网络文学的盗版愈来愈专业化、规模化和产业化，扰乱了版权市场，严重损害了网络原创者的权益。报告显示①，截至 2021 年 12 月，盗版平台整体月度活跃用户量为 4371 万，占在线阅读用户量的 14.1%，月度人均启动次数约 50 次。多数网络文学平台每年有 80% 以上的作品被盗版；82.6% 的网络作家深受盗版侵害，其中频繁经历盗版的比例超过四成。据悉每年盗版市场总规模约 50 亿元，每个盗版者每

---

① 何安安：《〈2021 年中国网络文学版权保护与发展报告〉发布》，《新京报》2022 年 5 月 28 日。

月能获得的收益少则数千元，多达上万元乃至上百万元。相比之下，网络文学正版收入仅为盗版收入的 1/50。盛大文学有限公司首席执行官侯小强称："每年因盗版行为给起点中文网带来的潜在损失无法计算。保守估计，仅起点中文网最受欢迎的 10 部小说就被盗掉了 8000 万元的市场。"①

网络文学盗版不仅损害了网文作家的权益，也影响了他们的写作积极性和创作意愿。很多网文作家发现，自己单部网文作品动辄能搜出数以百万计的盗版链接，正版网站则被湮没在海量盗版网站中，而删除这些盗版链接，甚至需要花费 30 年。无奈之余，作家"风凌天下"在平台举报吐槽："作品更新后，盗版网站几乎同步更新，瞬间数千万条盗版链接冒出来，严重损害作者的应有权益。"阅文集团白金作家"爱潜水的乌贼"也直呼："对抱着创作梦想的作者来说，盗版可能直接扼杀了他们的热情，摧毁了他们的选择。"

随着国家对网络出版物保护力度的加强，网文盗版情况得到了较为明显的改善，但是从根本上对盗版进行治理却是困难重重。从网文的存在方式来看，文字形态简单，容易通过技术手段进行复制，盗版平台往往通过低成本的方式，就可以获得海量的网络原创内容。另外，盗版平台的建设成本仅数万元，而且经常更换 IP，关停一批又冒出一批，使得查处难度极大。据盛大文学法务总监陈明峰估计，现在盗版网

---

① 张弛：《网络文学盗版市场规模达 50 亿元：搜索引擎成帮凶》，《出版人》2009 年第 3 期。

站保守估计也有百万家，大型盗版网站有 10 万家。如果对其起诉，即便以最快的速度一个星期处理 3 个，面对如此数量的积累也是无济于事。而作为网络文学正版平台的防盗措施却是成本攀升，红袖添香运营副主编范晓霞称："红袖添香一直探索如何防盗版，比如将文字版改为图片版，或是修改页面颜色，增加防盗版的字符等，但'盗版是道高一尺魔高一丈'。"① 网站就算能在网站上采取一切技术措施，然而这些技术措施也总被更新的反技术措施所攻破，仍还有被盗版的可能。近年来，盗版小说的 App 治理也是难度加强。由于盗版平台利用了应用市场对于阅读类 App 的管理存在的漏洞，大肆开发盗版小说的 App，某些热门的盗版网络小说 App 的下载量甚至破亿，最少的下载量也有几十万。公开资料显示②，2019 年，移动端盗版损失规模为 39.3 亿元，同比 2018 年上升 10.4%，呈现出明显的反弹迹象。

（三）其他问题

1. 监管机制待强化

网络文学的商业化进程加快，而侵权手段也日益巧妙多样，给版权侵权行为查处和维权工作带来巨大挑战。2016 年国家版权局虽然发布了《关于加强网络文学作品版权管理的通知》——将建立网络文学作品版权监管"黑白名单制度"，

---

① 《网络文学十年，盗版成为营收致命伤》，《出版参考》2012 年第 14 期。
② 艾瑞咨询：《2020 年中国网络文学版权保护研究报告》。

适时公布文学作品侵权盗版网络服务商"黑名单"、网络文学作品重点监管"白名单"，然而网络文学版权纠纷这类耗时耗力、费力不讨好的"苦差事"，各监管部门都不想管，争相回避、相互推诿甚至扯皮。网络文学侵权行为得不到有效及时的惩处，其主要原因在于：一是网络文学的版权属于新兴领域，对执法人员往往有着较高的专业要求，而现实中部分执法人员对于这一新兴领域的了解程度不高，缺乏相应的操作标准，导致执法难度增大。一位侦办此类案件的民警说："这类案件侦办的难度不仅限于犯罪团伙的落地核查，更在于对作案手段的破解和对侵权行为的认定。在传统侦查之外，我们更要依托科技赋能，完成侵权作品与正版作品的同一性认定，进而突破利用新技术、新手段实施的新型侵权犯罪。"[①]二是网络文学的侵权查处涉及的监管部门非常之多，跨省、跨机构协作机制在执法过程中十分重要，这无疑增加了执法成本。盛大文学法务部负责人表示："入网这个关口如果能把住的话，至少我们维权时能找到对象。像北京和上海这种执法打击力度比较大的城市，盗版网站很少，而在很多地区盗版网站是公开存在的，因此我们希望能够统一执法。"三是网络文学平台和政府监管机构间还没有真正建立起高效、通畅的交流渠道，不能及时了解网络文学行业侵权盗版的新情况和维权难点，不能有针对性地进行监管。

[①]　余东明、张海燕：《网络文学盗版乱象调查》（上），《法制与社会》2023 年第 7 期。

2. 司法制度不完善

目前，我国网络文学版权保护的法制体系已初步建立，但受制于网络文学新型版权的特殊性，未来仍需进一步完善。随着网络文学全版权运营模式的推广及网络技术的发展，侵权手法更为隐蔽，版权纠纷更加复杂，然而现有的法律法规面对新的侵权方式往往力不从心，以至于影响到著作权的合理维护。同时，网络文学版权法律法规条文，大多是停留在宏观层面，缺乏可操作性，导致相关法律在运用的过程中，难以发挥出应有的效力。加之，法律条文中对侵权者相应的惩罚力度较弱，使维权者面临成本高、效果差、周期长、赔偿低等多重困难。长期以来，网络运营商以"避风港原则"为由，不履行信息审查义务，规避应有的侵权责任，导致被侵权的原作者无法获取到赔偿，也不能有效打击网络文学的版权侵权行为。这就要求国家立法部门根据实践中网络文学版权方面出现的新问题，动态调整网络文学版权保护的法律法规，让法律真正起到版权保护和市场监管的作用。

3. 公众版权意识低

盗版产品的盛行其实就是因为公众的版权意识缺乏，只有让读者真正意识到盗版的危害并从行动上杜绝盗版阅读，才能从根本上治理网络盗版行为。事实上，大部分网络文学读者对于产品是否正版感到无所谓，只要是自己想要得到的资源，不管获取途径如何，反正最后资源到手就完事，对于别人的智力劳动成果没有给予应有的尊重。还有就是对于付费阅读没有形成习惯，对于那些需要付费的资源，大众就会选择去寻找免费资源，探其本质还是经济收入的问题。正因为大众的这种心理，才让那些提供盗版资源的网站得以发展，而且还出现了屡禁不止的现象。《2015 年中国网络文学版权保护白皮书》对网络文学正版用户和盗版用户行为进行了对比分析：只看正版小说的用户仅占 26.5%，盗版情况严重①。然而公众版权意识低并非体现于一些网络读者，对于一些网络作者而言，同样版权意识薄弱。例如，一些网络作者感觉维权过程太过漫长繁琐，即使明知自己作品被侵权仍然放弃维权；还有一些网络作家觉得自己作品被盗版，是对自己作品的一种另类的宣传，增加了其作品的推广范围，所以也放弃了维权。可以说，一些网络作家的版权意识不强，一定程度上也助长了盗版行为的发生。

三、网络文学版权问题的解决措施

（一）健全立法体系

如今的互联网发展速度如此惊人，网络文学在这种环境下也是蓬勃发展。我国对于网络文学作品著作权相关法律法规的制定已经跟不上网络文学发展的速度了，出现了相对滞后的情况。这就需要政府部门在修订和补充著作权相关法律时，增加对数字版权、网络信息传播权等保护的细节条款，科学界定网络文学作品侵权的定义与处罚方式，增强法律的

---

① 艾瑞咨询：《2015 年中国网络文学版权保护白皮书》，第 27 页。

可操作性，使网络文学版权保护的相关法律法规更具有实用性。对于"避风港规则"的运用，还需结合我国的网络文学版权保护的司法实践，细化"避风港规则"规则的适用范围。这样做的好处，一是使得网络文学作品版权的保护能有更充足、明确的法律依据；二是通过明确的侵权惩罚条款，提高对版权侵权行为处罚力度，让侵权的成本大幅增加，减少侵权行为的发生动机。① 值得注意的是，2021 年 6 月 1 日，最新修订的《著作权法》开始施行，数字著作权保护的有关规定，细化了版权管理部门行政执法的职能，加大了对侵权行为的惩戒力度，网络文学的版权保护的法治建设日益走向专业化和科学化。

（二）强化平台责任

如今的网络文学平台已经发展得非常成熟，它们都有一套运营方式，包括作家签约、版权运营等。现在的网络签约作家已经数不胜数了，但是还是有很多人每个月拿着微薄的收入，大 IP 作家毕竟少数。网站应该及时关注自己作家的情况，尽量做到公平对待每个作家。对于粉丝众多的作家应给予适当的奖励，而那些新人作家，要多鼓励、多扶持，激起他们的创作热情，提升原创作者对平台的忠诚度，从而留住优秀的网络写作者。由于阅读计费化的流行，为了鼓励作

---

① 刘燕军：《网络文学作品版权保护的对策与思考》，《传播与版权》2015年第 6 期。

者，现在的文学网站都建立了完备的奖励制度。在鼓励创作的同时，网站还要负起责任，自觉抵制抄袭作品，一旦碰到抄袭作家，网站要及时发现、处理。对于情节严重的要给予一定的处罚。各网站可以共同携手正风气，提升行业整体形象，为作家和读者做出表率。而对于浏览器、搜索引擎等网络平台而言，应该遵守国家相关规定，主动承担审查义务，不为任何侵权盗版网络文学作品提供接入、存储、搜索、链接等网络技术服务，从源头上打击盗版流量变现的商业模式。

（三）提高版权意识

大众的版权意识薄弱是造成侵权现象泛滥的重要原因。首先是作者，由于从事网络写作的作家来自各行各业，他们对于版权的认识也是各不相同，其中不乏了解版权的人。但是每当自己的作品被抄袭，而对方又是比自己知名度高的作家，他们一般会选择沉默，而不是据理力争保护自己的合法权益。没有人愿意做出头鸟，导致维权风气不强。作家应该强化版权意识，积极利用法律手段维护自身合法权益。其次是读者，读者要提高版权意识，拒绝盗版，拒绝抄袭，不要在利益的驱使下选择盗版产品，养成尊重知识产权的好习惯，从行动上抵制盗版。只要读者具有这种意识，盗版产品就没有市场。最后是网站管理者，大多数网站管理者为了追求利益，对于自己网站上的盗版产品都持放任的态度。对于这种现象，相关部门应该加大对盗版网站的监管和处罚力度，同时通过各种途径加大版权的宣传力度，提高大众的版权意识。

（四）提供优质内容

网络文学商业化发展的过程中，要求网络作家具有较快的更新速度，以至于一些网络作家，来不及精雕细琢，作品质量也经不起考验，甚至内容低俗，不利于网络小说的健康发展。同时为了尽快打开局面和获得更多的读者，许多人把模仿成名作品当作创作的捷径，使得网络上出现了大量低水平的重复创作，套路化的书写和功利化创作，缺乏逻辑的内涵的情节和人物性格等使得网络文学作品在一段时间内出现了严重的同质化问题，很容易使读者产生审美疲劳。基于这些感受，一些网络读者认为，网络文学就是为了消遣和娱乐，质量不高，宁可阅读盗版作品，也不愿意付费阅读正版作品。在一些论坛评论区，我们经常会看到一些网络读者之所以阅读盗版作品，共同心声是优质的网络小说较少，大部分都写得很"水"，不值得付费阅读。所以持续提供优质的网络文学作品，才能激发用户的付费意愿，减少网络文学盗版。这也正如艾瑞分析报告所主张的，正版盗版用户的观看行为更多的是受内容而影响，因此一切措施应以用户为核心、以扶持鼓励优质内容的创作为核心，一旦没有优质的内容，网络文学将很难持续健康地发展下去。[①]

---

① 艾瑞咨询：《2015 年中国网络文学版权保护白皮书》，第 28 页。

（五）加强技术保护

传统的互联网技术并不能有效阻止网络文学的这种侵权行为，但随着互联网科技的发展，如大数据、云计算、智能跟踪定位、区块链等新技术的成熟，将为网络文学 IP 全版权运营保护提供技术上的支持，减少版权侵权情况的发生。有学者认为，区块链技术具有时序数据、可追溯、不可篡改、安全性高的技术特点，区块链构成要素为"区块＋链"，"区块"是系统一定时间内加密的全部信息交流数据，"链"是每一区块与下一区块的连接关系，在区块链平台上，词语、段落、章节等素材一旦上传，平台会给每条信息贴上唯一的溯源标识（一个 16 进制的密码），能永久保存并追溯内容来源和修改痕迹，由此重塑了信任。区块链技术能够有效杜绝网络文学的文字、情节、设定的抄袭问题。[①] 可以说，未来一系列网络技术的进步，都将为网络文学的数字版权管理和保护提供技术支撑。

总之，网络文学的版权保护，需要多方努力：相关部门要强化监管，积极完善网络文学版权方面的法律法规；网络平台要践守法规，积极支持版权保护技术创新升级；网络作家要摒弃浮躁，创作优质网络原创作品；读者要增强版权意识，支持原创作品。这样形成合力，才能促进各个主体相互

[①] 陈维：《IP 热背景下网络文学作品的版权问题及优化策略》，《广西社会科学》2019 年第 7 期。

努力，携手团结，净化整个行业，形成良性的行业循环，充分形成尊重知识、尊重原创的氛围，才能推动中国网络文学产业的健康发展。

参 考 文 献

一、中文文献

1. 图书类

[1] [美] 米尔恰·伊利亚德:《神圣的存在:比较宗教的范型》,晏可佳、姚蓓琴译,桂林:广西师范出版社 2008 年版。

[2] [美] 马克·波斯特:《信息方式:后结构主义与社会语境》,范静哗译,北京:商务印书馆 2000 年版。

[3] [美] 托马斯·库恩:《必要的张力:科学的传统和变革论文选》,纪树立等译,北京:北京大学出版社 2004 年版。

[4] [美] 马克·斯劳卡:《大冲突:赛博空间和高科技对现实的威胁》,黄锫坚译,南昌:江西教育出版社 1999 年版。

［5］［美］迈克尔·海姆：《从界面到网络空间——虚拟实在的形而上学》，金吾伦、刘钢译，上海：上海科技教育出版社 2000 年版。

［6］［荷兰］纽斯·德·穆尔：《赛博空间的奥德赛——走向虚拟本体论与人类学》，麦永雄译，桂林：广西师范大学出版社 2007 年版。

［7］［加］埃里克·麦克卢汉、弗兰克·秦格龙：《麦克卢汉精粹》，何道宽译，南京：南京大学出版社 2000 年版。

［8］［斯洛文尼亚］斯拉沃热·齐泽克：《幻想的瘟疫》，胡雨谭、叶肖译，南京：江苏人民出版社 2006 年版。

［9］［斯洛文尼亚］斯拉沃热·齐泽克，［英］格林·戴里：《与齐泽克对话》，孙晓坤译，南京：江苏人民出版社 2005 年版。

［10］［美］詹姆斯·韦伯斯特：《注意力市场：如何吸引数字时代的受众》，郭石晶译，北京：中国人民大学出版社 2017 年版。

［11］［美］约翰·布洛克曼：《未来英雄》，汪仲、丘家成等译，海口：海南出版社 1998 年版。

［12］［英］蒂姆·伯纳斯-李等：《编织万维网：万维网之父谈万维网的原初设计与最终命运》，张宇宏、萧风译，上海：上海译文出版社 1999 年版。

［13］［美］埃瑟·戴森：《2.0 版——数字化时代的生活设计》，胡泳、范海燕译，海口：海南出版社 1998 年版。

［14］［美］凯斯·桑斯坦：《网络共和国：网络社会中的民主

问题》，黄维明译，上海：上海人民出版社 2003 年版。

[15]［美］阿尔文·托夫勒：《未来的冲击》，孟广均等译，北京：新华出版社 1996 年版。

[16]［德］沃尔夫冈·韦尔施：《重构美学》，陆扬、张岩冰译，上海：上海译文出版社 2002 年版。

[17]［英］安东尼·吉登斯：《现代性的后果》，田禾译，南京：译林出版社 2000 年版。

[18]［德］瓦尔特·本雅明：《机械复制时代的艺术作品》，王才勇译，北京：中国城市出版社 2002 年版。

[19]［美］尼尔·波兹曼：《娱乐至死》，章艳译，桂林：广西师范大学出版社 2004 年版。

[20]［美］戴维·申克：《信息烟尘：在信息爆炸中求生存》，黄锫坚等译，南昌：江西教育出版社 2000 年版。

[21]［加］麦克卢汉：《人的延伸——媒介通论》，何道宽译，成都：四川人民出版社 1992 年版。

[22]［法］让-弗朗索瓦·利奥塔：《后现代状态：关于知识的报告》，车槿山译，北京：生活·读书·新知三联书店 1997 年版。

[23]［法］让·拉特利尔：《科学和技术对文化的挑战》，吕乃基等译，北京：商务印书馆 1996 年版。

[24]［美］安德鲁·芬伯格：《可选择的现代性》，陆俊等译，北京：中国社会科学出版社 2003 年版。

[25]［德］彼得·科斯洛夫斯基：《后现代文化——技术发展的社会文化后果》，毛怡红译，北京：中央编译出版

社 1999 年版。

[26] ［英］汤因比、［美］马尔库塞等著：《艺术的未来》，
王治河译，北京：北京大学出版社 1991 年版。

[27] ［美］赫伯特·马尔库塞：《爱欲与文明：对弗洛伊德思
想的哲学探讨》，黄勇译，上海：上海译文出版 1987 年
版。

[28] ［苏］米·贝京：《艺术与科学——问题·悖论·探
索》，任光宣译，北京：文化艺术出版社 1987 年版。

[29] ［加］曼纽尔·卡斯特：《网络社会的崛起》，夏铸九、
王志弘等译，北京：社会科学文献出版社 2001 年版。

[30] ［美］泰普斯科特：《数字化成长：网络世代的生活主
张》，陈晓开等译，大连：东北财经大学出版社 2003 年
版。

[31] ［英］吉登斯：《现代性与自我认同》，赵旭东等译，北
京：生活·读书·新知三联书店 1998 年版。

[32] ［法］马克·第亚尼编：《非物质社会——后工业世界的
设计、文化与艺术》，滕守尧译，成都：四川人民出版
社 1998 年版。

[33] ［法］福柯、哈贝马斯等著：《激进的美学锋芒》，周宪
译，北京：中国人民大学出版社 2003 年版。

[34] ［美］丹尼尔·贝尔：《资本主义的文化矛盾》，赵一凡
译，北京：生活·读书·新知三联书店 1989 年版。

[35] ［美］尼古拉·尼葛洛庞帝：《数字化生存》，胡泳、范
海燕译，海口：海南出版社 1997 年版。

［36］［美］戴维·斯沃茨：《文化与权力：布尔迪厄的社会学》，陶东风译，上海：上海译文出版社 2006 年版。

［37］［比］J. M. 布洛克曼：《结构主义：莫斯科-布拉格-巴黎》，李幼蒸译，北京：商务印书馆 1987 年版。

［38］［法］蒂费纳·萨莫瓦约：《互文性研究》，邵炜译，天津：天津人民出版社 2003 年版。

［39］［德］海德格尔：《存在与时间》，陈嘉映译，北京：生活·读书·新知三联书店 1987 年版。

［40］［德］马丁·布伯：《我与你》，陈维纲译，北京：生活·读书·新知三联书店 1986 年版。

［41］［美］保罗·莱文森：《数字麦克卢汉：信息化新纪元指南》，何道宽译，北京：社会科学文献出版社 2001 年版。

［42］［美］马克·波斯特：《第二媒介时代》，范静哗译，南京：南京大学出版社 2001 年版。

［43］［德］H. G. 伽达默尔：《真理与方法》，王才勇译，沈阳：辽宁人民出版社 1987 年版。

［44］［德］H. G. 伽达默尔：《美的现实性——作为游戏、象征、节日的艺术》，张志扬等译，北京：生活·读书·新知三联书店 1991 年版。

［45］［美］保罗·利文森：《软边缘：信息革命的历史与未来》，熊澄宇等译，北京：清华大学出版社 2002 年版。

［46］［法］让·波德里亚：《消费社会》，刘成富、全志钢译，南京：南京大学出版社 2000 年版。

[47] ［美］弗雷德里克·詹姆逊：《后现代主义与文化理论——杰姆逊教授讲演录》，唐小兵译，西安：陕西师范大学出版社 1986 年版。

[48] ［美］波林·罗斯诺：《后现代主义与社会科学》，张国清译，上海：上海译文出版社 1998 年版。

[49] ［英］特里·伊格尔顿：《后现代主义的幻象》，华明译，北京：商务印书馆 2000 年版。

[50] ［法］皮埃尔·布迪厄：《实践与反思：反思社会学导引》，李猛、李康译，北京：中央编译出版社 1998 年版。

[51] ［法］皮埃尔·布尔迪厄：《文化资本与社会炼金术：布尔迪厄访谈录》，包亚明译，上海：上海人民出版社 1997 年版。

[52] ［英］迈克·费瑟斯通：《消费文化与后现代主义》，刘精明译，南京：译林出版社 2000 年版。

[53] ［英］阿雷恩·鲍尔德温等：《文化研究导论》，陶东风等译，北京：高等教育出版社 2004 年版。

[54] ［英］齐格蒙·鲍曼：《立法者与阐释者：论现代性、后现代性与知识分子》，洪涛译，上海：上海人民出版社 2000 年版。

[55] ［美］大卫·雷·格里芬等著：《超越解构：建设性后现代哲学的奠基者》，鲍世斌等译，北京：中央编译出版社 2002 年版。

[56] ［意］卡尔维诺：《未来千年文学备忘录》，杨德友译，

沈阳：辽宁教育出版社 1997 年版。

[57] ［英］西莉亚·卢瑞：《消费文化》，张萍译，南京：南京大学出版社 2003 年版。

[58] ［美］弗雷德里克·詹姆逊：《文化转向》，胡亚敏等译，北京：中国社会科学出版 2000 年版。

[59] ［美］威廉·J. 米切尔：《比特之城：空间·场所·信息高速公路》，范海燕、胡泳译，北京：生活·读书·新知三联书店 1999 年版。

[60] ［英］安吉拉·默克罗比：《后现代主义与大众文化》，田晓菲译，北京：中央编译出版社 2001 年版。

[61] ［英］戴维·莫利等：《认同的空间——全球媒介、电子世界景观与文化边界》，司艳译，南京：南京大学出版社 2001 年版。

[62] ［法］让·博德里亚尔：《完美的罪行》，王为民译，北京：商务印书馆 2000 年版。

[63] ［法］雅克·德里达：《论文字学》，汪堂家译，上海：上海译文出版社 1999 年版。

[64] ［美］戴安娜·克兰：《文化生产：媒体与都市艺术》，赵国新译，南京：译林出版社 2001 年版。

[65] 胡经之：《文艺美学论》，武汉：华中师范大学出版社 2000 年版。

[66] 胡经之：《西方文艺理论名著教程》（下），北京：北京大学出版社 1988 年版。

[67] 高小康：《喧哗与萧条——当代城市中文艺的传播与教

育》，济南：山东文艺出版社 2000 年版。

[68] 吴予敏：《美学与现代性》，西安：西北大学出版社 1998 年版。

[69] 刘小枫：《诗化哲学——德国浪漫美学传统》，济南：山东文艺出版社 1986 年版。

[70] 王小东：《信息时代的世界地图》，北京：中国人民大学出版社 1997 年版。

[71] 曾国屏：《赛博空间的哲学探索》，北京：清华大学出版社 2002 年版。

[72] 张怡等：《虚拟认识论》，上海：学林出版社 2003 年版。

[73] 熊澄宇编选：《新媒介与创新思维》，北京：清华大学出版社 2001 年版。

[74] 王逢振主编：《网络幽灵》，天津：天津社会科学院出版社 2002 年版。

[75] 冯鹏志：《伸延的世界——网络化及其限制》，北京：北京出版社 1999 年版。

[76] 吴伯凡：《孤独的狂欢——数字时代的交往》，北京：中国人民大学出版社 1998 年版。

[77] 王岳川：《中国镜像：90 年代文化研究》，北京：中央编译出版社 2001 年版。

[78] 郭熙：《中国社会语言学》，南京：南京大学出版社 1999 年版。

[79] 陈原：《语言学论著》，沈阳：辽宁教育出版社 1998 年版。

[80] 鲍宗豪主编：《数字化与人文精神》，上海：上海三联书店 2003 年版。

[81] 于洋等：《文学网景：网络文学的自由境界》，北京：中央编译出版社 2004 年版。

[82] 钱中文主编：《巴赫金全集》（6），石家庄：河北教育出版社 1998 年版。

[83] 马驰：《叛逆的谋杀者——解构主义文学批评述要》，北京：中国人民大学出版社 1990 年版。

[84] 王瑾：《互文性》，桂林：广西师范大学出版社 2005 年版。

[85] 王宁：《二十世纪西方文学比较研究——王宁文化学术批评文选之二》，北京：人民文学出版社 2000 年版。

[86] 倪梁康：《胡塞尔现象学概念通释》，北京：生活·读书·新知三联书店 1999 年版。

[87] 谢泽明：《网络社会学》，北京：中国时代经济出版社 2002 年版。

[88] 张英主编：《网上寻欢》，长春：时代文艺出版社 2002 年版。

[89] 刘学红主编：《网上江湖》，长沙：湖南人民出版社 2002 年版。

[90] 榕树下图书工作室选编：《99 中国年度最佳网络文学》，桂林：漓江出版社 2000 年版。

[91] 南帆：《双重视域——当代电子文化分析》，南京：江苏人民出版社 2001 年版。

[92] 安妮宝贝：《蔷薇岛屿》，北京：作家出版社 2002 年版。

[93] 王岳川：《后现代主义文化与美学》，北京：北京大学出版社 1993 年版。

[94] 王岳川：《后现代主义文化研究》，北京：北京大学出版社 1992 年版。

[95] 罗钢：《后现代主义文学作品选》，北京：高等教育出版社 2002 年版

[96] 赵澧、徐京安：《唯美主义》，北京：中国人民大学出版社 1998 年版。

[97] 罗钢、刘向愚：《文化研究读本》，北京：中国社会科学出版社 2000 年版。

[98] 戴锦华：《犹在镜中——戴锦华访谈录》，北京：知识出版社 1999 年版。

[99] 周宪：《文化现代性与美学问题》，北京：中国人民大学出版社 2005 年版。

[100] 陈继会：《批评：文化审美之纬》，济南：山东文艺出版社 2002 年版。

[101] 黄鸣奋：《比特挑战缪斯：网络与艺术》，厦门：厦门大学出版社 2000 年版。

[102] 黄鸣奋：《超文本诗学》，厦门：厦门大学出版社 2000 年版。

[103] 黄鸣奋：《电子艺术学》，北京：科学出版社 1999 年版。

[104] 黄鸣奋：《网络媒体与艺术发展》，厦门：厦门大学

2004 年版。

［105］许行明：《网络艺术》，北京：北京广播学院出版社 2001 年版。

［106］聂庆璞：《网络叙事学》，北京：中国文联出版社 2004 年版。

［107］欧阳友权：《数字化语境中的文艺学》，北京：中国社会科学出版社 2005 年版。

［108］欧阳友权：《网络文学本体论》，北京：中国文联出版社 2004 年版。

［109］欧阳友权等：《网络文学论纲》，北京：人民文学出版社 2003 年版。

［110］王强：《网络艺术的可能：现代科技革命与艺术的变革》，广州：广东教育出版社 2001 年版。

［111］胡泳、范海燕：《网络为王》，海口：海南出版社 1997 年版。

［112］刘吉、金吾伦：《千年警醒：信息化与知识经济》，北京：社会科学文献出版社 1998 年版。

［113］刘良海：《网络文化导论》，北京：中国文联出版社 2005 年版。

［114］王天德、吴吟：《网络文化探究》，北京：五洲传播出版社 2005 年版。

［115］陆俊：《重建巴比塔：文化视野中的网络》，北京：北京出版社 1999 年版。

［116］胡泳：《另类空间：网络胡话之一》，北京：海洋出版

社 1999 年版。

[117] 李寻欢：《边缘游戏》，北京：知识出版社 2001 年版。

[118] 田射编：《情调 e-mail：网络文学采撷》，北京：华夏出版社 2002 年版。

[119] 陈定家：《比特之境：网络时代的文学生产研究》，北京：中国社会科学出版社 2011 年版。

[120] 王祥：《网络文学创作原理》，北京：中国人民大学出版社 2015 年版。

[121] 江南：《龙族Ⅰ火之晨曦》，武汉：长江出版社 2010 年版。

[122] 梦入神机：《佛本是道》，石家庄：花山文艺出版社 2008 年版。

[123] 犬犬：《第一皇妃》，北京：朝华出版社 2007 年版。

[124] 影照：《午门囧事》，石家庄：花山文艺出版社 2008 年版。

[125] 费孝通：《乡土中国》，上海：上海人民出版社 2007 年版。

[126] 王德威：《想象中国的方法：历史·小说·叙事》，天津：百花文艺出版社 2016 年版。

　　2. 期刊类

[1] 吕德强：《试论网络文学的美学原则》，《宁德师专学报》（哲学社会科学版）2007 年第 1 期。

[2] 谭洪刚：《探讨网络文学美学特征》，《电影评介》2006 年第 14 期。

［3］ 宋丹丹：《网络写作思维中的美学关照》，《广西师范学院学报》（哲学社会科学版）2007 年第 4 期。

［4］ 李涛：《网络文学的后美学身份》，《皖西学院学报》（哲学社会科学版）2004 年第 6 期。

［5］ 谭洪刚：《论网络文学接受美学特征》，《湛江师范学院学报》（哲学社会科学版）2007 年第 1 期。

［6］ 阎真：《首届"网络文学与数字文化"全国研讨会综述》，《理论与创作》2004 年第 5 期。

［7］ 王卓斐：《我国网络文艺学研究热点的回顾与反思》，《甘肃理论学刊》2007 年第 2 期。

［8］ 张清华：《鼎立三足：当代文化的新美学》，《上海文学》2007 年第 2 期。

［9］ 汪代明、胡瑞琴：《"期待视野"与网络文学》，《当代文坛》2002 年第 4 期。

［10］ 欧阳友权：《网络文学的媒体突围与表征悖论》，《社会科学战线》2002 年第 4 期。

［11］ 欧阳友权：《数字化的哲学局限与美学悖论》，《北京大学学报》（哲学社会科学版）2005 年第 3 期。

［12］ 陈志良：《虚拟：人类中介系统的革命》，《中国人民大学学报》2000 年第 4 期。

［13］ 张爱华、鲍玉珩：《"e"时代的文学艺术：理论与实践》（上），《北京电影学院学报》2004 年第 2 期。

［14］ 欧阳友权：《网络文学的平民化叙事》，《中南大学学报》（社会科学版）2004 年第 2 期。

［15］葛红兵：《游戏的精神：关于网络文学》，《青年作家》
2002 年第 7 期。

［16］王位庆：《网络文学身份论》，《华中科技大学学报》
（社会科学版）2001 年第 1 期。

［17］郭炎武：《论网络非线性写作及其特征》，《韶关学院学
报》（社会科学版）2005 年第 7 期。

［18］程锡麟：《互文性理论概述》，《外国文学研究》1996 年
第 1 期。

［19］黄鸣奋：《网络文学之我见》，《社会科学战线》2002 年
第 4 期。

［20］杨春时：《文学理论：从主体性到主体间性》，《厦门大
学学报》（社会科学版）2002 年第 1 期。

［21］南帆：《电子时代的文学命运》，《天涯》1998 年第 6
期。

［22］刘斌：《网络时代自我的自我真空化》，《企业导报》
2000 年第 11 期。

［23］王晓华：《网络文学是什么?》，《人文杂志》2002 年第 1
期。

［24］葛红兵：《网络文学：新世纪文学新生的可能性》，《社
会科学》2001 年第 8 期。

［25］吴家荣：《消费主义与颓废文学思潮》，《文艺理论与批
评》2005 年第 1 期。

［26］黄晓武：《文化与抵抗——伯明翰学派的青年亚文化研
究》，《外国文学》2003 年第 2 期。

[27] 陶东风：《游戏机一代的架空世界——"玄幻文学"引发的思考》，《文艺争鸣》2007 年第 4 期。

[28] ［英］迪克·海伯第支：《从文化到霸权》，《天涯》1997 年第 2 期。

[29] 江冰：《论 80 后文学的文化景观》，《文艺评论》2005 年第 1 期。

[30] 赵彦芳：《美学的扩张：伦理生活的审美化》，《文学评论》2003 年第 5 期。

[31] 吴楠：《校园耽美族》，《大学时代》2005 年第 5 期。

[32] 麦永雄：《赛博空间与文艺理论研究的新视野》，《文艺研究》2006 年第 6 期。

[33] 许家竹：《数字化时代文学创作的转型》，《当代文坛》2003 年第 4 期。

[34] 谢龙新：《赛博空间、鲍德里亚和后现代主义文学》，《武汉理工大学学报》（社会科学版）2005 年第 6 期。

[35] 徐珂：《语言转换模式和网络文学的发展》，《文艺评论》2001 年第 2 期。

[36] 金振邦：《网络文学：新世纪文学的裂变》，《东北师大学报》（哲学社会科学版）2001 年第 1 期。

[37] 陈定家：《"超文本"的兴起与网络时代的文学》，《中国社会科学》2007 年第 3 期。

[38] 高冰锋：《中国网络玄幻小说的前世今生——浅论中国网络玄幻小说的发展与现状》，《重庆社会科学》2006 年第 12 期。

［39］王乐乐：《网络玄幻小说探源》，《齐齐哈尔大学学报》
（哲学社会科学版）2007 年第 6 期。

［40］陈奇佳：《虚拟时空的传奇——论网络玄幻小说》，《江
苏行政学院学报》2006 年第 3 期。

［41］黄光伟：《虚拟：文艺学新的元起点——数字化时代文
艺学理论建设的若干思考》，《文艺评论》2003 年第 4
期。

［42］谢有顺：《小说评论谢有顺专栏：阅读与沉思之八——
通向网络的途中》，《小说评论》2000 年第 4 期。

［43］谢有顺：《文学空间的开创》，《网络文学评论》2019 年
第 1 期。

［44］徐文武：《超文本文学及其后现代特性》，《当代文坛》
2001 年第 6 期。

［45］蒋述卓：《城市文学：21 世纪文学空间的新展望》，《中
国文学研究》2000 年第 4 期。

［46］巫汉祥：《网络时代审美意识的变异》，《厦门大学学
报》（哲学社会科学版）2001 年第 2 期。

［47］余开亮：《网络空间美学理论的嬗变》，《河南社会科
学》2003 年第 4 期。

［48］赵伯飞：《论网络时代审美观念的转型》，《人文杂志》
2001 年第 2 期。

［49］秦宇慧：《论网际文学空间的生成及其特征》，《学术交
流》2006 年第 7 期。

［50］范颖：《论互文解构与互文建构》，《中国文学研究》

2005 年第 3 期。

[51] 李玉平：《超文本文学：向传统文学叫板》，《文艺评论》2002 年第 3 期。

[52] 李敬泽、张英：《网络小说营造了"白日梦百货公司"》，《上海文学》2015 年第 12 期。

[53] 陈辉：《论奇幻小说的文化之根——以江南作品为例》，《新闻传播》2015 年第 10 期。

[54] 赵小川：《"痞子蔡"访谈录》，《青年作家》2001 年第 4 期。

[55] 李昊：《新世情小说的复兴——浅谈"种田文"的走红》，《当代文坛》2013 年第 5 期。

[56] 魏晓彤：《回归·救赎·祛魅：网络种田文的流行元素及文学价值》，《文艺评论》2017 年第 12 期。

[57] 欧阳友权：《文学经典在网络时代的命运》，《求是学刊》2019 年第 3 期。

[58] 刘帅池、张福贵：《中国网络小说的架构模式与文学性问题》，《暨南学报》（哲学社会科学版）2019 年第 5 期。

[59] 李榛涛：《重构理想的网络游戏新世界——网游小说类型研究》，《上海文化》2017 年第 10 期。

[60] 叶妙玉：《在没有直播平台的年代，作者"乱"创作的电竞小说》，《电子竞技》2018 年第 1 期。

[61] ［法］福柯：《另类空间》，王喆译，载《世界哲学》2006 年第 6 期。

［62］许苗苗：《游戏逻辑：网络文学的认同规则与抵抗策略》，《文学评论》2018 年第 1 期。

［63］吴心怡：《网络文学中的同人小说研究》，《丽水学院学报》2009 年第 6 期。

［64］黄颖：《现代同人小说知识产权冲突问题研究》，《经济师》2006 年第 7 期。

［65］廖翔坤：《论同人小说的著作权性质》，《中国市场》2017 年第 14 期。

［66］闫晓红：《网络文学"走出去"的机遇与挑战》，《出版广角》2017 年第 11 期。

［67］董子铭、刘肖：《对外传播中国文化的新途径——我国网络文学海外输出现状与思考》，《编辑之友》2017 年第 8 期。

［68］樊飞燕、韩顺法：《从产业链角度分析网络文学版权保护问题》，《电子知识产权》2016 年第 4 期。

［69］刘燕军：《网络文学作品版权保护的对策与思考》，《传播与版权》2015 年第 6 期。

［70］张伟红：《〈狼图腾〉英译本对中国当代文学"走出去"的启示》，《中译外研究》2013 年 00 期。

［71］陈维超：《IP 热背景下网络文学作品的版权问题及优化策略》，《广西社会科学》2019 年第 7 期。

［72］雷小芳：《网络穿越小说简论》，《湖南医科大学学报》(社会科学版) 2009 年第 4 期。

［73］袁跃兴：《网络文学为什么越来越"技术化"?》，《华人

时刊旬刊》2017 年第 3 期。

3. 报纸类

[1] 郭珊：《网络红人赵赶驴巧妙人生》，《南方日报》2006
年 11 月 22 日。

[2] 天佑：《张炜：网络写作会让文学消亡》，《广州日报》
2007 年 6 月 24 日。

[3] 余少镭：《今何在：为什么让孙悟空谈恋爱》，《南方都
市报》2001 年 11 月 19 日。

[4] 应建：《网络文学能否成气候》，《深圳周刊》第 155 期
2000 年 2 月 21 日。

[5] 陈平原：《数码时代的写作和阅读》，《南方周末》2000
年 7 月 7 日。

[6] 陈志良：《虚拟：哲学必须面对的课题》，《光明日报》
2000 年 1 月 18 日。

[7] 金兆钧：《互联网文艺进入革命时代还是垃圾时代》，
《北京日报》2000 年 6 月 14 日。

[8] 代小琳：《网络语言使用频率排名首次公布 顶字用最
多》，《北京晨报》2006 年 5 月 23 日。

[9] 何从：《你竟敢如此年轻》，《南方周末》2000 年 6 月 2
日。

[10] 徐坤：《网络是个什么东西》，《作家》2000 年第 5 期。

[11] 陈村：《网络两则》，《作家》2000 年第 5 期。

[12] 徐虹：《网络颠覆了传统的文学生产规则》，《中国青年
报》2003 年 8 月 23 日。

［13］《网络原创文学：在写手、网络和市场间走钢丝》，《中国青年报》2007 年 4 月 18 日。

［14］刘莎莎：《梅花三弄：玄幻小说继续驰骋》，《南国早报》2007 年 10 月 8 日。

［15］吴明：《2005 玄幻之年　中国读者重回东方式阅读》，《21 世纪经济报道》2005 年 11 月 18 日。

［16］韩璟：《网络小说："免费午餐"变有偿阅读》，《解放日报》2005 年 12 月 6 日。

［17］《热效应：出书与评奖》，《文学报》总第 1120 期，2000 年 2 月 3 日。

［18］今何在：《我心中的西游记》，《中国青年报》2001 年 11 月 19 日。

［19］童轶君：《原创奇幻文学，它的未来不是梦》，《新闻午报》2005 年 1 月 26 日

［20］《安妮宝贝：不自恋的人不可爱》，《中华读书报》2000 年 12 月 20 日。

［21］朱筱菁：《蔡智恒：写网恋，不谈网恋》，《申江服务导报》2000 年 10 月 18 日。

［22］周朗、李鹤、邓晓霞：《危机与希望并存　国民阅读在路上》，《人民日报》2008 年 4 月 8 日。

［23］荀超：《网络作家榜：玄幻仍占主流　榜首唐家三少一年收入过亿》，《华西都市报》2016 年 3 月 25 日。

［24］张贺：《网络文学为何频现"抄袭门"（文化脉动）》，《人民日报》2017 年 9 月 28 日。

［25］陈香：《磨铁：畅销书背后》，《中华读书报》2013 年 10
月 23 日。

［26］卢泽华：《网络"造船"掀文化出海热》，《人民日报海
外版》2018 年 4 月 16 日。

［27］邵燕君、吉云飞、肖映萱：《2015 年网络文学：顺势而
为与内力所趋》，《文艺报》2016 年 2 月 19 日。

［28］袁博：《从〈锦绣未央〉涉嫌抄袭看著作权侵权新类
型》，《中国新闻出版广电报》2017 年 2 月 23 日。

［29］何安安：《〈2021 年中国网络文学版权保护与发展报告〉
发布》，《新京报》2022 年 5 月 28 日。

4. 硕博论文

［1］史莹：《奇幻小说"第二世界"构建之意义研究》［D］.
南京：南京师范大学，2012。

［2］白亚南：《神话原型视角下的当代中国网络小说探析》
［D］. 杭州师范大学，2012。

5. 研究报告

［1］付天姿：《借力升维 IP 宇宙价值，网文龙头顺水切入版
权蓝海——阅文集团投资价值分析报告》，《光大证券》
2021 年 10 月 23 日。

［2］易观：《2016 年中国网络文学版权运营专题研究报告》。

［3］艾瑞咨询：《2017 年中国网络文学出海白皮书》。

［4］中国互联网络信息中心：《中国互联网络发展状况统计报
告》。

二、外文文献

［1］Fredric Jameson. Post modernism, or, the Cultural Logic of late to Capitalism, Duke University Press, Durham, 1991.

［2］Dich Hebdige, Subculture. The Meaning of Style, London: Methuen, 1979.

［3］Stuart Hall, Paddy Whannel. The PopulAr arts, Boston: Beacon Press, 1964.

［4］Henri Lefebvre. The Production of Space. Blackwell, 1991.

［5］J. David Bolter. Writing Space: The Computer, Hypertext, and the History of Writing. Lawrence Erlbaum Associates, 1991.

［6］Holm Nelson, Heodore, Literary Machines. Edition. Publishing by the author. 1981.

［7］Michael Heim. Virtual Realism, New York: Oxford University Press 1998.

［8］Mark Poster. The second media Age, Policy Press in Association with Blackwell Publishes Ltd, 1995.

［9］J. Mc Guigan. Cultural Populism, London: rougteledge, 1992.

［10］Landow, George P. What's a Critic to Do? Critical Theory in the Age of Hypertext. In Hyper/Text/Theory. Ed. George P. Landow. Baltimore: Johns Hopkins University Press, 1994.

［11］ Barthes, Roland. The Pleasures of the Text, Richard Miller
       (translator), Oxford: Basil Blackwell Ltd, 1975.

［12］ Timothy Bewes. Cynicismand Postmodernity, First Published
       by Verso, 1977.

附录：网络写手访谈

访我校汉语言文学 17 级本科生，笔名：戳破头的甜瓜。创作情况：创作长篇体育类竞技小说《梦十》，共计 63 万字，并与起点中文网签约。

1. 你从事网络写作多久了？你是如何走上网络文学创作之路的？

我从事网络写作快一年了。之所以走上网络文学创作这条路，是因为自己从小在睡不着的时候就喜欢天马行空的想象，无论什么风格什么类型的故事，在我的大脑里就像放映连续剧一样，脑子里的故事太多，就想要真正地写出来。随着年龄的增长和写作技巧的提高，自己想要尝试网络文学写作的想法也越来越成熟，终于，迈出了第一步。

2. 你认为你的作品最大的特点是什么？创作风格是怎样的？

我目前只完成了一部 63 万字的篮球小说，我认为我的作品最大的特点还是怀念青春，因为这部小说本身就是为了纪念我的青春和我的篮球队，我想要在自己的小说里完成我们当年没有完成的梦想，所以对于大家友情的描写是我最注重的。我的创作风格目前还没有成型，还没有一个固定的风格，但是我想要在未来多尝试一些不一样的东西，想要将文字描写得更大胆一些，这样也会吸引更多人的关注。

3. 对网络文学创作，你持什么样的态度？

网络文学创作这件事，除非你特别热爱或者是特别受人欢迎，否则的话拿这件事当一个业余爱好就好，没必要花太多时间在这上面，因为网络文学创作的过程是极其艰苦的，想要坚持下来是非常不容易的，在这期间如果能够得到更多人的支持，我想，这样可能会更容易坚持下来。

4. 作为汉语言文学本科生，我们从事网络写作的优势与不足在哪些方面？

我认为我们的优势还是在于比其他专业的学生读了更多的书和诗，大量文学作品的阅读非常有利于我们脑中词汇和故事情节的积累，还有描写技巧等方面的水平要高于其他专业的学生。我认为我们的不足还是在于对话题和尺度的拿捏程度，对于我个人来说，我不太擅长去描写感情甚至是更深一步的东西，对于现在的小说市场来说，如果没有感情和性方面的描写，是很难去吸引大量读者的，时代决定了这一点。

5. 网络创作影响你的专业课学习吗？你是如何处理学业与创作之间的关系的？

不会影响，我一般都会提前完成每日的创作任务，于我个人而言，我睡得比较晚，所以喜欢在晚上创作，并不会影响学习。

6. 回顾自己的网络文学创作之路，你最大的感悟什么？

最大的感悟就是我坚持下来了。我以前是一个做什么事都无法坚持下来的人，但是这次写小说，我完成了一部 63 万字的中篇小说，这是非常不容易的，我庆幸自己坚持了下来，我现在非常有成就感。

7. 当下网络文学的整体生态是怎样的？你认为本科生应该有怎样的心态从事网络写作？

除了大作家之外，想要在这条路上生存下去的小作家是非常艰难的，小作家没有资源，没有读者，没有金钱的激励，想要熬出头还是很难的。想要出名，除了自己的小说写得好之外，还要尝试各种宣传自己的方法，脸皮要厚。我认为我们对于这件事必须要提前做好失败的心理准备，这并不是一件容易的事，我们可以去尝试，但是不要过度地沉迷在其中，成功了还好，失败的话会对自己造成一定的伤害。

后　记

在 2005 年，我选择网络文学作为研究对象，当时网络文学的创作和研究还不算发达，但之后网络文学迎来了发展的春天，理论研究也日渐丰富起来，这都为网络文学的研究提供了大量的学理基础。2008 年后，由于各方面的原因，我对网络文学的研究也时断时续，并未深入开展下去，但庆幸的是，我并没有隔绝于网络文学研究。自 2010 年入职嘉兴学院以来，我发现我所授课的班级中许多同学喜欢看网络小说，还有一些同学从事网络小说创作，当时我想能不能把他们组织起来，进行网络文学方面的研究和创作。于是我就试着建了一个网络小说研究群，没想到许多同学热情度极高，非常积极地参与进来了。当时参与的主体主要是汉语言文学 2012级、2013 级、2014 级的同学，他们有的写报告，有的写论文，积极地进行网络文化方面的研究。他们当时所进行的网络文化研究，令人耳目一新，如古风文化、剑三文化、网络小说的海外传播以及版权问题等。在这一过程中，他们理论联系实际的能力得到了提升，同时也使我对当下网络文学的观察有了新契机。尤其是本书最后一章的一些数据和材料就来自我所指导的学生的具体研究成果。汉语言文学 141 班邓雨豪同学提供了网络文学的盈利模式的一些材料；汉语言文学（师范）142 班的周园园同学提供了网络文学抄袭手段和相关数据的统计，在此特别指出。

时间过得真快，一晃博士毕业已有 15 年，在这期间自己的学术心态已经发生了很大的变化，但努力向前的勇气没有变化。感谢热爱网络文学的同事周敏、姜悦和彭海云老师对于本书部分内容的热心指导以及中肯的意见和建议。

最后想说明的是，由于书稿写作时间跨度较长，个别章节可能存在着一些材料乃至观点略显陈旧的问题，希望读者能给予充分的理解。笔者衷心期望该书的研究内容能给读者以启示，当然由于本人学识的不足、语言的贫乏，著作中肯定存在一些偏误和不足，敬请各位前辈、专家、同仁和读者给予批评和指正。